Edgar Allan Poe

Cuentos selectos

Selección y prólogo: Victoria Rigiroli

Colección *Filo y contrafilo* dirigida por
Adrián Rimondino y Enzo Maqueira.

Ilustración de tapa: Fernando Martínez Ruppel.

Cuentos selectos
es editado por
EDICIONES LEA S.A.
Av. Dorrego 330 C1414CJQ
Ciudad de Buenos Aires, Argentina.
E-mail: info@edicioneslea.com
Web: www.edicioneslea.com

ISBN 978-987-634-911-6

Primera edición, segunda reimpresión.
Impreso en Argentina.
Febrero 2017. Talleres Gráficos Elias Porter

Poe, Edgar Allan
    Cuentos selectos. - 1a ed. 2da reimp. - Buenos Aires : Ediciones Lea, 2017.
    224 p. ; 23x15 cm. - (Filo y contrafilo; 27)

    ISBN 978-987-634-911-6

    1. Narrativa Estadounidense. 2. Cuentos . I. Título
    CDD 813

Edgar Allan Poe

Cuentos selectos

Selección y prólogo: Victoria Rigiroli

Introducción

Roberto Bolaño, uno de los escritores latinoamericanos más importantes de la última parte del siglo XX (y de la primera del XXI también, por qué no) escribió un texto breve, una suerte de decálogo del escritor de relatos cortos al que tituló: "Consejos sobre el arte de escribir cuentos"[1]; dice allí, en dos de sus últimos puntos:

"9. La verdad es que con Edgar Allan Poe todos tendríamos de sobra.

10. Piensen en el punto número nueve. Uno debe pensar en el nueve. De ser posible: de rodillas".

Definitivamente la declaración de Bolaño es ampulosa, y hasta exagerada, pero es cierto que, después de recorrer con atención la vasta producción cuentística de Poe, el lector tiene por lo general una sensación semejante a la saciedad, le crece la certidumbre de haberlo leído todo, de que las páginas por las que acaba de transitar, el recorrido que ellas plantean conduce a la cima de un género, el cuento, que difícilmente podría innovar, en temáticas y procedimientos literarios, a partir de ahora.

---

1   Roberto Bolaño, *Entre paréntesis*. Editorial Anagrama, Barcelona, 2004.

Es que Poe nos ha mostrado los mejores cuentos fantásticos, de terror y de aventuras, así como también algunos de los primeros –y mejor logrados– relatos policiales. La narrativa del autor norteamericano, caracterizada por los relatos oscuros y los argumentos siniestros, pero también por un fino y sutil sentido del humor y una maravillosa habilidad para construir personajes, posee la enorme cualidad de la variedad de temas, en los que explora y ahonda hasta sus bordes más insospechados. Estamos frente a la obra de una imaginación prodigiosa, sin lugar a dudas, una imaginación que se esmeró en recorrer todos los rincones de la experiencia humana, en revisar minuciosamente y narrarlo todo.

Edgar Allan Poe produce la totalidad de sus cuentos en los últimos diecisiete años de su vida (hasta ese momento se había consagrado casi exclusivamente a la poesía), se trata por ende de relatos escritos entre 1832 y 1849 que conservan, sin embargo, una notable actualidad: la narrativa de Poe no tiene el tono lento y excesivamente detallista que caracterizó a muchos de sus contemporáneos, por el contrario, aparece dinámico, con un ritmo casi eléctrico que reclama, captura y sostiene la atención.

Quizás esa sea la clave de su perdurabilidad. Algunos años después de su muerte, del otro lado del Océano Pacífico, Charles Baudelaire se sorprendía a sí mismo y a la intelectualidad francesa con el descubrimiento de un norteamericano, el primero de esa esquina del mundo capaz de hacer zozobrar a la sólida y docta jerarquía europea. El poeta maldito por excelencia se sintió acicateado hasta tal punto por los cuentos que leía, que sintió la necesidad, la urgencia de traducirlos. Poe resultó una novedad movilizadora para Baudelaire, siguió siendo nuevo para el simbolismo de Rimbaud y Verlaine, ya en las últimas décadas del siglo XIX, y volvió a mostrarse, con toda su arrolladora fuerza innovadora a las vanguardias que emergieron a partir de 1920 en todo el continente europeo. En particular, reclamaron su herencia simbólica los surrealistas, que, en su *Manifiesto* de 1924, señalaban a Poe como un precursor del movimiento.

Desde allí, su influjo vuelve al continente americano, en 1953 un joven Julio Cortázar traduce toda la obra cuentística de Poe al español; este hecho revoluciona por completo, no sólo su propia producción literaria sino también la de buena parte de sus contemporáneos. Podemos pensar, a partir de aquí, en toda una generación de escritores latinoamericanos que encuentra en Poe una serie de temáticas y de recursos que podían explotar, aggiornándolos. La relevancia de esta influencia encuentra su verdadera dimensión cuando aclaramos que esa generación es a la que se denomina, por lo general, generación del *Boom latinoamericano*, un grupo de autores (Cortázar es uno de ellos) llamados a poner, quizás por primera vez, en el centro de la escena mundial a la producción literaria que se llevaba a cabo en esta parte del continente.

Pero quién es ese Edgar Allan Poe, que ha causado tanto revuelo en la historia de la literatura.

Su vida

Edgar Allan Poe nació el 19 de enero de 1809, en Boston, Estados Unidos. Tenía sólo dos años cuando murió su madre, Elizabeth Arnold, una actriz de origen irlandés. Las versiones sobre el destino de su padre, David Poe, también actor, son confusas, la más extendida dice que murió casi al mismo tiempo que Elizabeth, pero algunas investigaciones más recientes aseguran que abandonó a su familia en 1810 y nadie volvió a saber de él. Desde entonces, el pequeño Edgar vivió con la familia de Frances y John Allan, en Richmond, Virginia; de ellos tomó también el apellido, pese a que nunca fue adoptado legalmente. La relación con su padre adoptivo, John Allan, estuvo desde siempre marcada por el conflicto; Frances, por el contrario, lo consentía y procuraba abstraerlo del maltrato paterno. Sus esfuerzos, sin embargo, parecen no haber sido demasiado útiles, el carácter tormentoso de su vínculo paterno se imprimió con fuerza en el temperamento de Edgar y se evidencia en varias de sus obras.

En 1815 la familia transitoriamente se mudó a Londres, por algunos años, y Edgar fue puesto pupilo en el colegio que dirigía en doctor Bransby. Esta experiencia marcó notablemente no sólo el carácter sino también la literatura de Poe, y es el ambiente en el que se desarrollan algunos de sus cuentos, de ellos el más célebre es, sin dudas, "William Wilson".

Volvió a Richmond en 1822 y continuó su educación en los mejores colegios de la zona. Hacia 1826, Poe estudiaba en la Universidad de Virginia y se destacaba por su inteligencia y sus conocimientos en el área de la física y la matemática (utilizaría estos saberes en muchos de sus cuentos, más adelante), pero también por cierta tendencia a la disipación. El juego, principalmente, se convierte en una fuente de conflicto permanente entre el prospecto de escritor y su padre adoptivo, que le reprocha la falta de seriedad y aplomo con la que se toma esa etapa formativa y lo tilda de ingrato. Por estos años, también, comenzaría la relación más conflictiva de Poe, aquella que terminó matándolo, con el alcohol.

Al año siguiente Poe dejó la Universidad en la que, según él, nunca estuvo cómodo. Los conflictos financieros (Allan se negaba a seguir dándole dinero) llevaron al autor a unirse al ejército, y en esos menesteres estuvo el siguiente par de años.

Durante esos años, además, comenzó a tener una relación sentimental con la que sería su mujer, Virginia Eliza Clemm, que presentaba la llamativa particularidad de ser también su prima hermana (la madre de esta, María Clemm, era hermana de David Poe). Pero esta no iba a ser la única curiosidad de la pareja, porque cuando finalmente contrajeron matrimonio, en secreto, en 1835, Poe contaba con veintiséis años, mientras que su prima tenía sólo trece. Son muchas las interpretaciones que se han hecho sobre esta singular pareja, y van desde el orden de la interpretación psicoanalítica hasta el mero chisme. A nosotros, que no queremos amplificar versiones sin sentido, nos bastará señalar que esta relación marcó a fuego no sólo la vida del escritor sino también sus obras. Porque en 1842 Virginia mostró los primeros signos de la enfermedad que terminaría llevándola a la tumba, la tuberculosis; si bien la muchacha no fallecería sino cinco años después, la certeza de su muerte produjo en Poe una profunda depresión que lo acercó aún más a la bebida y lo sumió en sus propias dolencias físicas. El mismo Poe describe la profundidad de los padecimientos que habrá de provocarle la bebida en el cuento "El gato negro", a través de ese personaje atormentado por sus propios accesos de violencia.

Pero no nos adelantemos tanto, es necesario que repasemos también la obra de uno de los escritores más importantes de América.

Su obra

Al igual que buena parte de los escritores de esa época (y quizás más), la biografía de Poe está marcada por la necesidad económica, por la preocupación que suscitaba en él tanto su subsistencia como la de su familia, porque cabe recordar que si bien el que hizo las veces de su padre adoptivo, John Allan, contaba con una importante fortuna, no le heredó nada al momento de su muerte. Este elemento, conjuntamente con las tradiciones culturales propias de la época, hizo que la mayor parte de su producción viese primero la luz en el ámbito de la prensa. El primer periódico en el que trabajó era un pequeño y nuevo medio de Richmond, Virginia, el *Southern Literary Messenger*.

El joven Poe (contaba con sólo veintiséis años de edad) pronto ganó celebridad en el pequeño círculo literario circundante, y sus cuentos, poemas y artículos críticos lo convirtieron en poco tiempo en el merecido director de la revista. Destacaba, por aquel entonces, por su amplia educación y su fabulosa imaginación. Desafortunadamente, también destacaba por las extraordinarias borracheras cíclicas y por unas crisis de hipocondría que, en menos de dos años le ganaron la animadversión del dueño del diario, que lo despidió sin miramientos.

Después de esta experiencia, Poe migra nuevamente, esta vez a Nueva York, en donde le sugieren escribir una novela de aventuras, muy populares y vendibles por aquella época. Eso hace, y *Las aventuras de Arthur Gordon Pym* se convierte, en 1838, en el primer libro en prosa del autor. Sin embargo el mismo no goza de las mejores críticas y es un fracaso económico más en la vida de Poe, que se encontraba en una situación financiera cada vez más penosa. La "Gran Manzana" parece no ofrecerle más oportunidades, por lo que decide dirigir sus esfuerzos a conquistar uno de los centros intelectuales de la época, la ciudad de Filadelfia. Allí logró, en 1839, convertirse en el jefe de redacción de la prestigiosa *Burton's Gentleman's Magazine* y editar el primero de los libros que compilan sus cuentos, *Cuentos de lo grotesco y lo arabesco*, de algunos de los cuentos memorables que contiene esta antología, como "La caída de la Casa Usher" y "Ligeia", y algunos que, más por cuestiones de espacio que estéticas, han quedado afuera, como "Manuscrito hallado en una botella". Después de una serie de desavenencias con sus anteriores empleadores, y una crisis personal rayana en colapso nervioso, Poe pasa a trabajar para otra publicación, la *Graham's Magazine*, a la que, con sus aportes, conduce a un extraordinario nivel de popularidad. Cabe aclarar, sin embargo, que la verdadera ambición de Poe en todo este tiempo era crear su propia revista literaria, signada por sus propios gustos y preceptos. Esta pretensión iba a volverse casi una obsesión para el autor, pero no tardaría en revelarse como un anhelo imposible.

Por esta época (uno de sus períodos creativos más brillantes) y quizás buscando contrariar a las críticas que lo tildaban de morboso, Poe comenzó a escribir su serie de "cuentos analíticos"; se trata de los tres cuentos que tienen por protagonista a Monsieur Dupin, ese detective extraordinario que cifra y cristaliza, sin lugar a dudas, el molde de lo que habría de convertirse en el clásico protagonista del cuento policial de enigma. "Los crímenes de la Rue Morgue", "El misterio de Marie Rogêt" y "La carta robada" (incluida en esta antología), son tres auténticas obras de arte, primera expresión y mejor ejemplo a la vez de un género que habría de ganarse una increíble popularidad a partir de la última década del siglo XIX, pero que continuará siendo, con sus variaciones, aún hoy el género popular por excelencia.

Pero esa época de bonanza habría de terminar, nuevamente a causa de los excesos. Una vez que se le declaró la enfermedad a Virginia, Poe cayó en la espiral de delirio y alcohol de la que hablamos más arriba. Y perdería su puesto en el *Graham* a manos de un tal Rufus Griswold, personaje extraño e indefinible en esta historia, que por momentos aparece robándole el trabajo a Poe, por momentos aparece francamente despreciándolo y agigantando su mala fama por todo lo largo de Filadelfia, pero que acaba, no termina de entenderse cómo, convirtiéndose en albacea de su obra y escribiendo la primera (y, si me permiten, no del todo laudatoria) biografía del autor que se registre. Un personaje que reclama su propia historia, claramente.

Pero volvamos a Poe, que llega a 1844 en la última de las pobrezas y decide trasladarse a Nueva York otra vez, a probar suerte. Una vez allí las cosas parecen mejorar un poco, consigue publicar algunos relatos en el *Evening Mirror* y consigue trabajo en el *Brodway Journal*; es en esa publicación donde ve la luz por primera vez, en 1845, "El cuervo", el hermoso y oscurísimo poema que implicó un auténtico punto de inflexión en su carrera. Por primera vez, ahora, después de tantas penurias materiales y de las otras, Edgar Allan Poe es célebre; si bien no le otorga rédito económico (su publicación le valió al autor la irrisoria suma de cinco dólares) el poema lo convierte en un escritor prestigiado en Nueva York, en el resto de los Estados

Unidos y, tal vez, más allá de las fronteras nacionales. La gente va a escucharlo recitar porque, se dice, su voz alcanza una profundidad casi inhumana cuando lo hace. Esta bonanza, sin embargo, parece tener un efecto paradojal en Poe, que se sume cada vez más en una espiral de desesperación, dolor y bebida; y que empieza a ganarse algunos nuevos enemigos gracias a la envidia ajena y, también, a su propia y excesiva jactancia. Porque Poe también publica, por este tiempo, una serie de críticas literarias sobre las obras de muchos de sus contemporáneos, críticas que en muchos casos son directamente lapidarias.

En 1846, Edgar y una Virginia casi agónica se mudan a una pequeña cabaña en el Bronx, en las afueras de la ciudad, y la nueva morada les sirve a ambos para alejarse de las enemistades y, al menos transitoriamente, de la bebida. Pero nada de eso iba a evitar que Virginia muriera, durante el invierno de 1847 y Edgar se sumiera, ahora sí definitivamente, en la más honda tristeza y la más penosa de las locuras.

En sus últimos años, va a volverse casi imposible seguir el rastro de Poe, sabemos que va a escribir ese extraordinario (en todo sentido) poema cosmogónico que es *Eureka*, sabemos que escribe *Ulalume*, ese poema que es también una forma de despedir definitivamente a su amada. Sabemos que reanuda algún tipo de vínculo con Sarah Elmira Royster, un antiquísimo amor de sus épocas de Richmond, que había acordado casarse con ella hacia fines de octubre de 1849. Sabemos que tiene accesos de delírium trémens. Por desgracia, eso es todo lo que sabemos hasta que el 3 de octubre alguien lo encuentra circulando por las calles de Baltimore, totalmente confundido y angustiado. Poe murió 4 días después, en el hospital; en ningún momento logró explicar exactamente, cómo había llegado allí, qué había hecho en sus últimos días y por qué vestía una ropa que no era la suya.

Las versiones son infinitas: que lo emborracharon hasta la muerte con el objeto de usarlo para que votara repetidamente en las elecciones, que cayó víctima de la sífilis, que convulsionó a causa de una epilepsia, y —aun— que fue asesinado. Lo cierto es que, después de pronunciar sus últimas palabras, después de decir "Que Dios ayude a mi pobre alma", murió el hombre y nació el mito. Un mito que todos los que lo conocieron contribuyeron a agigantar y que, suponemos, le hubiese agradado bastante a él mismo.

Su legado

Poe murió dejando sólo deudas en el mundo material, pero miles de herederos en el mundo simbólico.

Ya hablamos aquí de Charles Baudelaire, el poeta francés que, fascinado tanto por la obra como por la biografía de Poe, fue quien mostró y encumbró la obra del norteamericano en Europa. Hablamos del simbolismo, del surrealismo y de los escritores latinoamericanos que entendieron que Poe era un punto de partida, un hito a partir del cual se podía construir una tradición literaria.

Pero no hablamos de uno de los mejores y mayores aportes de Poe al conjunto de nuestra tradición literaria, porque Poe ha sabido fijar, cristalizar como nadie antes (y pocos después) la cesura, la grieta sobre la que se monta el género fantástico: la pregunta sobre lo real, que implica necesariamente un tembladeral capaz de poner en jaque, entero, al edificio de lo racional. El fantástico, tal y como lo trabaja Poe, nos indica, nos señala con su dedo impiadoso que eso que creíamos tierra firme (la verdad, lo real, la vigilia, si se quiere) no es ninguna otra cosa más que arenas movedizas; la zozobra que sobrevuela el texto a partir de entonces es, por necesidad, incómoda, incómoda moralmente e incómoda socialmente. Es el descubrimiento amargo de que las cosas no son, quizás, tal y como las vemos, pero es también el hallazgo movilizante de que, en ese caso, el mundo puede ser como queramos que sea. Como tal, el género fantástico que cultiva Poe está lejos de la literatura pasatista y de evasión (ambas imputaciones se le hacen a menudo), sino que muy por el contrario, es un género políticamente peligroso, y hasta podríamos decir, subversivo.

Esta antología

Toda selección, es sabido, implica un recorte, una subjetividad que, a veces sólo con modestia y a veces también con alguna dosis de capricho, imagina un recorrido, un camino que otros habrán de seguir y que, si todo sale bien, habrán de disfrutar.

Esta selección no escapa en ningún punto a esa norma. Sin embargo, a esta antologista, en esta oportunidad se le ha despertado una sospecha que consideraría una falta a la verdad no mencionar: la sospecha de que cualquier recorrido que pudiera hacerse por la obra de Poe, arribaría a un mismo puerto: la maravilla ante una imaginación desatada, fuera de control que, da la sensación, es capaz de pensarlo todo, es capaz hasta de pensarlo a usted, en su casa, sentado en su sillón favorito, leyendo los cuentos que va a leer, más de ciento cincuenta años después de que fueran escritos.

Quizás por eso, porque en su enorme vastedad los cuentos de Poe presentan un mismo virtuosismo, es que hicimos esta antología procurando no sólo incluir sus cuentos más célebres (como "La caída de la Casa Usher" y "El gato negro") o los que a él más le gustaban ("Ligeia" era su cuento favorito), sino también algunos otros que, aun siendo menos conocidos, ejemplifican su versatilidad a la hora de cultivar distintos géneros.

Sin más, lo invitamos a la lectura de algunos cuentos de ese autor sin el cual la historia de la literatura occidental no sería la misma. Ojalá este recorrido sea de su agrado.

La caída de la Casa Usher[1]

Son coeur est un luth suspendu:
Sitôt qu'on le touche il resonne
DE BÉRANGER[2].

Durante todo un día de otoño, oscuro, sombrío, silencioso, mientras las nubes se cernían pesadas y bajas en los cielos, crucé solo, a caballo, a través de una región particularmente monótona de campiña; y, al final, cuando las sombras de la noche comenzaban a alargarse, me encontré a la vista de la melancólica Casa Usher. No sé cómo sucedió, pero a la primera mirada que eché sobre el edificio, una sensación de intolerable tristeza invadió mi espíritu. Digo intolerable, porque no estaba mitigado por esa emoción semiagradable, por ser poética, con que el espíritu recibe, en general, hasta la más severa de las naturales imágenes de lo desolado o lo terrible. Contemplé yo el escenario que tenía frente a mí –la casa, el simple paisaje característico del dominio, los desnudos muros, las ventanas que parecían ojos vacíos, algunos

---

1   Título original: "*The fall of the House of Usher*". Fue publicado por primera vez en 1839.
2   "Su corazón es un laúd suspendido:/ Ni bien lo tocan, resuena".

juncos ralos y siniestros y unos cuantos troncos blancos y enfermizos– con una completa depresión del ánimo que sólo puede compararse al despertar del fumador de opio, ese amargo regreso a su cotidianeidad, la horrenda caída del velo. Era una sensación gélida, un abatimiento, un malestar en el corazón, una irreparable tristeza mental que ningún estímulo de la imaginación podía impulsar a lo sublime. ¿Qué era –me detuve a pensarlo–, qué era lo que me desanimaba así al contemplar la Casa Usher? Misterio irresoluble; no podía luchar contra los sombríos pensamientos que me rodeaban mientras pensaba en ello. Me vi obligado a recurrir a la insatisfactoria conclusión de que *existen,* sin duda, combinaciones de simples objetos naturales que tienen el poder de afectarnos a tal grado, pero el análisis de ese poder se basa sobre consideraciones en que nos son inaccesibles. Era posible, pensé, que una simple diferencia en la ubicación de los detalles de la decoración, de los detalles del cuadro, fuera suficiente para modificar, para aniquilar quizá, esa capacidad de impresión dolorosa. Procediendo conforme a esa idea, llevé mi caballo hacia la orilla escarpada de un negro y lúgubre estanque que se extendía con un brillo tranquilo frente a la casa, y miré con atención hacia abajo. Pero, con un estremecimiento más sobrecogedor aún que antes, pude contemplar las imágenes reflejadas e invertidas de los juncos grisáceos, y de las ventanas parecidas a ojos vacíos.

Sin embargo, pensaba pasar unas semanas en aquella mansión melancólica. Su propietario, Roderick Usher, fue uno de mis joviales compañeros de adolescencia, aunque muchos años habían transcurrido desde nuestro último encuentro. Una carta me había llegado recientemente a una alejada parte del país –una carta suya–, cuyo tono vehemente y apremiante no admitía otra respuesta que mi presencia personal. La escritura denotaba una evidente agitación nerviosa. El autor de la carta me hablaba de una enfermedad física aguda, de un trastorno mental que le oprimía y de un intenso deseo de verme; siendo yo su mejor y, en realidad, único amigo pensaba hallar en el disfrute de mi compañía algún alivio a su mal. La forma en que decía estas cosas, así como muchas otras, la manera anhelante y sincera de abrirme su corazón no me dejaron vacilar, por lo que decidí obedecer de inmediato a ese al que consideraba, pese a todo, un pedido muy extraño.

Aunque de jóvenes habíamos sido camaradas íntimos, en realidad, sabía muy poco de mi amigo. Siempre fue muy reservado. Yo sabía, no obstante, que pertenecía a una antigua familia que se había distinguido desde tiempo inmemorial por una particular sensibilidad de temperamento, desplegada a través de los siglos en muchas obras de un arte elevado, y que se manifestaba en actos de caridad repetidos y generosos, aunque discretos, así como en una apasionada devoción por las dificultades, quizá más que por las bellezas ortodoxas y sin esfuerzo reconocible de la ciencia musical. También conocía el hecho muy notable de que la estirpe de los Usher, pese a ser muy antigua y venerable, no había producido nunca una rama duradera, es decir, que toda la familia se limitaba a la línea de descendencia directa, salvo muy insignificantes y pasajeras excepciones. Esta falta, pensé –mientras revisaba mentalmente la perfecta concordancia entre el carácter de la propiedad y el de aquel que caracterizaba a sus habitantes; pensando, quizás, en la influencia que podría haber tenido la primera, con el correr de los siglos, en el temperamento de los segundos–, esta ausencia de ramas colaterales, y la consiguiente transmisión directa, de padre a hijo, del patrimonio y del nombre, fueron tal vez la causa de que se identificaran tan bien ambas instancias, hasta el punto de fusionar el título original de la propiedad en el curioso y equívoco nombre de Casa Usher, denominación que para los lugareños designaba indistintamente a la familia y a la mansión familiar.

Ya he dicho que el único efecto de mi experimento un tanto pueril –mirar en la laguna– fue ahondar aquella primera impresión. No cabe duda de que la conciencia del crecimiento de mi superstición –¿por qué no habría de llamarla de esa manera?– sólo sirvió para que la misma creciera más rápido. Tal es, lo sé desde hace tanto, la paradójica ley de todos los sentimientos que se sustentan en el terror. Esa fue, quizás, la única causante de que, cuando levanté la vista hacia la casa desde su imagen en el estanque, surgiera en mi mente una extraña fantasía, una ridícula fantasía que sólo cuento para mostrar cuán intensas eran las sensaciones que me oprimían. La excitación de mi imaginación era tal que creí ver claramente que toda la casa y sus inmediaciones estaban rodeadas de una atmósfera particular, una atmósfera que no se parecía al aire del cielo, sino que era exhalada por los árboles enfermos, los muros grisáceos y ese estanque silencioso; un vaho pestilente y místico, opaco, denso, apenas perceptible y de color plomizo,

Sacudiendo de mi espíritu eso que, *no podía* ser más que un sueño, analicé más detalladamente el aspecto real de la construcción. Su característica más sobresaliente era la antigüedad excesiva. Los siglos habían ocasionado una gran decoloración. Pequeños hongos aparecían por toda la fachada, cubriéndola con una delgada trama desde el techo. Pero nada de esto implicaba una forma llamativa de deterioro. No se había desprendido ninguna parte de la mampostería, y parecía haber una curiosa contradicción entre la adaptación perfecta de las partes y la disgregación de las piedras. Me recordaba mucho a la aparente integridad de ciertas maderas que llevan mucho tiempo pudriéndose en las criptas olvidadas, sin que intervenga el aire exterior. Además de esta huella de ruina general, el edificio no daba señales de inestabilidad. Tal vez la mirada de un observador detallista hubiera podido descubrir una grieta apenas visible que se extendía desde el tejado de la construcción y se abría camino, bajando en zig-zag por la pared hasta perderse en las lúgubres aguas del estanque.

A medida que observaba estas cosas seguí a caballo por un breve terraplén que llegaba hasta la casa. Un sirviente que esperaba tomó mi caballo y entré en la bóveda gótica del vestíbulo. Un criado de andar furtivo me llevó, siempre en silencio, desde allí y a través de varios pasillos oscuros e intrincados, hasta el estudio de su amo. Mucho de lo que observé en ese trayecto contribuyó, no sé de qué manera, a avivar los vagos sentimientos sobre los que ya he hablado. Si bien los objetos circundantes –los relieves de los cielorrasos, los sombríos tapices de las paredes, el ébano negro de los pisos y los fantasmagóricos trofeos familiares que tintineaban a mi paso– eran conocidos para mí, dado que estaba acostumbrado a ellos, o a otros semejantes, desde la infancia, si bien no dudaba en reconocer lo familiar que era todo para mí, me asombraron por insólitas las fantasías que aquellas imágenes comunes provocaban en mí. En una de las escaleras me encontré al médico de la familia. Su semblante, pensé, mostraba una mezcla de baja astucia y perplejidad. Me saludó sorprendido, y siguió. El criado abrió entonces una puerta y me dejó en presencia de su señor.

La habitación en la que estaba era muy amplia y alta; las ventanas, largas, estrechas y ojivales, estaban a tanta distancia del oscuro piso de roble que resultaban por completo inaccesibles desde dentro. Débiles destellos de una luz escarlata se abrían paso por entre los cristales enrejados y servían para distinguir los objetos principales; los ojos, sin embargo, luchaban en vano por llegar a los rincones más lejanos de la habitación, o los huecos del techo abovedado y tallado. Tapices oscuros colgaban de las paredes. El mobiliario general era excesivo, incómodo, antiguo y destartalado. Había libros e instrumentos musicales desperdigados en desorden, pero no llegaban a darle a la escena un mínimo de vitalidad. Sentí que la atmósfera que respiraba era de dolor. Un aire de grave, honda e irremediable melancolía lo cubría y penetraba todo.

Cuando entré, Usher se levantó de un sofá en el que estaba extendido cuan largo era, y me saludó cálida y vivazmente, una cordialidad que encontré excesiva, el esfuerzo obligado del hombre de mundo *ennuyé*[3]. Sin embargo, una mirada a su expresión, inmediatamente, me convenció de su perfecta sinceridad. Nos sentamos y, durante unos instantes, mientras él callaba, lo observé con un sentimiento que era, en parte piadoso, y en parte de espanto. ¡Seguramente ningún hombre había cambiado tan terriblemente, en tan poco tiempo como Roderick Usher! A duras penas pude llegar a convencerme de que el hombre que tenía ante mí, y mi compañero de juventud fuesen la misma persona. Aún así, el carácter de su rostro siempre había sido notable. La tez cadavérica; los ojos, grandes, líquidos e incomparablemente luminosos; los labios un tanto finos y muy pálidos, pero de una curvatura llamativamente bella; la nariz, de un delicado tipo hebreo, pero con ventanillas ligeramente más anchas; el mentón, delicadamente moldeado, revelaba en su falta de prominencia, su falta de energía; el cabello, más suave y sutil que la tela de araña: todos estos rasgos, junto con un desarrollo excesivo de la región frontal conformaban una fisonomía difícil de olvidar. Y ahora, la delicada exageración de esos rasgos dominantes, así como su expresión, evidenciaban un cambio tan grande que dudé de la identidad de quien me estaba hablando. La palidez espectral de su piel y el brillo ahora portentoso de sus ojos, por sobre todas las cosas, me sobrecogieron y aun más, me aterraron. El ligero cabello, además, había crecido despreocupadamente y, como aquella tela de araña parecía flotar más que caer alrededor del rostro, no podía yo, ni haciendo un esfuerzo, relacionar esa apariencia enmarañada con la de la simple humanidad.

Me sorprendió encontrar una cierta incoherencia, cierta contradicción en las maneras de mi amigo, y pronto descubrí que esa conducta estaba motivada por la inútil voluntad de vencer un azoramiento habitual, una exagerada agitación nerviosa. Me encontraba ya preparado para eso, no sólo por

---

3 *Ennuyé*: hastiado (en francés, en el original).

el contenido de su carta sino por el recuerdo de ciertos rasgos juveniles y las conclusiones deducidas de su particular conformación física y de carácter. Sus expresiones eran, por momentos, vivaces y, por momentos, lentas. Su voz oscilaba entre la indecisión trémula (cuando su espíritu vital parecía entrar en completa letargia) y una especie de concisión enérgica, esa dicción abrupta, pesada, lenta, hueca; un habla gutural, densa, modulada y equilibrada que puede observarse en el borracho perdido o el opiómano incorregible mientras atraviesa su mayor excitación.

Así me habló del propósito de mi visita, de su ardiente deseo de verme y de la distracción y la alegría que esperaba de mí. Durante un rato se refirió a lo que él consideraba la naturaleza de su dolencia. Era, me dijo, un mal constitutivo, familiar, para el que no esperaba encontrar remedio; una simple afección nerviosa, agregó inmediatamente, que sin duda desaparecería pronto. Se manifestaba en una serie de sensaciones anormales. Algunas de ellas, mientras me las explicaba, me resultaron de gran interés y muy desconcertantes, aunque quizás hayan tenido que ver con los términos y gestos con que acompañaba su relato. Padecía de una agudeza extraordinaria de los sentidos; sólo podía soportar los alimentos más insípidos; podía usar telas de un único tejido; los perfumes de todas las flores le resultaban opresivos; una luz, incluso la más débil, torturaba sus ojos y sólo unos pocos y específicos sonidos, de algunos instrumentos de cuerda, no le inspiraban horror.

Pude ver que era esclavo de una suerte de terror anormal.

–Moriré –dijo–, debo morir de esta penosa locura. Así, así y de ninguna otra manera, me perderé. Temo los acontecimientos fututos, no en sí mismos, sino por sus consecuencias. Tiemblo pensando en cualquier cosa, el más nimio incidente que pueda actuar sobre esta insoportable agitación de mi alma. No detesto el peligro, como no sea por su efecto absoluto: el terror. En estado, en esta lamentable condición siento que tarde o temprano llegará el momento en que me abandonarán la vida y la razón a la vez, en alguna lucha con el horrendo fantasma: *el miedo*.

Entendí también, por intervalos y a través de insinuaciones ambiguas e inconclusas, que su estado mental tenía otra característica. Estaba dominado él por algunas impresiones supersticiosas sobre la mansión que habitaba, de la que no se había atrevido a salir desde hacía muchos años, supersticiones relativas a una supuesta fuerza, o una energía que me expresó en términos tan oscuros que me es imposible repetir; fuerza que algunas formas o materiales de la casa habían ido ejerciendo con los años sobre su espíritu; un efecto que la forma *física* de los muros, las pequeñas torres y la pequeña laguna en que todo esto se reflejaba había producido, a la larga, en el aspecto *moral* de su existencia.

Aceptaba, pese a todo y no sin dudar, que pudiera encontrarse un origen más palpable y natural a buena parte de la melancolía que lo afectaba: la larga y cruel enfermedad, la muerte —sin duda cercana— de una hermana querida tiernamente, su única compañía durante muchos años, su último pariente.

—Su muerte —dijo, con una amargura que jamás olvidaré— me dejará a mí (a mí, el desesperado, el débil) como el último de la antigua raza de los Usher.

Mientras hablaba, Lady Madeline (ese era su nombre) pasó lentamente por un rincón de la habitación y, sin fijarse en mí, desapareció. La miré con un asombro no desprovisto de temor y, sin embargo, me resulta imposible terminar de explicar esa sensación. Mientras la miraba alejarse un sentimiento de estupor me oprimía. Cuando por fin la puerta se cerró tras ella, mis ojos buscaron, instintiva y ansiosamente, la cara de su hermano, pero él había hundido el rostro entre sus manos y sólo pude ver que una palidez mayor que la habitual se extendía sobre sus descarnados dedos entre los que se filtraban unas gruesas lágrimas apasionadas.

La enfermedad de Lady Madeline había logrado burlar durante largo tiempo la ciencia de sus médicos. Una apatía constante, un agotamiento paulatino de su persona, y frecuentes aunque transitorios ataques de carácter parcialmente cataléptico[4] eran el insólito diagnóstico. Hasta ese momento ella había soportado con entereza la carga de su enfermedad, negándose a permanecer definitivamente en cama; pero, al caer la tarde de mi llegada a la casa, sucumbió (como su hermano me dijo esa noche con una indecible agitación) al poder aplastante del mal, y entendí que la breve visión que yo había tenido de ella, probablemente fuera la última para mí, que ya nunca más vería a Lady Madeline, al menos con vida.

Durante los días que siguieron su nombre no fue mencionado, ni por Usher ni por mí, y yo hice arduos esfuerzos para aliviar la melancolía de mi amigo. Pintábamos y reíamos juntos, y yo escuchaba, como en un ensueño, las impetuosas interpretaciones de su elocuente guitarra. Y así, mientras una intimidad cada vez más estrecha me permitía ingresar en lo más recóndito de su alma, percibía con amargura la futilidad de todos mis intentos por alegrar un espíritu en el que la oscuridad, como una cualidad positiva, inherente, se derramaba sobre todos los objetos del mundo físico y moral en una permanente irradiación de tinieblas.

Para siempre guardaré el recuerdo de las muchas horas solemnes que pasé a solas con el sueño de la Casa Usher. Pese a eso, fracasaría si tratara de explicar el carácter exacto de los estudios o las ocupaciones por los que me inducía o cuyos caminos me mostraba. Un ideal ardiente y enfermizo arrojaba un fulgor sulfúreo sobre todas las cosas. Sus largos e improvisados cantos fúnebres resonarán para siempre en mis oídos. Entre otras cosas, conservo un doloroso recuerdo, con cierta singular perversión y amplifica-

---

4   Catalepsia: (del griego κατάληψις: "suspender") es un trastorno súbito del sistema nervioso caracterizado por la pérdida momentánea de la movilidad (voluntaria e involuntaria) y de la sensibilidad del cuerpo. Su víctima parece yacer sin signos vitales de ningún tipo. Puede estar consciente o inconsciente.

ción del desolado aire del último vals de Von Weber. Sobre las pinturas que se nutrían de su fantástica imaginación y que, pincelada a pincelada iban cayendo en una vaguedad que me estremecía, y que me estremecía aún más porque no entendía cuál era la causa de mi aprensión; sobre esas pinturas (tan vívidas que aún conservo sus imágenes ante mí) sería inútil que tratara de presentar la pequeña y simple porción que cabe de ellas en los estrechos límites de la palabra escrita. Por su extrema sencillez, por la desnudez de sus dibujos, Usher lograba atraer la atención y subyugarla. Si en alguna oportunidad, un mortal logró pintar una idea, ese mortal fue Roderick Usher. Al menos para mí —en las circunstancias que entonces me rodeaban— de las puras abstracciones que el hipocondríaco lograba plasmar sobre el lienzo, emanaba una intensidad de intolerable espanto, cuya sombra no he sentido, ni siquiera, contemplando una de las fantasías de Fuseli[5], resplandecientes, tal vez, pero demasiado concretas.

Una de las fantasmagóricas concepciones de mi amigo, que no participaba tan rigurosamente del espíritu de abstracción, puede ser esbozada, aunque de manera tenue, en palabras. Se trataba de un pequeño cuadro que representaba el interior de una cueva o túnel fabulosamente largo y rectangular, de paredes bajas, lisas, blancas sin interrupción ni adorno. Determinados elementos accesorios del dibujo servían para dar a entender que esa excavación se encontraba a una gran profundidad, bajo la tierra.

A lo largo de su vasta extensión no se veía ninguna salida, ni se discernía ninguna antorcha u otra fuente artificial de iluminación; pese a ello, todo el lugar se encontraba bañado por una ola de rayos intensos, que daban al conjunto del cuadro un esplendor inadecuado y espectral.

---

5   Henry Fuseli (Johann Heinrich Füssli) (1741-1825): Nacido en Suiza, y nacionalizado británico, fue un pintor, dibujante, historiador de arte y escritor, que pasó casi toda su vida en Inglaterra, donde fue una de las figuras más destacadas del romanticismo. Sus obras destacan por el uso del melodrama, la fantasía y el horror.

Ya he hablado de esa condición de su nervio auditivo, que le hacía intolerable toda música al paciente, a excepción de ciertos efectos de los instrumentos de cuerda. Quizás los estrechos límites a los que había confinado su ejecución de la guitarra eran los que generaban, en buena parte, el carácter fantástico de su obra. Pero no puedo, con la misma facilidad, explicar la ardiente *facilidad* de sus *impromptus*. Quizás, tanto las notas como las palabras de sus intensas fantasías (porque muchas veces se acompañaba con improvisaciones verbales rimadas) fueran –y lo eran– el resultado de ese profundo recogimiento mental y al que me referí antes, y que eran observables sólo algunos momentos de su más alta excitación intelectual.

Recuerdo bien las palabras de una de aquellas rapsodias. Tal vez haya sido la que más me impresionó cuando la dijo, porque creí entrever por primera vez, en la corriente interior y mística de su sentido, una plena conciencia por parte de Usher de que su sublime razón amenazaba con desplomarse de su trono. Esos versos, que llevaban el título de *El palacio hechizado*, decían más o menos si no exactamente, esto:

I
En el más verde de los valles,
habitado por ángeles benéficos,
un augusto palacio se elevaba,
un radiante palacio
en los dominios del rey Pensamiento,
¡allí se elevaba!
Nunca un serafín batió sus alas
sobre algo tan bello

II
Banderas amarillas, gloriosas y doradas
flotaban sobre el techo
(esto, todo esto, sucedía hace mucho,
muchísimo tiempo);
y con la brisa que jugaba

en tan amables días,
una fragancia alada se expandía
a lo largo de las murallas pálidas y adornadas.

III

Los que erraban por ese valle alegre,
por dos ventanas iluminadas, veían
a los espíritus danzando
al son de un laúd bien templado,
en torno al trono donde, sentado (¡porfirogénito!)
envuelto en merecida pompa
estaba el señor del reino.

IV

De perlas y rubíes centellantes
era la puerta del bello palacio
de donde como un río fluían,
fluían centelleando,
un conjunto de Ecos cuya dulce tarea
era sólo cantar,
con voces de magnífica belleza,
el genio y el ingenio de su rey soberano.

V

Pero seres malvados, con ropajes de luto,
Invadieron aquel dominio;
(¡ah, lloremos, pues ya no habrá mañana
que surja para él, el desolado!)
Y en torno del palacio, la hermosura
que supo florecer entre rubores
es sólo una historia apenas recordada
de las viejas edades sepultadas.

VI

Y ahora los viajeros, en ese valle,
a través de las ventanas ahora rojas,

*ven amplias formas que se mueven
en fantasmales discordancias;
mientras, cual un rápido y horrible río,
a través de la pálida puerta
una horrenda turba se aproxima riendo,
porque la sonrisa ha muerto.*

Recuerdo muy bien que las sugestiones que provocó esta balada nos llevaron por una corriente de pensamientos en los que quedó de manifiesto una serie de opiniones de Usher que menciono, no porque sean novedosos (otros ya han pensado cosas semejantes[6]), sino por la vehemencia con que los defendió. En líneas generales, afirmaba la sensibilidad de todos los seres vegetales. Pero en su trastornada imaginación la idea era aún más audaz y alcanzaba, bajo determinadas condiciones, el reino de lo inorgánico. No tengo palabras que puedan expresar todo el alcance y convencido *abandono* de su convicción. Esta creencia, sin embargo, se vinculaba (como ya antes había sugerido) con las piedras grises de la casa de sus antepasados. Él suponía que las condiciones de la percepción estaban dadas por el método de colocación de esas piedras, por el orden en el que estaban dispuestas, así como también por la multitud de *hongos* que las cubrían y los árboles marchitos que las rodeaban; pero, por sobre todas las cosas, la clave parecía estar en la larga y serena prolongación de ese orden y su duplicación en las quietas aguas de la laguna. Su evidencia —la evidencia de esa sensibilidad— podía comprobarse (y al escucharlo, me estremecí), en la gradual pero segura condensación de una atmósfera particular alrededor del agua y las paredes. El resultado podía observarse, agregó, en esa silenciosa pero terrible e inoportuna influencia que durante siglos había ido modelando los destinos de la familia, y que había hecho de él, eso que yo

---

6 Otros hombres: Watson, el doctor Percival, Spallanzani y, especialmente, el obispo de Landaff. Véanse los Ensayos químicos, tomo V. (Nota del autor)

ahora veía, eso que él era. Semejante declaración no precisa un comentario, y no lo haré.

Nuestros libros —los libros que durante años constituyeron una parte no menor de la existencia intelectual del enfermo— estaban, por supuesto, en perfecto acuerdo con este carácter espectral. Estudiábamos juntos obras como el *Ververt et Chartreuse,* de Gresset; el *Belphegor,* de Maquiavelo; *Del cielo y el infierno,* de Swedenborg; el *Viaje subterráneo de Nicolás Klimm,* de Holberg; la *Quiromancia de Robert Flud,* de Jean d'Indaginé y de De la Chambre; el *Viaje a la distancia azul,* de Tieck, y *La Ciudad del Sol,* de Campanella. Uno de nuestros volúmenes favoritos era una pequeña edición en octavo del *Directorium Inquisitorium,* por el dominico Eymeric de Gironne; y había pasajes, de Pomponius Mela, acerca de los antiguos sátiros africanos o egibanos, sobre los cuales Usher soñaba durante horas enteras. Su principal deleite, sin embargo, lo encontraba en la lectura atenta de un raro y curioso libro gótico en cuarto —el manual de una iglesia olvidada—, las *Vigiliae Mortuorum Secundum Chorum Eclesiae Maguntiae.*

Yo no podía evitar pensar en el extraño ritual de esa obra, y en su probable influencia sobre el hipocondríaco cuando, una noche, después de informarme bruscamente que Lady Madeline había dejado de existir, declaró su intención de conservar el cuerpo durante quince días (antes de su inhumación definitiva) en una de las numerosas criptas situadas bajo el edificio. La razón profana que me dio sobre esa singular decisión no me dejó la libertad de discutir. El hermano había tomado esa medida (según me dijo), teniendo en cuenta el carácter insólito de la enfermedad de la difunta, ciertas inoportunas y ansiosas indagaciones por parte de sus médicos, y la remota y expuesta ubicación del cementerio familiar. No negaré que, al evocar el extraño aspecto de la persona con la que me crucé en la escalera el día de la llegada a la casa, no tuve deseos de oponerme a lo que me pareció una precaución inofensiva y para nada extraña.

A pedido de Usher, personalmente lo ayudé a preparar la sepultura temporal. Después de colocar el cuerpo en el féretro, entre los dos lo llevamos a su lugar de descanso. La cripta en la que lo depositamos (había permanecido cerrada durante tanto tiempo que su atmósfera opresiva casi apaga nuestras antorchas, dándonos poca oportunidad de examinarla) era pequeña, húmeda y no dejaba entrar la luz; estaba situada a gran profundidad, justo debajo de la parte de la casa que ocupaba mi dormitorio. Evidentemente, en remotas épocas feudales había desempeñado el siniestro propósito de mazmorra, y en tiempos más cercanos, había sido un depósito de pólvora o alguna otra sustancia altamente combustible, porque una parte del piso y todo el largo pasillo abovedado que nos llevó hasta allí, estaba cuidadosamente revestido de cobre. La puerta, maciza y de hierro, contaba con una protección semejante; al moverse sobre sus bisagras, producía un chirrido sorprendentemente agudo.

Después de depositar nuestra fúnebre carga sobre los caballetes, en aquella región de horror, corrimos hacia un lado la tapa del féretro, que aún no estaba atornillada y contemplamos el rostro de su ocupante. Lo primero que atrajo mi atención fue el parecido sorprendente entre hermana y hermano, y Usher, tal vez adivinando mis pensamientos, murmuró algunas palabras gracias a las que supe que la difunta y él eran mellizos y que entre ambos habían existido siempre unas simpatías casi inexplicables. Nuestros ojos, mientras, no pudieron permanecer largo rato sobre la difunta pues no podíamos mirarla sin espanto. El mal que la condujo a la muerte siendo tan joven había dejado, como suelen dejar las enfermedades de carácter estrictamente cataléptico, la ironía de un tenue rubor en el pecho y el rostro, y esa sonrisa suspicaz y tardía que es tan terrible en la muerte. Volvimos a colocar la tapa en su lugar, la atornillamos y, después de asegurar la puerta de hierro, volvimos a los cuartos superiores de la casa, que no eran menos tristes que este.

Y entonces, después de varios días de amarga pena, hubo un cambio notorio en los síntomas del desorden mental de mi amigo. Su manera de ser habitual se esfumó. Descuidaba u olvidaba sus ocupaciones habituales. Erraba de habitación en habitación con paso precipitado, desigual, sin objeto.

La palidez de su rostro había adquirido, de ser posible, un tono más espectral, pero la luminosidad de sus ojos desapareció por completo. Su tono de voz, a veces ronco, ya no se oía, y una vacilación trémula, como aterrorizada, caracterizaba ahora su forma de hablar. Por momentos, en realidad, creí que algún secreto opresivo estaba dominando su mente atribulada enormemente, y que luchaba denodadamente para darlo a conocer. En otras oportunidades, en cambio, me veía obligado a pensar que, en definitiva, eran esas todas divagaciones propias de la locura, pues lo veía mirar con atención al vacío durante horas, como si estuviera escuchando algún sonido imaginario. No es llamativo que su estado me aterrara, y que incluso empezara a sentirme contagiado por él. Sentía deslizarse en mí, lenta, gradualmente pero a paso decidido la violenta influencia de sus supersticiones.

Fue en especial una noche, antes de retirarnos a nuestros aposentos, la séptima u octava noche después de que dejáramos a Lady Madeline en la mazmorra, cuando experimenté esas aprensiones en toda su profundidad.

Las horas pasaban y pasaban pero el sueño no se acercaba a mi lecho. Procuré encontrarle una razón al nerviosismo que me dominaba. Me esforcé por convencerme de que mucho, sino todo lo que sentía, se debía a la influencia que ejercía sobre mí el sombrío mobiliario de la habitación, los oscuros tapices envejecidos eran agitados espasmódicamente por una tempestad en ciernes y se balanceaban y crujían alrededor de los adornos de la cama. Pero todos mis esfuerzos resultaron inútiles. Un temblor incontenible fue invadiendo el cuerpo y sobre mi corazón se instaló un íncubo, el peso de una alerta totalmente sin motivo. Traté de liberarme de él, jadeando y luchando conseguí erguirme sobre las almohadas y, mientras escudriñaba en la intensa oscuridad del aposento, presté atención –no sabría decir por qué me implusó una fuerza instintiva– a ciertos ruidos vagos, indefinidos que llegaban no sé de dónde en las pausas que dejaba la tormenta. Una intensa sensación de terror me dominó, una sensación tan inexplicable como intolerable; me vestí de prisa (pues sentí que no iba a poder dormir más en toda la noche) y procuré, caminando con grandes zancadas por la habitación, salir del lamentable estado en el que estaba sumido.

Llevaba dadas unas pocas vueltas cuando un paso ligero en la escalera cercana llamó mi atención. Distinguí el paso de Usher. Un instante después llamaba con un suave golpe a mi puerta e ingresaba a la habitación, llevando una lámpara. Su semblante tenía, como de costumbre, la palidez de un cadáver; pero sus ojos tenían, además, una especie de loca hilaridad, una *hysteria* evidentemente contenida. Su aspecto me aterró; pero incluso eso era preferible antes que la soledad que había soportado tanto tiempo, e incluso recibí su presencia con alivio.

–¿Y no lo has visto? –dijo él bruscamente, después de mirar en silencio en torno durante algunos instantes–. Entonces, ¿no lo has visto? Pues aguarda y lo verás –mientras pronunciaba estas palabras protegió con cuidado la lámpara, se acercó rápidamente a una de las ventanas y la abrió, de par en par, a la tormenta.

La ráfaga entró con furia impetuosa y casi nos levantó del suelo. Era, en verdad, una noche tormentosa pero de una severa belleza, una noche singularmente extraña en su terror y hermosura. Al parecer, un torbellino desplegaba su poderío muy cerca porque el viento modificaba con frecuencia y velozmente su dirección, y la densidad excesiva de las nubes (tan bajas ya, que ocultaban las torrecillas de la casa), no nos impedía apreciar la gran velocidad con la que acudían de todos los puntos, mezclándose unas con otras sin alejarse. Ni siquiera su excesiva oscuridad nos impedía advertirlo y, sin embargo, no vislumbrábamos ni la luna, ni las estrellas, ni alcanzábamos a observar el brillo de un relámpago. Pero las superficies inferiores de aquellas agitadas y vastas masas de vapor, así como todos los objetos terrestres que nos rodeaban, resplandecían con la luz sobrenatural de una leve exhalación gaseosa, apenas luminosa y claramente visible que caía sobre la casa y la amortajaba

—¡No debes mirar, no mirarás esto! —dije, temblando, a Usher, mientras con una suave violencia lo apartaba de la ventana y lo conducía a un asiento—. Este espectáculo que te trastorna son simples fenómenos eléctricos, muy comunes; o quizás tengan su origen en los pútridos miasmas del estanque. Cerremos la ventana. El aire está frío y puede ser peligroso para tu salud. Aquí tienes una de tus novelas favoritas. Yo leeré, tú escucharás y así pasaremos juntos esta noche terrible.

El antiguo libro que había tomado era *Mad Trist*, de sir Launcelot Canning[7], pero había dicho que era uno de los favoritos de Usher más en broma que en serio, pues había poco en su tosca prolijidad, falta de imaginación, que pudiera interesar a la altísima espiritualidad de mi amigo. Era, sin embargo, el único libro que tenía a mano y me permití alimentar la vana esperanza que la excitación que agitaba al hipocondríaco podría hallar alivio (pues la historia de los trastornos mentales está llena de anomalías semejantes) hasta en la exageración de las locuras que iba yo a leerle. A juzgar por el extraño y tenso aire de vivacidad con que escuchaba o aparentaba escuchar las palabras de la historia, tendría que haberme congratulado por el éxito de mi idea.

Había llegado a esa parte, tan conocida, de la historia en que Ethelred, el héroe del *Trist,* después de intentar en vano introducirse por las buenas en la morada del ermitaño, se decide a entrar por la fuerza. Aquí, se recordará, la narración dice lo siguiente:

---

7   Al parecer, tanto el título como el autor de esta obra, serían apócrifas creaciones de Poe.

"Y Ethelred, que era por naturaleza un corazón valiente, y que ahora se sentía, además, muy fuerte, gracias al poder del vino que había bebido, no esperó más para hablar con el ermitaño quien era, de verdad, propenso a la obstinación y a la malicia; pero, sintiendo la lluvia sobre sus hombros y temiendo el estallido de la tempestad, levantó su maza, y a golpes abrió pronto un camino, a través de las tablas de la puerta, para su mano enguantada de hierro; y entonces, tirando de ella vigorosamente hacia sí, hizo crujir, hundirse y saltar todo en pedazos, de tal forma, que el ruido de la madera seca y hueca repercutió desde una parte a otra de la selva".

Al terminar esta frase me sobresalté e hice una pausa, pues me había parecido (aunque en seguida concluí que mi excitada imaginación me engañaba) que, de una parte muy lejana de la mansión, llegaba confusamente a mis oídos un ruido que podía ser, a causa de su exacto parecido, el eco (pero sofocado y sordo, es verdad) de aquel crujido y ruido de destrozos descrito con tanto detalle por Launcelot. Fue, sin lugar a dudas, la coincidencia lo que atrajo mi atención, porque el sonido, en sí mismo, no tenía nada que pudiera turbarme o intrigarme. Continué el relato:

"Pero el buen campeón Ethereld, cruzó entonces la puerta y se sintió sorprendido y furioso cuando no encontró señal alguna del ermitaño malvado sino, en su lugar, un dragón de apariencia extraordinaria, cubierto de escamas y con lengua de fuego que estaba de centinela delante de un palacio de oro con piso de plata de cuyo muro colgaba un escudo de bronce reluciente que rezaba:

El que entre aquí conquistador será;
El que mate al dragón, el escudo ganará.

"Y Ethereld levantó su maza y golpeó la cabeza del dragón, que cayó a sus pies y exhaló su pestilente aliento con un rugido tan horrendo, áspero y penetrante que Ethereld tuvo que taparse los oídos con las manos, para no escuchar aquel horrible sonido, tan horrendo como jamás se escuchó ninguno".

Me detuve aquí abruptamente y ahora con un sentimiento de violento asombro, pues me era imposible ahora dudar de que en esa oportunidad había escuchado realmente (aunque me resulta imposible precisar de qué dirección venía) un grito singularmente agudo y chirriante, prolongado y áspero que era la copia fiel de lo que en mi imaginación atribuyera al sobrenatural grito del dragón, tal como lo describía el novelista.

Oprimido como estaba, por cierto, por esa segunda y más extraña coincidencia, por mil sentimientos contradictorios, entre los cuales se destacaban el asombro y la más extrema pavura, logré conservar, pese a todo, la suficiente presencia de ánimo como para no excitar con cualquier observación la sensibilidad nerviosa de mi compañero. En absoluto podía asegurar que él hubiera notado los ruidos en cuestión, aunque en los últimos minutos se había producido un visible y curioso cambio en su apariencia. Desde su posición frente a mí, había girado, gradualmente, la silla hasta quedar mirando hacia la puerta de la habitación; de esa manera sólo podía ver yo una parte de sus facciones, aunque noté que sus labios temblaban ligeramente como si estuviesen murmurando algo inaudible. Tenía la cabeza caída sobre el pecho pero supe que no estaba dormido porque el ojo que entreveía de perfil permanecía muy abierto y fijo. También el movimiento del cuerpo contradecía esa idea, porque se balanceaba con una delicada pero constante y regular oscilación. Luego de advertir todo esto, proseguí el relato de Launcelot, que seguía así:

"Y entonces el campeón, que había escapado a la temible furia del dragón, recordó el escudo de bronce y el encantamiento que acababa de romper, apartó el cuerpo muerto de su camino y avanzó valientemente por el piso de plata del castillo hacia el lugar del muro del que pendía el escudo, el cual no esperó su llegada sino que cayó a sus pies sobre el piso argento, con grandísimo y terrible ruido".

Apenas habían terminado de salir de mis labios estas palabras cuando –como si realmente un escudo de bronce hubiera caído sobre un piso de plata– escuché el eco claro, hondo, metálico y resonante, aunque en apariencia sordo. Incapaz de dominar mis nervios, me puse de pie de un salto, mientras Usher seguía balanceándose acompasadamente en su sillón. Sus ojos estaban fijos hacia adelante y el resto de su semblante, tan rígido, parecía de piedra. Pero, cuando posé mi mano sobre su hombro, un fuerte estremecimiento lo recorrió por completo; una débil sonrisa malsana tembló en sus labios y observé que hablaba en un murmullo aparado, rápido e ininteligible, como si no notara mi presencia. Me incliné sobre él y pude por fin, comprender el espantoso significado de sus palabras:

–¿No oyes? Sí, yo lo oigo y lo *he oído*. Mucho, mucho, mucho tiempo… muchos minutos, muchas horas, muchos días lo he oído, pero no me atrevía… ¡Ah, compadéceme, mísero de mí, desventurado! ¡No me atrevía, no me *atrevía* a hablar! *¡La encerramos viva en la tumba!* ¿No dije que mis sentidos están agudizados? Ahora te digo que oí sus primeros, débiles movimientos, adentro del ataúd. Los he oído hace muchos, muchos días, y, sin embargo, *¡no me atreví a hablar!* Y ahora, esta noche, Ethereld, ¡ja, ja! ¡La puerta del ermitaño rota, el grito de muerte del dragón y el estruendo del escudo!... ¡Di, mejor, el ruido del ataúd al rajarse, el chirriar de las bisagras de hierro de su prisión, y sus luchas dentro de la cripta, por el pasillo abovedado, revestido de cobre! ¡Oh! ¡Adónde huiré! ¿No estará ella aquí pronto? ¿No va a aparecer para reprocharme mi precipitación? ¿No he oído sus pasos en la escalera? ¿No percibo el pesado y horrible latido de su corazón? ¡Insensato! –y en ese momento se alzó furiosamente y aulló estas palabras como si en aquel esfuerzo exhalase su alma–: *¡Insensato! ¡Le digo a usted que está detrás de la puerta!*

En ese mismo instante, como si la energía sobrehumana de sus palabras hubiese adquirido la fuerza de un hechizo, los grandes y antiguos batientes que él señalaba entreabrieron pausadamente sus pesadas mandíbulas de ébano. Aquello era obra de una furiosa ráfaga, pero allí, del otro lado de la puerta estaba la alta y amortajada figura de Lady Madeline Usher. Había sangre sobre su blanca ropa, y toda su demacrada persona mostraba las señales evidentes de una brutal y encarnizada lucha. Durante un momento permaneció trémula y vacilante sobre el umbral; luego, con un grito apagado y quejumbroso, cayó pesadamente hacia adelante, sobre su hermano, y en su violenta y ahora definitiva agonía le arrastró al suelo, muerto y víctima de sus terrores anticipados.

Huí de aquel aposento y de aquella mansión, horrorizado. La tempestad se desencadenaba aún en toda su furia cuando franqueé el viejo camino. De pronto una luz intensa se proyectó sobre el sendero y me volví para ver de dónde podía brotar claridad tan insólita, pues sólo tenía a mi espalda la vasta mansión y sus sombras. El resplandor venía de la luna llena, roja como la sangre, que brillaba ahora a través de aquella fisura casi imperceptible, dibujada en zig-zag, desde el techo de la mansión hasta la base. Mientras la estaba mirando, aquella grieta se ensanchó con rapidez, pasó de nuevo una furiosa ráfaga, un remolino; la circunferencia entera del satélite estalló, de golpe, ante mis ojos y mi espíritu zozobró cuando vi desmoronarse los poderosos muros; hubo un largo y tumultuoso estruendo, como la voz de mil torrentes, y el estanque, profundo, sombrío, se cerró silenciosamente sobre los restos de la Casa Usher.

El retrato oval[1]

El castillo al cual mi criado se había atrevido a entrar por la fuerza para impedir que, gravemente herido como estaba, pasara yo la noche a la intemperie, era una de esas construcciones en las que se mezclan lo lúgubre y lo grandilocuente, y que durante largo tiempo se han alzado altivas en los Apeninos, no menos reales en la realidad que en la imaginación de Mrs. Radcliffe[2]. Según parecía, el castillo había sido recién abandonado, aunque de manera temporal. Nos instalamos en una de las habitaciones más pequeñas y menos ostentosamente amuebladas. Se encontraba en una recóndita torre del edificio; su ornamentación era suntuosa, pero gastada y vieja. De los muros colgaban tapices, que adornaban cantidad y variedad de trofeos heráldicos, junto con una insólita cantidad de vivaces pinturas modernas enmarcadas en arabescos de oro. Esas pinturas, que no estaban ubicadas sólo a lo largo de las paredes sino también en diversos nichos que requería la intrincada estructura del castillo, despertaron mi interés profundamente, tal vez esti-

---

1   El título con el que Poe editó en 1842 por primera vez este cuento fue: *"Life in death"*. En 1845, cuando volvió a editarlo, lo cambió por su nombre definitivo: *"The oval portrait"*.
2   Se refiere a Anne Radcliffe, escritora inglesa, famosa por sus novelas de ambiente gótico.

mulado por mi incipiente delirio; pedí, entonces, a Pedro que cerrara las pesadas persianas de la habitación —había anochecido—, que encendiera las velas de un alto candelabro ubicado a la cabecera y abriera de par en par las adornadas cortinas de terciopelo negro que envolvían la cama. Deseaba que hiciera eso para poder entregarme, si no al sueño, al menos a contemplar alternativamente los cuadros, y a analizar un pequeño libro que habíamos hallado sobre la almohada, que tenía una descripción y una pormenorizada crítica de cada una de las obras.

Leí mucho y durante largo rato, e intensamente. Veloces y brillantes volaron las horas hasta que llegó la profunda medianoche. Me molestaba la ubicación del candelabro, pero, para no molestar a mi adormilado sirviente, estiré no sin dificultad la mano y lo coloqué de manera que su luz cayera directamente sobre el libro.

Ese cambio produjo, sin embargo, un resultado por completo inesperado. Los rayos de las numerosas velas (porque eran muchas) cayeron en un nicho del cuarto que una de las columnas de la cama había mantenido en la más profunda sombra. De esa forma me fue dado ver, con toda claridad, una pintura que me había pasado inadvertida. Se trataba del retrato de una joven mujer. Observé velozmente su retrato, y en seguida cerré los ojos. Al principio no llegué a entender por qué lo había hecho. Pero mientras continuaba con los ojos cerrados, pasó por mi mente la causa de mi comportamiento. Había sido un movimiento impulsivo con el objeto de ganar tiempo para pensar, para cerciorarme de que mis ojos no me hubieran engañado, para tranquilizarme y dominar mi imaginación antes de volver a mirarlo, más tranquilo y más seguro. Unos instantes después, volví a mirar fijamente la pintura.

Ahora no podía ni quería dudar de mis ojos, porque el primer destello de las velas sobre aquella tela disipó el sueño que pesaba sobre mis sentidos y me desveló por completo.

Ya adelanté que el retrato representaba a una mujer joven. Sólo estaban plasmados la cabeza y los hombros, pintados de la forma que técnicamente se denomina *vignette,* muy parecidas al estilo de las cabezas favoritas de Sully[3]. Los brazos, el pecho y hasta las puntas del radiante cabello se mezclaban confusamente en la vaga pero profunda sombra que constituía el fondo del retrato. El marco era oval, exquisitamente dorado y con unas filigranas al estilo morisco. No fue ni la ejecución de la obra, ni la excepcional belleza del rostro retratado lo que me impresionó tan repentina y profundamente. No podía creer que mi imaginación, al salir de su delirio, hubiese tomado la cabeza por la de una persona viva. De inmediato noté que las particularidades del diseño, de la *vignette* y del marco tenían que haber rechazado tamaña idea, impidiendo incluso que dure un solo instante. Meditando en esto profundamente, permanecí, tal vez una hora, a medias sentado, a medias reclinado, con la mirada clavada en el retrato. Finalmente me dejé caer hacia atrás en el lecho, convencido de haber descubierto el secreto del efecto que me provocara la obra.

Descubrí que el verdadero embrujo que producía se debía a la total *posibilidad de vida* que tenía su expresión y que, sobresaltándome al principio, acabó por confundirme, subyugarme y aterrarme. Con un respeto profundo y reverencial, volví a poner el candelabro en su posición anterior. Después de haber ocultado a mi vista el objeto de mi profunda agitación, busqué ansiosamente el libro que se ocupaba de las pinturas y sus historias. Lo abrí en el número que correspondía al retrato oval, leí en él estas vagas y singulares palabras:

"Se trata de una doncella de singular belleza, tan fascinante como alegre. Aciago fue el momento en que vio, amó y desposó al pintor. Él, apasionado, estudioso y austero, se había casado con el Arte; ella, una doncella cuya hermosura no tenía par, cautivante y dichosa, toda luz y risa, traviesa como un cervatillo, lo amaba, lo mimaba y

---

3   Hace referencia a Thomas Sully, famoso retratista norteamericano del siglo XIX.

odiaba solamente al Arte, su rival; temía únicamente a la paleta, a los pinceles a los otros molestos instrumentos que la privaban de la presencia de su amante. Por eso, para la doncella, fue terrible escuchar al pintor decir que quería retratarla. Pero era humilde y obediente y durante muchas semanas posó tranquilamente en el alto y oscuro aposento de la torre en el que la luz llegaba a la pálida tela sólo desde arriba. Pero él, el pintor, cifraba su gloria en ese trabajo, que avanzaba hora a hora, día a día. Y era un hombre turbulento, apasionado y melancólico, que se perdía en sus ensueños; hasta el punto de *no querer ver* cómo esa luz que entraba débil en la torre solitaria marchitaba la salud y la vivacidad de su esposa, que se languidecía a la vista de todos, salvo de la suya. Pero ella seguía sonriendo, sin balbucear una queja siquiera, porque veía que el pintor, hombre muy afamado, trabajaba con un placer fervoroso y ardiente procurando día y noche retratar a aquella que tanto lo amaba y que, sin embargo, se hallaba cada vez más débil. Ciertamente, aquellos que contemplaban el retrato comentaban en voz baja el parecido, al que se referían como una asombrosa maravilla que probaba, no sólo la excelencia del artista, sino también el profundo amor que profesaba por la que representaba de manera insuperable. Pero, a la larga, a medida que el momento de concluir el trabajo se acercaba, ya nadie más fue admitido en la torre, dado que el pintor se encontraba exaltado con pasión, volcado a su trabajo y apenas si apartaba los ojos de la tela, ni siquiera para mirar el rostro de su esposa. Y no quería ver que los matices que distribuía sobre la tela eran extraídos de las mejillas que la mujer que se encontraba sentada junto a él. Y cuando después de muchas semanas poco quedaba por hacer, salvo una pincelada en la boca y un trazo de color en la boca, el espíritu de la doncella osciló, como la llama en el tubo de la lámpara. Y entonces la pincelada fue dada y el trazo de color extendido, y por un instante el pintor quedó como en trance, observando la obra concluida. Pero al instante siguiente, mientras la observaba, palideció y tembló al tiempo que gritaba: '¡En verdad esta es la *Vida* misma!'. Se volvió repentinamente para mirar a su amada... *¡Estaba muerta!*".

William Wilson[1]

> *¿Qué decir de ella?*
> *¿Qué decir de la torva conciencia,*
> *de ese espectro en mi camino?*
> CHAMBERLAYNE, *Pharronida*

Permitid que, por el momento, me presente como William Wilson. Esta inmaculada página no debe ser manchada con mi verdadero nombre. El mismo ya ha sido objeto del escarnio, del horror, del desprecio de mi estirpe. ¿Los vientos indignados, no han esparcido ya su infamia sin par a través de las regiones más lejanas del globo? ¡Oh proscrito! ¡Oh tú, el más abandonado de todos los proscritos! ¿No estás definitivamente muerto para la tierra? ¿No estás muerto para sus honores, sus flores, sus ambiciones doradas? Entre tus anhelos y el firmamento, ¿no hay siempre una densa, fúnebre y vasta nube?

Aun si pudiese no quisiera registrar hoy la crónica de estos últimos años de inexpresable desdicha e imperdonable crimen. Esa época —estos años recientes— ha llegado

---

1 Este cuento se editó por primera vez en el año 1839.

al colmo de la depravación, pero ahora sólo deseo contar
el origen de esta depravación. Por lo general, los hombres van cayendo en la bajeza de a poco. En mi caso,
en cambio, la virtud me abandonó súbitamente, como si
fuera una manta. De una maldad relativamente trivial,
pasé a pasos agigantados a enormidades peores que las de
un Heliogábalo. Permitidme que os relate el momento,
el suceso que hizo posible esto. La muerte se acerca y la
sombra que la anuncia ejerce una influencia tranquiliza-
dora sobre mi espíritu. A medida que atravieso ese oscuro
valle, ambiciono la simpatía —estuve a un tris de escribir
la piedad— de mis semejantes. Me gustaría que creyeran
que, en cierta medida, fui esclavo de las circunstancias
que iban más allá del dominio de los hombres. Me gustaría que buscaran un *oasis de fatalidad* que me excuse en
los detalles que voy a darles. Quisiera que admitieran —y
no dejarán de hacerlo—, que si alguna vez existieron tentaciones semejantes, nunca un hombre fue tentado *así*, y
jamás cayó *así*. ¿Será por eso que nunca ha sufrido en esta
forma? En verdad, ¿no habré vivido un sueño? ¿No muero
víctima del horror y el misterio de las visiones sublunares?

Desciendo de una estirpe que se destacó por su temperamento imaginativo y fácilmente excitable; desde mi
más tierna infancia demostré haber heredado plenamente
el carácter de la familia. A medida que avanzaba en años
esta característica se hizo más marcada en mí y se convirtió, por muchos motivos, en causa de ansiedad para mis
amigos y graves perjuicios para mí. Crecí gobernándome a
mi antojo, entregado a los caprichos más insólitos y siendo víctima de las pasiones más descontroladas. Débiles de
espíritu, asaltados por defectos constitutivos semejantes a
los míos, fue muy poco lo que pudieron hacer mis padres
para contener las desgraciadas tendencias que me carac-
terizaban. Algunos esfuerzos pobres, mal direccionados
terminaron en fracasos resonantes en la misma medida en
que fueron éxitos para mí. A partir de entonces, mi voz

fue ley en nuestra casa; a la edad en que pocos niños han dejado los andadores, me convertí y de hecho, si no de derecho, en el amo de todos mis actos.

Los primeros recuerdos de mi vida escolar se ubican en una vasta casa isabelina, plagada de rincones, en un pueblo de Inglaterra siempre cubierto por la niebla, en el que se alzaban un sinfín de árboles enormes y nudosos y todas las casas eran antiquísimas. Ciertamente, este viejo y venerable pueblo era un lugar de ensueño, propicio para la paz del espíritu. Ahora mismo, en mi fantasía, puedo sentir el aire refrescante de sus avenidas con sombra, huelo el perfume de sus mil arbustos y me estremezco deliciosamente, de nuevo, al escuchar la voz profunda y ahuecada de la campana de la iglesia rompiendo, hora tras hora con su brusco tañido, el silencio del melancólico ambiente en el que el campanario gótico, tan trabajado, se sumía y descansaba.

Detenerme en los pequeños recuerdos de la escuela me otorga, tal vez, el mayor placer de los que puedo alcanzar en estos días. Hundido como estoy en la desgracia –¡ay! tan real–, seré perdonado por buscar un alivio tan breve y sutil, contando unos pocos detalles vagos. Frívolos y hasta ridículos, en mi imaginación esos detalles adquieren una determinada estatura porque se relacionan con una etapa y un lugar en los que observo los primeros indicios, ambiguos, del destino que más tarde me envolvería en sus sombras. Dejadme, por ende, recordar.

Ya he mencionado que la casa era antigua y su arquitectura, irregular. Se erigía en un terreno vasto, y la rodeaba un muro de ladrillos, sólido y alto, coronado por una capa de cemento y vidrios rotos. Esta muralla, parecida a la de una prisión, era el límite de nuestro dominio; más allá de ella, sólo podíamos pasear nuestras miradas tres veces por semana: la primera era los sábados a la tarde, cuando en grupos y acompañados por dos preceptores nos permitían realizar breves paseos por los terrenos vecinos; las otras dos tenían lugar los domingos, cuando íbamos a las misas de la mañana y de la tarde en la única iglesia que había en el pueblo.

El director de la escuela también era el pastor. ¡Qué sorpresa y perplejidad me dominaban cuando lo veía, desde nuestros alejados bancos, subir al púlpito con su lento y solemne paso! Este hombre reverente, de facciones tranquilas y bondadosas, de vestiduras brillosas que ondulaban clericalmente, de peluca empolvada con cuidado, tan rígida y grande... ¿podía ser la misma persona que, apenas unos momentos antes, amargado el rostro y manchadas de rapé las ropas, administraba, férula en mano, las leyes draconianas de la escuela? ¡Oh, mayúscula paradoja! ¡Demasiado grande para tener solución!

En una esquina de la voluminosa pared rechinaba una puerta aún más voluminosa. Estaba remachada y asegurada con pasadores de hierro, a la vez que tenía picas del mismo material. ¡Qué profundo terror inspiraba! Nunca se abría, sólo para las tres salidas y entradas antes mencionadas: tal vez por ese motivo, en cada rechinar de sus magníficas bisagras encontrábamos la plenitud del misterio... un mundo de cosas para hacer comentarios solemnes o para meditar con seriedad.

El extenso muro era irregular, con muchos recesos espaciosos. De estos, tres o cuatro de los más grandes constituían el campo de juegos. El piso había sido nivelado y estaba cubierto de grava fina y dura. Recuerdo que no poseía árboles, bancos ni nada parecido. Quedaba, por supuesto, en la parte de atrás de la casa. En el frente había un cantero pequeño, en el que crecían el boj y otros arbustos; pero pasábamos sólo en raras ocasiones a través de esta sagrada división, el día de ingreso a la escuela, quizás, o el de nuestra partida, o tal vez cuando nuestros padres o un amigo venían a buscarnos y nos íbamos con gran alegría a casa, donde pasaríamos las vacaciones de Navidad, o las de verano.

¡Esa casa! ¡Qué raro era aquel viejo edificio! ¡Y qué palacio hechizado era para mí! Realmente sus huecos y recovecos eran infinitos, igual que sus incomprensibles subdivisiones. En determinado momento era difícil saber a ciencia cierta en cuál de los dos pisos nos hallábamos. Entre un cuarto y otro siempre había tres o cuatro escalones que subían o bajaban. Eran verdaderamente innumerables –e inconcebibles– las alas laterales, volvían sobre sí mismas de tal manera que la idea total que tendíamos sobre esa casa no difería, en lo sustancial, de lo que considerábamos como infinito. Durante los cinco años que pasé allí, jamás pude establecer con precisión en qué recóndito lugar estaban situadas las pequeñas habitaciones que teníamos asignadas tanto yo como los otros dieciocho o veinte jóvenes que asistíamos a clase.

El aula era el cuarto más grande de la casa y –no puedo evitar pensarlo– también lo era del mundo entero. Larga, angosta y tristemente baja, con puntiagudas ventanas góticas y techo de roble. En un costado perdido y aterrorizante había un espacio cuadrado de unos ocho o diez pies, en ese lugar estaba el *sanctum* destinado a los rezos de nuestro director, el reverendo doctor Bransby. Se trataba de una estructura sólida, de puerta sólida, y antes de abrirla en ausencia del *domine* hubiésemos elegido morir por la *peine forte et dure*². En otros dos rincones había sendos espacios semejantes, menos reverenciados, sí, pero no por ello menos atemorizantes. El primero de ellos tenía la cátedra del preceptor "clásico", y en el segundo estaba la de "inglés y matemáticas". Dispersos por el salón, cruzándose una y otra vez en una irregularidad interminable se podían ver los muchos bancos y pupitres, oscuros y viejos, deteriorados por el tiempo, tapados de libros hojeados hasta el hartazgo y tan cubiertos de cicatrices de iniciales, nombres completos, dibujos grotescos y otros múltiples esfuerzos del cortaplumas que poco quedaba ya de la forma que habían tenido en días

---

2 También llamado "tortuga", se trata de un antiguo método de tortura por aplastamiento.

lejanos. En un extremo del salón había un balde con agua y en el otro un reloj verdaderamente muy grande.

Tras las gruesas paredes de tan venerable institución pasé sin aburrimiento ni disgustos los años del tercer lustro de mi vida. El fértil cerebro infantil no precisa de los eventos del mundo externo para mantenerse ocupado o divertido; y la rutina aparentemente triste de la escuela estaba llena de una intensa excitación, mucho más que la que mi juventud logró encontrar en la lujuria, o mi virilidad en el crimen. Pese a todo, debo creer que mi desarrollo mental salía de lo común, y hasta pecaba de exagerado. Por lo general, los hombres maduros no guardan un recuerdo demasiado definido de los hechos de su infancia. Todo se convierte en una sombra opaca, una evocación débil e irregular, un recuerdo indiferenciado de pequeños goces y fantasmales padecimientos. Sin embargo, en mi caso no es así. Debo haber sentido durante la infancia, con todas las energías propias de un hombre, lo que ahora encuentro grabado en mi recuerdo con imágenes tan vívidas, tan duraderas y hondas como los exergos de las medallas cartaginesas.

Sin embargo —desde el punto de vista mundano—, ¡qué poco había allí para recordar! Despertarse temprano a la mañana y volver a acostarse por la noche; el estudio, las lecciones, las vacaciones regulares, las excursiones; el campo de juegos, con sus peleas, sus juegos, sus intrigas… Todo eso que, por obra de un sortilegio mental totalmente olvidado después, conseguía encerrar un mundo de sensaciones, de incidentes interesantísimo, un universo de las emociones más variadas y de la excitación más intensa. *"Oh, le bon temps, que ce siècle de fer!"*[3].

Mi ardor, mi entusiasmo y lo imperioso de mi naturaleza hicieron que, muy rápidamente, destacara entre mis condiscípulos y, paulatinamente, fuese ganando ascendencia entre

---

3   Cita de un poema breve de Voltaire, "Le mondain". "¡Oh, los buenos tiempos, de ese siglo de hierro".

los que no superaban demasiado mi edad; sobre todos…, con una única excepción. Se trataba de un alumno que, sin ser pariente mío, tenía mi mismo nombre y apellido; hecho poco llamativo dado que, a pesar de mi ascendencia noble, mi apellido era uno de esos que desde el comienzo de los tiempos son propiedad común del pueblo. En este relato me he llamado William Wilson, nombre ficticio pero no demasiado distinto del verdadero.

De entre los que según la fraseología escolar conformaban "nuestro grupo", sólo mi tocayo se atrevía a competir conmigo en el estudio, en los deportes y en las peleas del recreo, negándose a creer ciegamente en mis afirmaciones y acatar mi voluntad; en definitiva, pretendía oponerse a mi arbitrario dominio sobre el resto. Y si hay en la tierra una forma suprema de despotismo, ese es el que ejerce en la juventud un muchacho superior sobre los espíritus de sus pares menos dotados.

La rebeldía de Wilson era, para mí, una fuente permanente de asombro, sobre todo porque por mayúsculas que fueran las imprecaciones que hacía en público sobre él y sus pretensiones, secretamente le temía, y sólo podía pensar que la igualdad que mantenía conmigo sin mayor esfuerzo era una prueba de su evidente superioridad, ya que a mí no ser superado me costaba arduos esfuerzos. De todos modos, esta superioridad –o, incluso, esta igualdad– sólo era percibida por mí; nuestros compañeros, incomprensiblemente ciegos, no parecían sospecharla siquiera. Lo cierto es que su competencia, su oposición y su permanente voluntad de interferir en mis deseos eran tan irritantes como poco evidentes. Wilson parecía tan libre de la ambición capaz de estimular como de la energía apasionada que me permitía brillar. Cualquiera podría haber dicho que su rivalidad tenía por único objeto la caprichosa voluntad de contradecirme, asombrarme o mortificarme; aunque a veces yo no podía dejar de notar –con una mezcla de sorpresa, humillación y rencor– que Wilson mezclaba en sus insultos, sus ofensas o sus contradicciones un cierto tono afectivo que era inapropiado e inoportuno. Sólo lograba explicarme semejante comportamiento como la evidencia de una suficiencia exagerada, que tomaba un vulgar cariz paternalista y protector.

Tal vez este último rasgo de su comportamiento, junto con nuestros nombres idénticos y la simple coincidencia de que ingresáramos a la escuela el mismo día, lo que dio origen a la creencia de que éramos hermanos, cosa que todos los alumnos de las clases superiores creían. Estos no suelen informarse pormenorizadamente de lo que respecta a los alumnos más jóvenes. Ya dije, o debí haber dicho, que Wilson no tenía ni el más remoto parentesco con mi familia. Pero, a decir verdad, si *hubiésemos sido* hermanos, habríamos sido gemelos, dado que, después de salir de la academia del doctor Bransby supe casualmente que mi tocayo había nacido el 19 de enero de 1813, coincidencia notabilísima, puesto que se trata de mi día de nacimiento, también.

Podrá parecer curioso pero, a pesar de la permanente incomodidad que me provocaba la rivalidad de Wilson y su insoportable espíritu de contradicción, me resultaba imposible odiarlo. Casi todos los días teníamos alguna disputa, eso es cierto, y al finalizar la misma, mientras me daba públicamente la mano en señal de mi victoria, se las arreglaba para darme a entender que había sido él el merecedor del triunfo; sin embargo, pese a eso, mi orgullo y su gran dignidad permitían que nos mantuviéramos en "buenas relaciones", al mismo tiempo que distintas coincidencias en nuestras formas de ser actuaban para despertar en mí un sentimiento que, quizá sólo nuestra posición impedía que se convirtiera en amistad. Me resulta muy complejo definir, y también describir, la verdadera naturaleza de mis sentimientos hacia Wilson. Eran una mezcla heterogénea y resistente; algo de pedante rivalidad que no llegaba al odio, algo de estima o, más aún, de respeto, mucho temor y un mundo de curiosidad inquieta. Resulta casi superfluo agregar para el moralista que Wilson y yo éramos compañeros inseparables.

No cabe duda de que lo extraño de esta relación hacía que dirigiera todos mis ataques (que eran muchos, evidentes o solapados), por los caminos de la broma pesada —que lastiman bajo la máscara de la diversión— en lugar de convertirlos en abierta y evidente hostilidad. Pero mis esfuerzos en ese sentido no siempre veían sus frutos, por más astutamente que tramara mis planes, puesto que mi tocayo tenía en su carácter mucho de esa modesta y serena austeridad que, mientras disfruta de lo hiriente de sus propias bromas, no muestra ningún talón de Aquiles y niega toda posibilidad de que alguien pueda reírse de él. Sólo pude hallarle un punto vulnerable que, siendo una característica de su persona y seguramente ocasionado por alguna enfermedad constitutiva, cualquier otro antagonista menos soliviantado que yo hubiese descartado. Mi rival tenía un defecto en las cuerdas vocales que le impedía levantar la voz más allá de *un susurro apenas perceptible*. Y no dejé de aprovechar las paupérrimas ventajas que aquel defecto me otorgaba.

Las formas en las que Wilson se vengaba eran muy variadas, pero una de las maneras que adquirió su maldad me perturbaba más allá de lo normal. Nunca podré saber cómo su astucia logró descubrir que una cosa tan minúscula me ofendía, pero el hecho es que, una vez que lo descubrió, no dejó de insistir en ello. Siempre había albergado en mí una animadversión hacia mis poco elegantes nombre y apellido, que de tan común era casi plebeyo. Esos nombres eran un veneno para mis oídos, y cuando el mismo día en que llegué a la academia, un segundo William Wilson apareció, lo odié por llevar ese nombre y me fastidié por partida doble por el hecho de compartirlo con un desconocido que sería causa de una repetición permanente, que estaría todo el tiempo frente a mí y cuyas actividades en la vida cotidiana de la escuela serían confundidas con las mías a causa de esa detestable coincidencia.

Esta sensación de ultraje que nació en mí se fue agigantando en cada oportunidad en que se ponía de manifiesto una semejanza, moral o física, entre mi rival y yo. Entonces no había descubierto aún el detalle curioso de que teníamos la misma edad, pero noté que teníamos la misma estatura e, incluso, nos parecíamos físicamente. Me amargaba, asimismo, que los alumnos de los años superiores pensaran que existía un parentesco entre ambos. En definitiva, nada podía irritarme más (aunque lo disimulaba con gran esmero) que las alusiones a cualquier parecido intelectual, personal o familiar, entre nosotros. Por otra parte nada me permitía sospechar (sacando en lo referido a un parentesco) que las semejanzas entre ambos fuesen observadas por alguno de nuestros compañeros. Que *él* las notaba, en todos sus aspectos y con tanta claridad como yo, no me cabía duda, pero sólo a su extraordinaria astucia adjudico que, en semejante circunstancia, hubiese podido percibir la posibilidad para atacarme.

Su estrategia consistía en perfeccionar una imitación de mi persona, que realizaba tanto en las palabras como en los hechos, y Wilson desempeñaba formidablemente su rol. Copiar mi forma de vestir le era sencillo, mis actitudes y mi forma de moverme pasaron a ser suyos inmediatamente y, pese a su defecto constitutivo, logró imitar hasta mi voz. Claro que no trataba de imitar mis tonos más fuertes, pero mi timbre general se repetía casi con exactitud en el suyo y *el extraño susurro de su voz llegó a transformarse en el eco de la mía.*

No me aventuraré a explicar hasta qué grado ese pormenorizado retrato (porque no podía ser considerado una caricatura) lograba exasperarme. Tenía frente a esto un único consuelo: era el único que reparaba en su imitación y, por ende, sólo tenía que soportar su sonrisa de complicidad y su misterioso sarcasmo. Satisfecho de haber provocado en mí el triste efecto esperado, parecía divertirse en silencio con el aguijón que me había clavado y desdeñaba del beneplácito general que sus maliciosas maniobras le hubiesen ganado. Muchos meses me mantuvo intrigado el hecho de que mis compañeros no percibieran sus intenciones, comprobaran su cumplimiento y celebraran la burla. Tal vez la gradación de su imitación la volvió más imperceptible, o quizás debía mi seguridad al talento de aquel copista que, desdeñando lo literal (todo lo que los pobres de intelecto ven en la pintura), sólo tomaba el espíritu del original, para que yo lo contemplara y me atormentara.

En más de una oportunidad referí el insufrible aire protector que Wilson tenía para conmigo, y de sus habituales interrupciones en los caminos de mis deseos. Esta interrupción solía tomar la forma de un consejo, que más que ofrecer abiertamente, insinuaba. Yo lo recibía con un asco que no hizo más que crecer con los años. Sin embargo ahora, tan lejos de aquellos tiempos, debo decir con justicia que no guardo recuerdo de ninguna oportunidad en la que las sugerencias de mi contrincante me hubiesen invitado a cometer los errores que son tan frecuentes en ese momento de la vida; su sentido moral, cuando no su talento y sensatez, estaba mucho más desarrollado que el mío, y yo hubiese sido un mejor hombre, y más feliz, de no haber desdeñado tan frecuentemente aquellos consejos encerrados en susurros, que por entonces detestaba profundamente.

De esta manera terminé por impacientarme en extremo ante esa supervisión molesta, y lo que consideré una arrogancia insoportable de su parte me fue agraviando más cada vez. Mencioné ya que en los primeros años de nuestra relación como compañeros mi sentir hacia Wilson podría haber derivado, fácilmente, hacia la amistad; sin embargo, en los últimos meses de mi residencia en la escuela, aunque su impertinencia había disminuido, mis sentimientos se convirtieron, en igual medida, hacia el más profundo odio. En determinado momento, creo, Wilson lo percibió y a partir de ese momento me evitó, o simuló evitarme.

Fue para esa misma época, si mal no recuerdo, que tuvimos un violento altercado durante el cual Wilson perdió la calma hasta un punto mayor que en otras oportunidades, y habló y actuó con una sinceridad nada común en su persona. En esa oportunidad descubrí (o me pareció descubrir) en su tono, en su aire y en su apariencia general algo que primero me sorprendió y después me interesó profundamente, puesto que traía a mi memoria confusas visiones de mi primera infancia; vehementes, borrosos y perturbadores recuerdos de un momento en el que mi memoria aún no había nacido. La única forma que encuentro de describir esa sensación opresora es diciendo que me resultó difícil rechazar la idea de que había estado vinculado a aquel sujeto en una época muy remota, en algún momento de un pasado recónditamente lejano. Sin embargo, esa ilusión se desvaneció tan rápido como había venido, y si la traigo a colación es para puntualizar el día en el que hablé por última vez en la escuela con mi extraño tocayo.

La casa, vieja y enorme, con sus innumerables subdivisiones tenía varios cuartos contiguos, en los que dormía la mayor parte de los estudiantes. Como es de esperarse en un edificio tan mal ideado, también había una buena cantidad de habitaciones de menor tamaño, sobras de la estructura, que la habilidad económica del doctor Branby había convertido en dormitorios, aunque dado su escaso tamaño sólo podían albergar a un ocupante. Wilson tenía uno de esos cuartos pequeños.

Una noche, cuando ya estaba terminando mi quinto año de estudios en la escuela e inmediatamente después de la pelea a la que me referí anteriormente, me levanté cuando todos ya estaban durmiendo y tomando una lámpara me dirigí por los interminables y angostos pasillos en dirección al cuarto de mi rival. Largo tiempo había estado planeando una de esas malvadas bromas pesadas, hasta ese momento, siempre ineficaces. Pretendía llevarla a la práctica sobre mi contrincante, para que pudiera observar el grado de mi malicia. Cuando llegué a la puerta de su dormitorio, dejé la lámpara en el suelo y la cubrí con una pantalla y entré con sigilo. Avancé unos pasos y escuché su respiración tranquila. Convencido de que estaba dormido, regresé a tomar la lámpara y me acerqué a su cama. Esta se encontraba rodeada de espesas cortinas que aparté despacio y en silencio, hasta que los rayos de luz se clavaron sobre el durmiente y mis ojos buscaron inmediatamente su rostro. Lo miré e inmediatamente me sentí petrificado, congelado. Mi corazón palpitaba, me temblaban las rodillas y mi espíritu se sentía preso de un espanto sin causa y sin medida. Jadeando, acerqué la lámpara a ese rostro. ¿Eran esos… *esos*, los rasgos de William Wilson? Observaba que eran suyos, pero me estremecía como víctima de la fiebre al imaginar que no lo eran. Pero, entonces, ¿qué había en ellos para producirme tal confusión? Lo miré fijamente, mientras por mi mente pasaban infinidad de pensamientos incoherentes. No era así como lucía… no, así no era él mientras estaba despierto. ¡El mismo nombre! ¡La misma figura! ¡El mismo día de ingreso a la escuela! ¡Y su terca e inexplicable imitación de mi forma de ser, de mi voz, de mis costumbres y de mi aspecto! ¿Entraba dentro de los límites de lo humano que *eso que ahora veía* fuese el resultado de su permanente y burlona imitación? Horrorizado y cada vez más tembloroso, apagué la lámpara, salí en silencio del dormitorio y huí, inmediatamente, de esa institución a la que no volvería jamás.

Después de pasar algunos meses en casa, holgazaneando, entré a la escuela de Eton. El breve período de tiempo pasado bastó para desdibujar mi recuerdo de los sucesos acontecidos en la academia del doctor Bransby o, tan siquiera, para modificar los sentimientos que esos hechos me producían. No existían más la verdad –la tragedia– de aquel drama y ahora me permitía dudar de la veracidad de mi propio testimonio; cada vez que recordaba ese suceso me sorprendían los extremos a los que es capaz de llegar la credulidad humana y me sonreía admirando la fabulosa imaginación que había heredado. El tipo de vida que empecé a llevar en Eton, lógicamente, favorecieron a ese creciente escepticismo. El vórtice de locura irreflexiva en el que inmediata y temerariamente me sumergí se llevó todo, y no dejó más que la espuma de mi pasado más próximo; tragó todo lo serio y sólido que se había impreso en mi vida y dejó únicamente trivialidades como recuerdos de mi vida anterior.

No quiero, en cualquier caso, narrar aquí el camino de miserable libertinaje que seguí, un libertinaje que desafiaba las leyes y eludía la vigilancia de la institución. Sin provecho alguno, transcurrí tres años de locura en los que pude ver cómo se arraigaban en mí todos los vicios y aumentaba mi tamaño corporal de forma insólita. En aquella época, un día, después de una semana de idiota disipación, invité a algunos de los estudiantes más viciosos a una orgía secreta en mi habitación. Ya estaba avanzada la noche cuando nos reunimos, puesto que nuestro libertinaje iba a extenderse hasta la mañana. El vino corría libremente y no faltaban otras tentaciones, tal vez más peligrosas, al punto que el gris amanecer ya despuntaba en el Este cuando nuestro exótico delirio alcanzaba su punto más alto. Excitado hasta la demencia por las cartas y la borrachera iba yo a proponer un brindis particularmente obsceno cuando la puerta de mi habitación se entreabrió violentamente, al mismo tiempo que se escuchó, ansiosa, la voz de uno de los criados. Afirmaba que una persona me reclamaba, urgentemente, en el vestíbulo.

Tremendamente excitado por el alcohol, la inesperada interrupción, en lugar de sorprenderme, me alegró. Salí tambaleándome y, unos pocos pasos después, estuve en el vestíbulo. Era muy escasa la luz en esa estrecha habitación, sólo la pálida claridad del alba lograba abrirse paso por la ventana semicircular. Al cruzar el umbral, distinguí la figura de un joven de mi tamaño, ataviado con una bata de casimir blanco de los que estaban de moda que era exactamente igual a la que yo llevaba puesta. La luz tenue me permitió notarlo, pero no me dejó ver las facciones del visitante. Al verme entrar, vino raudamente a mi encuentro y, tomándome del brazo con un gesto de petulante ansiedad, murmuró en mi oído estas palabras:

—¡William Wilson!

Instantáneamente perdí todo rastro de embriaguez.

Había algo, en los modales del extraño y el leve temblor que agitaba su dedo levantado entre mis ojos y la luz, que me llenó de un indecible asombro; pero no fue esto lo que más me trastornó, sino la solemne admonición que llevaban esas palabras sibilantes, dichas en voz muy baja, apenas, y, por otra parte, el carácter, el timbre y el *tono* de esas escasas, comunes y familiares palabras que había *susurrado* y que llegaban a mí con truculentos recuerdos de días pasados, golpeando mi espíritu con el impacto de una batería galvánica. Antes de que volviese a ser dueño de mis sentidos, el visitante se había esfumado.

Pese a que ese acontecimiento afectó intensamente mi imaginación desordenada, su efecto se disipó rápidamente. Algunas semanas me dediqué a hacer toda clase de investigaciones y me vi envuelto en una nebulosa de suposiciones morbosas. No traté de negarme a mí mismo la identidad del extraño personaje que se inmiscuía en mis asuntos o me violentaba con sus solapados consejos. ¿Quién era, qué era ese William Wilson? ¿De dónde venía? ¿Qué propósitos lo traían? No pude encontrar respuesta a estas preguntas; sólo llegué a averiguar que un repentino incidente había tenido lugar en su familia y lo había obligado a marcharse de la academia del doctor Bransby la misma tarde en que yo me fugué. Pero hizo falta poco tiempo para que abandonara para siempre esos pensamientos ya que mi atención estaba sumida completamente en los proyectos de mi ingreso a Oxford. Pronto me mudé allí y mis padres, en su vanidad irreflexiva, me otorgaron una pensión anual que me facultaba una vida de lujos que rivalizaba, en despilfarro, con la que llevaban los más ricos herederos de Gran Bretaña.

Me dejé llevar por la posibilidad que se me daba de acrecentar mis vicios, mi temperamento se desbordó con pasión redoblada, y manché hasta las más básicas reglas de la decencia con mi enloquecida indecencia. Pero sería ridículo detenerme contando mis extravagancias con detalle. Baste decir que crucé todos los límites y que, estrenando muchísimas nuevas demencias, agregué un grueso capítulo al largo catálogo de vicios habituales en aquella universidad, la más disoluta de Eurpoa

Pese a todo, resulta casi increíble que, pese a haber manchado ya tanto mi condición de caballero, llegara yo a familiarizarme con la vil profesión de jugador profesional y que, habiéndome convertido en cultor de tan innoble ciencia, las usara para aumentar aún más mis ya cuantiosas rentas a expensas de mis compañeros, más débiles y de menor carácter. Sin embargo, esa es la verdad. El tamaño de la ofensa a la moral caballeresca resultaba la principal, sino la única, causa de la impunidad de mis acciones. ¿Quién, entre mis más degenerados compañeros no hubiese preferido dudar de sus sentidos antes que sospechar de la inocencia del alegre, sincero y bondadoso William Wilson, noble y liberal compañero de Oxford, cuyas locuras, según creían sus parásitos, no eran más que travesuras de juventud, cuyas equivocaciones sólo eran caprichos y cuyos vicios más negros no eran sino leves y osadas extravagancias?

Ya llevaba dos años entregándome con éxito a estas actividades cuando entró a la Universidad un joven noble, un *parvenu*[4] llamado Glendinning, de quien los rumores decían que era más rico que Herodes Ático, cuyas riquezas le habían costado menos que a este.

Muy pronto me di cuenta de que se trataba de un simplón y, por supuesto, lo creí un sujeto propicio para ejercer sobre él mis destrezas. Conseguí que jugara conmigo varias veces y, haciendo como hacen todos los tahúres, dejé que me ganara grandes sumas para lograr envolverlo aún más en mis redes. Finalmente, con mi proyecto ya maduro, lo cité para la partida definitiva en la habitación de un compañero llamado Preston que nos conocía a los dos pero no sospechaba de mis intenciones. Para disimular mejor, conseguí reunir a

---

4   Nuevo rico.

un grupo de ocho o diez invitados, y logré que la propuesta de jugar surgiera como por casualidad, y que la sugiriera la misma víctima. Para evitar un tema tan malvado, diré sólo que no descarté ninguna de las delicadas bajezas propias de este tipo de situaciones, tan largamente repetidas que resulta sorprendente que aún haya idiotas que caigan en la trampa.

Era ya muy de noche cuando logré hacer la maniobra que me dejó a Glendinning como único contrincante. Estábamos jugando a mi juego favorito, el *écarté*. El resto de los invitados habían dejado sus propias partidas y se encontraban rodeándonos. El *parvenu*, a quien había hecho beber antes copiosamente, cortaba las cartas, barajaba o jugaba con un nerviosismo que sólo en parte se explicaba por su embriaguez. Rápidamente se encontró debiéndome una suma grande y, entonces, después de tomar un largo sorbo de oporto, hizo lo que yo, tranquilamente, esperaba que hiciera: me propuso doblar la apuesta, que ya era ridículamente alta. Pretendí resistirme, y únicamente después de que mis permanentes negativas lo hubiesen llevado a contestarme iracundo, acusándome de cobarde, acepté el desafío. Por supuesto, el resultado demostró hasta qué punto la presa había caído en mi trampa, su deuda se había cuadruplicado en menos de una hora. Desde hacía ya un rato que el rostro de Glendinning venía perdiendo el rubor que el vino le había otorgado, pero ahora, para mi sorpresa, lo empezaba a ganar una palidez cadavérica. Si me sentí asombrado por esto fue porque mis averiguaciones anteriores me hablaban de una increíble riqueza y, si bien había perdido una suma grande, no podía esto perturbarlo hasta ese punto. Lo primero que pensé fue que se trataba de los efectos de la bebida. Buscando mantener mi reputación y no por razones menos egoístas, me disponía a demandar que urgentemente se terminase la partida cuando algunas expresiones que escuché del resto, al igual que una imprecación desesperada que emitió Glendinning, me dieron la pauta de que acababa de dejarlo en la ruina, en una situación que debería haberle ganado la piedad de todos y que debería haberlo protegido hasta de los intentos del diablo.

Resulta difícil, ahora, decir cuál debería haber sido mi conducta. El lastimoso estado de mi rival creó un aire de penosa vergüenza. Un silencio hondo pudo percibirse y yo pude sentir que mis mejillas ardían bajo los ojos de reproche o desprecio que me dedicaban los más escrupulosos. Incluso confieso que el peso que oprimía mi pecho se vio aliviado durante un instante cuando sentí que éramos interrumpidos. Se abrieron de golpe las pesadas y gruesas puertas del cuarto, con una violencia tan arrolladora que llegó a apagar todas las velas. La luz agonizante nos permitió, pese a todo, ver entrar a un desconocido, un hombre de mi tamaño, completamente cubierto por una capa. La oscuridad era total ahora y solamente podíamos *sentir* la presencia de ese hombre entre nosotros. Antes de que alguno de nosotros pudiera recobrarse de la sorpresa que produjo esa conducta, oímos la voz del intruso:

—Señores —dijo, en voz tan baja como clara, con un susurro memorable que me estremeció hasta la médula—. Señores, no pediré perdón por mi accionar porque de esta manera cumplo con un deber. Sin lugar a dudas, ustedes desconocen quién es el sujeto que acaba de ganarle una gran suma de dinero a Lord Glendinning. Les propongo, por ende, una forma rápida y certera de conocerlo: sólo hará falta que revisen el puño de su manga izquierda y los pequeños paquetes que encontrarán ocultos en los bolsillos de su bata bordada.

Un silencio tan profundo lo invadía todo mientras él hablaba que la caída de un alfiler habría sido un fenómeno perfectamente audible. Después de decir esas palabras, y de la misma manera abrupta en que había entrado al cuarto, el sujeto se fue. ¿Puedo describir... describiré mis sensaciones? ¿Hace falta que diga que sufrí todos los horrores del condenado? Tuve poco tiempo para pensar. Varias manos me sujetaron con violencia al tiempo que acercaban nuevas luces. En el forro de mi manga encontraron todas las cartas esenciales para el *écarté* y, en los bolsillos de mi bata, varios mazos de cartas idénticos a los que utilizábamos en nuestros partidos, con la única diferencia de que las mías eran lo que se llama *arrondées*, o sea que las cartas ganadoras tenían las puntas ligeramente curvas, mientras que las de menor valor tienen curvados sus lados. De esa manera, el incauto que corta, naturalmente, le dará a su rival una carta invariablemente ganadora, mientras que tahúr, que cortará también tomando el mazo por sus lados mayores, dejará al descubierto una carta de menor valor.

Cualquier estallido de enojo ante tamaño descubrimiento me hubiese provocado un efecto más inocuo que el silencioso desprecio y la sarcástica entereza con que fue recibido.

–Señor Wilson –dijo el anfitrión al tiempo que se agachaba para levantar del piso una capa de pieles lujosas– esto es suyo. (Hacía frío, por lo que al salir de mi cuarto me había puesto una capa sobre la bata, quitándomela cuando empezó el juego). Supongo que no tendrá sentido revisar aquí a ver si encontramos otras pruebas de su talento –agregó, mientras miraba los pliegues de la capa con una sonrisa amarga–. Ya tuvimos suficientes. Doy por descontado que entenderá la necesidad de abandonar Oxford y, en cualquier caso, salir ya mismo de mi habitación.

Abochornado y corrompido hasta el límite, como me encontraba en ese momento, quizás hubiera respondido a esas desafiantes palabras con un arranque de violencia, pero mi atención se encontraba completamente concentrada en un hecho completamente extraordinario. La capa que había llevado a la reunión, de pieles muy raras –tanto que no hablaré de su precio–, era además un invento mío, dado que en esas frívolas cuestiones poseía un refinamiento ridículo. Por eso, cuando Preston extendió hacia mí la que acababa de levantar del piso, cerca de la puerta, noté con un asombro cercano al pánico que yo tenía mi capa colgada del brazo –donde la había puesto de forma inconsciente– y que la que me mostraba era absolutamente igual en todos sus pequeños detalles. El extraño personaje que me había denunciado estaba envuelto en una capa cuando entró, y yo era el único de los invitados que llevaba capa esa noche. Con el poco espíritu que me quedaba, tomé la que me ofrecía Preston y la ubiqué sobre la mía sin que nadie lo notara. Salí raudamente de la habitación, con el rostro altivo, y en la madrugada siguiente, di comienzo a un apurado viaje al continente, sumergido en un abismo de horror y vergüenza.

Mi huida era vana. Mi desgraciado destino me persiguió, triunfante, señalándome que el misterio de su dominio estaba recién comenzando. No bien hube arribado a París, tuve nuevas evidencias del odioso interés que Wilson parecía hallar en mis asuntos. Los años pasaron y no pude encontrar alivio ¡Miserable! ¡En Roma se interpuso entre la consecución de mis deseos y yo tan inoportuna y fantasmalmente! Lo hizo también en Viena, en Berlín, en Moscú… ¿En qué lugar no encontré yo la razón para maldecirlo con toda el alma? Escapé, finalmente, de esa tiranía incomprensible, aterrado, como si huyera de la peste. Escapé hasta los confines mismos del mundo. Pero fue *en vano*.

En la más oculta intimidad de mi alma me pregunté, una y otra vez, las mismas preguntas: "¿Quién es? ¿De dónde viene? ¿Qué quiere?". Pero nunca obtuve una respuesta. Estudié al detalle sus maneras, sus métodos, los rasgos más sobresalientes de su osada vigilancia, pero tampoco en eso logré arribar a conclusión alguna. Debo señalar, pese a todo, que en las muchas oportunidades en las que se había hecho presente últimamente, sólo lo hizo para frustrar planes que, de concretarse, habrían sido una muestra cabal de mi maldad. ¡Pobre justificación, esa, para una autoridad asumida con tanta celeridad! ¡Pobre compensación para los derechos de un libre albedrío tan enojosamente negado!

También me vio obligado a notar que, durante todo ese tiempo (en el cual continuó con su capricho de presentarse vestido exactamente igual que yo, consiguiéndolo con una habilidad rayana en lo milagroso), mi verdugo logró que nunca, en todas las veces que intervino para que no se cumpliera mi voluntad, pudiera ver yo su rostro. Sin importar quién fuese Wilson, esto era el colmo de la locura y la afectación. ¿Supuso, al menos por un momento, que yo no reconocería al William Wilson de mis días de escuela, mi tocayo, mi compañero, mi rival en aquel que me amonestó en Eton, que me desenmascaró en Oxford, que apareció en mi venganza en París, en mi apasionado amor en Nápoles, o en lo que falsamente llamé avaricia en Egipto? ¡Imposible! Pero apurémonos a ingresar en la última escena de este drama.

Hasta ese momento había yo acatado con indolencia a su poderoso dominio. El sentimiento de reverencia con que miraba siempre el elevado temple, la sabiduría, y la omnisciencia y omnipotencia de Wilson, junto con el terror que me despertaban ciertos rasgos de su naturaleza y su arrogancia, habían llegado a convencerme de mi absoluta debilidad y desamparo, al tiempo que me sugerían una sumisión total a su caprichosa voluntad que era tibiamente resistida. Pero en los últimos tiempos me había entregado enteramente a la bebida, y su penosa influencia sobre mi temperamento heredado logró impacientarme cada vez más frente a su terrible vigilancia.

Comencé a murmurar, a dudar, a ofrecer resistencias. ¿Habrá sido sólo mi imaginación la que me llevó a creer que, a medida que aumentaba mi firmeza, la de mi atormentador sufría una disminución equivalente? De cualquier modo empecé a sentir el aguijón de la esperanza y comencé paladear la desesperada resolución de no seguir tolerando esa esclavitud.

Fue en Roma, durante el carnaval de 18..., en el *palazzo* del duque Di Broglio, napolitano, se ofrecía un baile de máscaras. Los excesos del alcohol me arrastraron más que de costumbre y, después, el aire enviciado de los atestados salones me irritó grandemente. Cada vez más malhumorado, luchaba entre los invitados por encontrar (me reservo la indigna razón) a la alegre y bella esposa del anciano y achacado Di Broglio.

Ella me había confiado el secreto de su disfraz con una confianza inescrupulosa y cuando la vi a la distancia, comencé a esforzarme por llegar hasta donde estaba. Pero en ese preciso momento sentí una mano posándose levemente sobre mi hombro, al tiempo que escuché otra vez, muy cerca del oído, aquel inolvidable, hondo, maldito *susurro*.

Trastornado por un auténtico frenesí de ira giré violentamente hacia el que acababa de interrumpirme y lo tomé del cuello. Tal como lo había supuesto, llevaba un disfraz idéntico al mío: capa española de terciopelo azul y un cinto rojo del que colgaba una espada. Una máscara negra de seda tapaba por completo su rostro.

—¡Miserable! —grité con voz ronca por la furia, mientras cada sílaba que pronunciaba parecía agigantar mi ira—. ¡Miserable impostor! ¡Maldito villano! ¡No me perseguirás... no, no me perseguirás hasta la muerte! ¡Sígueme, o aquí mismo te atravieso con mi espada! Y me dirigí hacia afuera de la pista de baile, rumbo a una pequeña antecámara vecina, llevándolo conmigo sin que opusiera resistencia.

Cuando llegamos, lo empujé violentamente. Tropezó mientras yo cerraba con un juramento la puerta y le ordenaba ponerse en guardia. Dudó sólo un instante, después desenvainó la espada mientras suspiraba y se preparó para defenderse.

El duelo fue breve. Yo me encontraba frenético y presa de una feroz excitación y sentía que mi brazo tenía la energía de una multitud. En pocos segundos lo fui llevando hasta la pared contra la que lo acorralé. Allí, teniéndolo en mi poder, le hundí varias veces la espada en el pecho con feroz brutalidad.

En ese momento, alguien movió el pestillo de la puerta. Evité velozmente una inoportuna intrusión y regresé hacia mi moribundo enemigo. ¿Pero qué lenguaje humano puede describir *esa* sorpresa y *ese* horror que me poseyeron cuando entendí el espectáculo que me esperaba? El breve instante en que aparté mis ojos parecía haber sido suficiente para producir una modificación material en el orden de aquel rincón de la habitación. Había ahora un gran espejo (o al menos eso me pareció, en mi confusión) en un lugar en el que antes nada había. Y mientras avanzaba hacia él, en el colmo del horror, pude ver a mi propia imagen cubierta de sangre y con el rostro lívido, viniendo hacia mí mientras se tambaleaba.

Eso me pareció, insisto, pero estaba en un error. Era mi rival, era Wilson, quien se levantaba frente a mí, agonizante. Su máscara y su capa estaban en el suelo, donde él las había dejado. Ni uno solo de los hilos de su atuendo, ni una sola de las líneas que trazaban los particulares rasgos de su rostro, dejaban de ser los *míos*, idénticos.

Era Wilson, sí. Pero ya no hablaba en un susurro, sino que bien podría haber pensado que era mi voz la que hablaba cuando dijo:

—*Has vencido y me entrego. Pero también tú estarás muerto a partir de ahora… muerto para el mundo, muerto para el cielo y la esperanza. ¡En mí existías… mira, ve en esta imagen, que es la tuya, cómo te has asesinado a ti mismo!*

La carta robada[1]

Nil sapientiae odiosius acumine nimio.

Seneca[2]

Me encontraba yo en París en el otoño de 18... Una noche, después de una tarde ventosa y oscura, me encontraba disfrutando del doble placer de la meditación y de una pipa de espuma de mar, en compañía de mi amigo C. Auguste Dupin, en su pequeña biblioteca o estudio del *n.º 33, rue Dunot, au troisième, Faubourg Saint-Germain.* Por lo menos desde hacía una hora nos encontrábamos en profundo silencio; cualquier observador nos habría creído intencional y exclusivamente ocupados en mirar las volutas de humo que llenaban el ambiente. Pero yo me hallaba debatiendo mentalmente ciertas cuestiones que habían sido tema de conversación entre nosotros hacía algunas horas; me refiero al asunto de la rue Morgue y al misterioso asesinato de Marie Rogét[3].

1   Título original: *"The purloined setter".* Salió publicado por primera vez en 1844.
2   Cita apócrifa. Su traducción al castellano es: "Nada es más odioso para la sabiduría que la excesiva agudeza".
3   La cita refiere a los otros dos cuentos policiales del autor que tienen por protagonistas al detective Dupin.

No pude evitar pensar pues, en la coincidencia, cuando vi abrirse la puerta para que entrara nuestro viejo conocido G..., el prefecto de la policía de París.

Lo recibimos amablemente, porque en aquel sujeto había tanto de despreciable como de divertido, y llevábamos varios años sin verlo. Estábamos a oscuras cuando entró, y Dupin se incorporó para encender una lámpara, pero volvió a sentarse sin haberlo hecho, porque G… dijo que se encontraba allí para consultarnos, o mejor dicho, pedir la opinión de un amigo, sobre un asunto oficial que había producido un extraordinario revuelo.

—Si se trata de algo que requiere reflexión —observó Dupin, evitando dar fuego a la mecha— será mejor analizarlo a oscuras.

—He aquí una de sus curiosas ideas —dijo el prefecto, para quien todo lo que excedía su comprensión era "curioso", por lo cual vivía rodeado de una verdadera multitud de "curiosidades".

—Eso es muy cierto —respondió Dupin, acercándole a su visitante una pipa, y haciendo rodar hacia él un cómodo sillón.

—¿Y cuál es el problema ahora? —pregunté—. Espero que no sea otro asesinato.

—¡Oh! no, nada de eso. El problema es muy simple, de verdad, y no me cabe la menor duda de que podremos manejarlo lo suficientemente bien nosotros solos; pero supuse que Dupin disfrutaría conociendo todos los detalles del hecho, pues es un caso verdaderamente singular...

—Simple y singular —dijo Dupin.

—Exactamente. Pero tampoco es totalmente eso. A decir verdad, estamos todos bastante confundidos, pues el asunto es sencillísimo y, pese a todo, nos deja perplejos.

—Quizá lo que los induce a error sea precisamente la sencillez del problema —observó mi amigo.

—¡Qué cosas más absurdas dice usted! —contestó el prefecto, riendo a carcajadas.

—Tal vez el misterio sea *demasiado* sencillo —dijo Dupin.

—¡Oh, Dios mío! ¿Cómo se le puede ocurrir semejante idea?

—Un poco *demasiado* evidente.

—¡Ja, ja! ¡Oh, oh! —reía nuestro visitante, profundamente divertido—. ¡Oh, Dupin, usted me va a hacer morir de la risa.

—¿Y cuál es, entonces, el asunto de que se trata? —pregunté.

—Se lo diré —replicó el prefecto, profiriendo una larga, fuerte y reposada bocanada de humo y acomodándose en su sillón—. Se lo diré en pocas palabras; pero antes de empezar, debo decirle que este es un asunto que demanda la mayor reserva, y que perdería inmediatamente mi puesto si se supiera que se lo he contado a alguien.

—Hable, usted —dije.

—O no hable —agregó Dupin.

—Lo haré. Fui informado personalmente, por alguien que ocupa un cargo muy alto, de que cierto documento muy importante ha sido robado de las cámaras reales. Se sabe quién es la persona que lo robó, porque fue vista cuando lo hacía. También se sabe que el documento aún está en su poder.

—¿Cómo se sabe esto? —inquirió Dupin.

—Se ha deducido rápidamente —contestó el prefecto—, por la naturaleza del documento y por la no aparición de ciertos resultados que habrían tenido lugar de repente si el mismo pasara a otras manos; es decir, por el uso que se haría de él si el ladrón lo hubiese ya empleado.

—Sea usted un poco más explícito —dije.

—Pues bien, puedo afirmar que dicho documento da a quien lo posea cierto poder en cierto lugar donde dicho poder es inmensamente valioso.

El prefecto estaba encantado con su jerga diplomática.

—Pues sigo sin entender nada —dijo Dupin.

—¿No? Veamos: la presentación del documento a una tercera persona, que no nombraremos, pondría en tela de juicio el honor de un personaje de las más altas esferas, y esto le da al poseedor del documento un dominio sobre el ilustre personaje, cuya honra y tranquilidad se ven, así, amenazadas.

—Pero este dominio —repuse— depende de que el ladrón sepa que dicho personaje célebre lo conoce. ¿Quién se atrevería…?

—El ladrón —dijo G…— es el ministro D…, quien se atreve a todo, a lo digno y a lo indigno. El método del robo fue tan ingenioso como audaz. El documento del que hablamos, una carta, para ser franco, había sido recibido por el personaje que sufrió el robo, mientras estaba solo en el *boudoir* real. En el momento en que se encontraba leyendo, fue sorpresivamente interrumpido por la entrada de otro encumbrado personaje, a quien deseaba especialmente ocultarla. Después de un torpe e inútil intento de esconderla en una gaveta, se vio forzado a dejarla, abierta como estaba, sobre una mesa. El sobrescrito quedaba a la vista, pero el contenido quedó hacia abajo y por ende no había riesgos de que fuese leída. En este momento entró el ministro D…. Su vista de lince percibe de inmediato el papel, reconoce la letra del sobrescrito, interpreta la confusión del personaje mencionado y adivina su secreto. Después de tratar algunos asuntos tan rápidamente como acostumbra, saca una carta parecida a la anterior, la abre, finge leerla y la ubica más tarde precisamente al lado de la otra. Se pone a conversar nuevamente, durante unos quince minutos, sobre cuestiones públicas. Y, finalmente, levantándose para retirarse, toma de la mesa la carta que no le pertenece. Su dueño legítimo lo ve, pero, comprensiblemente, no se anima a llamar la atención sobre el hecho, dada la presencia del tercer personaje. El ministro, por último, se retiró, dejando sobre la mesa su carta, que no tenía, claro está, ninguna importancia.

—Aquí está, pues —me dijo Dupin—, ahí tiene usted lo que se necesitaba para que el ladrón tuviese un completo control sobre la situación: él sabe que la víctima de su robo lo reconoce como el ladrón.

—Así es —dijo el prefecto—, y el control que obtuvo lo ha estado utilizando, en estos últimos meses, con fines políticos, hasta extremos verdaderamente peligrosos. Su víctima cada vez está más segura de que la única salida a esto es recuperar esa carta. Sin embargo, por supuesto, semejante acto no puede realizarse sin tomar recaudos. Finalmente, hundida en la desesperación, esta persona me ha asignado esa tarea.

—¿Y quién puede desear —dijo Dupin, arrojando una espesa bocanada de humo—, un agente más astuto que usted?

—Usted me adula —replicó el prefecto— pero es posible que algunas opiniones como esa puedan haber sido vertidas sobre mí.

—Resulta evidente —dije—, como lo señaló usted, que el ministro aún posee la carta, dado que es poseerla y no usarla lo que le da a la carta todo su poder. Con el uso, sus facultades desaparecen.

—Eso es cierto —coincidió G...—. Todas mis averiguaciones parten de ese supuesto. Lo primero que hice fue revisar meticulosamente la mansión del ministro, aunque el mayor inconveniente consistía en evitar que se enterara. He sido alertado sobre que el mayor peligro, en este caso, radica en que sospeche de nosotros.

—Pero usted posee todas las facultades para realizar ese tipo de indagaciones —dije—. No sería la primera oportunidad en que la policía de París las realiza.

—Lo sé; y por ese motivo no desespero. Además, las costumbres del ministro me otorgan una buena ventaja. Frecuentemente se ausenta de su casa durante toda la noche. Tiene pocos sirvientes y todos duermen lejos de los cuartos que ocupa su amo. Además, siendo principalmente napolitanos fácilmente se los puede inducir a beber sin medida. Ustedes saben muy bien que poseo llaves capaces de abrir cualquier habitación de París. En estos últimos tres meses no ha pasado una sola noche sin que me haya ocupado, personalmente en revisar la mansión de D... Está en juego mi honor profesional y, confiándoles un gran secreto, me han prometido una enorme recompensa. Por esa causa no abandonaré la búsqueda hasta no estar completamente convencido de que el ladrón es más sagaz que yo. Estoy seguro de haber revisado todos los posibles rincones de la casa en los que la carta podría haber sido escondida.

–¿No cabe la posibilidad –pregunté– de que la carta esté en posesión del ministro, como parece incuestionable, pero él la haya escondido en un lugar que no sea su casa?

–No es muy probable –dijo Dupin– La actual y singular condición en la que se encuentra la corte, y sobre todo las intrigas en las que, es sabido, D... está envuelto, le exigen tener el documento al alcance de la mano, para exhibirlo ante cualquier inconveniente; este punto es tan importante para él como la posesión misma de la carta.

–¿La posibilidad de exhibirla? –dije.

–Y también la de *destruirla* –agregó Dupin.

–Es cierto –coincidí–; el papel tiene que estar necesariamente al alcance de la mano. Asumo que podemos descartar la posibilidad de que el ministro la lleve consigo.

–Así es –dijo el prefecto–. Dos veces ordené detenerlo por falsos ladrones y yo mismo pude ver cómo lo revisaban.

–Pudo usted ahorrarse esa molestia –dijo Dupin–. Imagino que D... no está totalmente loco, por lo que habrá interpretado la verdadera naturaleza de esos falsos asaltos.

–No está *totalmente* loco –dijo G...–, pero es un poeta, por lo que, desde mi perspectiva, está a un paso de estarlo.

–Es verdad –dijo Dupin, mientras exhalaba una honda bocanada de su pipa de espuma de mar–, pese a que reconozco haber compuesto algunas malas rimas.

–¿Por qué no nos da detalles de esos allanamientos? –pregunté.

–Pues bien, como no teníamos mayores apuros, revisamos en todas partes. Tengo mucha experiencia en tareas semejantes. Revisé toda la mansión, habitación por habitación, dedicando las noches de toda una semana a cada cuarto. Primero examiné el mobiliario. Todos y cada uno de los cajones, y sabe usted que para un policía experimentado no existen los cajones *secretos*. En una investigación de este tipo, el hombre que deja sin revisar un cajón secreto puede considerarse un estúpido. ¡Resultan tan obvios! En todo mueble hay un espacio, una determinada forma que debe ser explicada. Tenemos reglas para ello, y no se nos escapa ni la quincuagésima parte de una línea.

"Habiendo finalizado con los armarios continuamos con las sillas. Atravesamos los almohadones con esas agujas largas y delgadas que ustedes me han visto emplear. Quitamos las tablas superiores de las mesas.

—¿Para qué?

—Muchas veces, la persona que desea esconder algo levanta la tapa de la mesa, realiza un orificio en una de sus patas y la vuelve a colocar. También se usan de esta manera las patas de las camas.

—¿Y no podrían ubicarse mediante el sonido esos huecos?

—No, cuando el objeto se coloca allí, se lo rodea de algodón. Por otra parte, en esta oportunidad debíamos obrar en total silencio.

—Pero no es posible que ustedes hayan revisado todo el lugar y desarmado todos los muebles en los que la carta pudo ser escondida así. Una carta puede ser reducida a un rollo finísimo, apenas más grande que una aguja de tejer, y puesta de esa manera se la puede insertar, por ejemplo, en el travesaño de una silla. ¿Asumo que no desarmaron todas las sillas?

—Claro que no, pero hicimos algo aún mejor: revisamos los travesaños de todas las sillas de la casa y las juntas de todos los muebles con un poderoso microscopio. Hubiésemos notado en seguida si hubiese habido alguna huella de cambio reciente. Un solo grano del aserrín producido por el barreno en la madera, hubiese sido tan evidente como una manzana. Cualquier alteración en las encoladuras, cualquier desusado agujerito en las uniones, nos hubiese bastado para descubrir algo.

—Supongo que mirarían ustedes los espejos, entre los bordes y las láminas, y examinarían las camas, las sábanas y mantas, así como las cortinas y las alfombras.

—Por supuesto, y después de revisar todo el mobiliario de esa manera minuciosa, lo hicimos en la casa misma. Dividimos su superficie en compartimentos que numeramos, para no dejar ninguno sin analizar; luego revisamos cada pulgada cuadrada, incluyendo las dos casas vecinas, siempre asistidos por el microscopio.

—¿Las dos casas vecinas? —intervine—. ¡Eso habrá supuesto todo tipo de dificultades!

—Sí. Pero la recompensa en juego lo merece.

—¿También buscaron en el terreno contiguo a las casas?

—Todos los terrenos tienen el piso de ladrillo, en comparación, nos dieron poco trabajo. Examinamos el musgo de las juntas de los ladrillos, y no parecía haber sido tocado.

—¿Buscaron ustedes entre los papeles de D..., y entre los libros de su biblioteca?

—Claro; abrimos todas las cajas y archivos; y no sólo abrimos cada libro, sino pasamos, una por una, todas las páginas de todos los volúmenes, sin conformarnos con sacudirlos simplemente, como suele ser costumbre de algunos policías. Medimos también el espesor de cada tapa de libro, con la más cuidadosa exactitud, y aplicamos a cada uno el más meticuloso examen con el microscopio. Si alguna de las encuadernaciones hubiera sido modificada para ocultar la carta, el hecho hubiera saltado a nuestra vista inocultablemente.

Había unos cinco o seis libros que recientemente habían sido devueltos por el encuadernador, los examinamos con suma atención y los atravesamos longitudinalmente con las agujas.

—¿Registraron el piso, bajo las alfombras?

—Así es. Quitamos todas las alfombras. Y analizamos los bordes con el microscopio.

—¿Y el papel tapiz de las paredes?

—También.

—¿Buscaron en los sótanos?

—Sí.

—Entonces —dije— han calculado mal, y el ministro no tiene la carta, como creían.

—Me temo que usted está en lo cierto —contestó el prefecto—. Dupin, ¿qué me aconseja que haga ahora?

—Revise de nuevo la casa del ministro.

—Eso es absolutamente innecesario —replicó G...—; la carta no está en la casa, y estoy tan seguro de eso como de que respiro.

—Pues no tengo mejor consejo que ese —dijo Dupin— ¿Tendrá usted, claro, una cuidadosa descripción de la carta?

—¡Por supuesto!

El prefecto extrajo una libreta y comenzó a leernos una pormenorizada descripción del interior y del exterior de la carta. Una vez que terminó, se despidió de nosotros, tan desanimado como nunca lo había visto.

Un mes después volvió a visitarnos y nos encontró casi igual de ocupados que la primera vez. Tomó su pipa y un sillón y comenzó a hablar de trivialidades. Al cabo de un rato le dije:

—Y bien, señor G... ¿qué pasó con la carta robada? Supongo que se habrá usted convencido, por fin, de que no hay tarea más engorrosa que la de sorprender al ministro.

—¡Que el diablo se lo lleve! Es verdad. De todas maneras volví a revisar todo, como me recomendó Dupin. Pero, tal como suponía, fue perder el tiempo.

—¿Cuánto era, lo que le habían ofrecido de recompensa? —inquirió Dupin.

—Pues... mucho dinero... muchísimo. No quiero decir exactamente de cuánto se trata, pero me atrevo a afirmar que firmaría un cheque por cincuenta mil francos a cualquiera que me consiguiese esa carta. El tema fue volviéndose día a día más acuciante, y han doblado la recompensa. Pero, aunque ofrecieran tres veces esa suma, no podría hacer más de lo que he hecho.

—Veamos —dijo Dupin lentamente, mientras fumaba—; sinceramente pienso, G..., que usted no ha hecho todo lo que estaba a su alcance. ¿No le parece que podría hacer un poco más?

—¿Cómo? ¿De qué manera?

—Pues creo que... puff.... que usted podría... puff... pedir consejo sobre este asunto...puff... ¿Recuerda usted lo que dicen de Abernethy?

—No, ¡al diablo con Abernethy!

—Bueno ¡al diablo, pero bienvenido! Había una vez cierto avaro que tuvo la idea de obtener gratis el consejo médico de Abernethy. Aprovechó una reunión y una conversación comunes para explicar su caso, como si fuera el de alguien más. "Supongamos que los síntomas del enfermo son estos y aquellos —dijo—. Usted, doctor: ¿qué le aconsejaría que haga?". "Lo que yo le aconsejaría —contestó Abernethy— es que fuera a un médico".

—Pero —contestó el prefecto, algo confundido—, estoy dispuesto a pedir consejo, y también a pagarlo. Realmente daría cincuenta mil francos a la persona que me ayudara en este asunto.

—Entonces —dijo Dupin, mientras abría un cajón y sacaba una libreta de cheques—, hágame usted un cheque por la cantidad mencionada. Una vez que lo haya firmado, le entregaré la carta.

Quedé estupefacto. El prefecto, por su parte, parecía fulminado. Pasaron algunos minutos sin que pudiera hablar o moverse, mientras miraba a mi amigo con ojos que parecían salírsele de las órbitas y la boca abierta. Se recuperó un poco, tomó una pluma y después de varias pausas y absortas meditaciones, llenó y firmó un cheque por cincuenta mil francos, que le acercó a Dupin. Éste lo analizó detenidamente y lo guardó en su cartera; después abrió un escritorio, sacó la carta y se la entregó al prefecto que se abalanzó sobre ella en una auténtica convulsión de alegría, la abrió mientras le temblaban las manos, dio una rápida mirada a su contenido, y después, agitado y enajenado, abrió la puerta y sin ningún tipo de ceremonia salió de la habitación y de la casa, sin haber dicho siquiera una palabra desde que Dupin le pidió el cheque.

Cuando nos quedamos solos, mi amigo tuvo a bien darme algunas explicaciones.

—La policía parisina es muy hábil en algunas cuestiones --dijo--. Es perseverante, ingeniosa, astuta y muy informada de lo que exigen sus deberes. Por eso, cuando G... nos explicó cómo habían registrado la mansión de D..., tuve la seguridad de que habían realizado una investigación satisfactoria, hasta donde llegan sus saberes.

—¿Hasta donde llegan sus saberes? —repetí.

—Sí —dijo Dupin—. La metodología empleada era, no sólo la más conveniente de su tipo, sino que se acercaba a la perfección absoluta. Si la carta hubiera estado oculta en el radio de esa investigación, los agentes de policía, sin lugar a dudas, la hubieran encontrado.

La única respuesta que esbocé fue una sonrisa, pero mi amigo parecía hablar perfectamente en serio.

—Las medidas que se tomaron, pues —continuó él—, eran buenas y habían sido bien ejecutadas; su única falla estaba en que no eran aplicables ni al caso ni al hombre. Una cierta cantidad de recursos ciertamente ingeniosos son, para el prefecto, una suerte de lecho de Procusto[4], en el que quiere meter, forzosamente de ser necesario, sus designios. De continuo se equivoca por ser demasiado profundo o demasiado superficial para el caso, y más de un estudiante razonaría mejor que él. Conocí a uno de sólo ocho años que llamaba la atención con sus triunfos jugando el juego de "par e impar". El juego es en verdad muy simple. Uno de los participantes guarda en la mano una cierta cantidad de bolitas e interroga al otro: "¿Par o impar?". Si este adivina, gana una bolita; si no, pierde una. El niño al que me refiero ganaba todas las bolitas de la escuela, porque tenía un método para acertar. Éste se basaba en

---

4 Expresión derivada de la mitología griega que se utiliza para señalar a aquellos que pretenden modificar la realidad para que quepa en un modelo ideal, o concuerde con sus propios intereses.

la simple observación y en el cálculo de la inteligencia de sus contrincantes. Por ejemplo, un muchacho tonto es su contrincante, que levanta su mano cerrada, y pregunta: "Par o impar?". Nuestro niño contesta "impar" y pierde. En la segunda oportunidad, sin embargo, gana, porque entonces se dijo a sí mismo: "El tonto tenía pares antes, y su inteligencia no va más allá de presentar impares para la segunda vez. Por eso, diré impar". Así lo hace, y gana. Supongamos ahora que le toca jugar con un tonto ligeramente superior al anterior, nuestro joven hace este razonamiento: "Este niño sabe que la primera vez elegí par, y en la segunda su primer impulso será pasar de par a impar; pero entonces un nuevo impulso le sugerirá que la variación es demasiado obvia, por lo que, finalmente, optará por poner pares, como antes. Por eso, apostaré a par"; así lo hace, y gana. Ahora bien, este sistema de razonamiento en el niño de escuela, a quien sus compañeros llamaban afortunado, ¿qué es, en última instancia?

–Es simplemente –opiné la identificación del intelecto del razonador con el de su adversario.

–Así es –dijo Dupin–. Después le pregunté al niño cómo realizaba esa completa identificación en que residía su éxito, me contestó lo siguiente: "Cuando quiero averiguar si alguien es inteligente, o estúpido, o bueno, o malo, y saber cuáles son sus pensamientos en ese momento, copio lo más posible la expresión de mi cara de la suya, y luego espero hasta ver qué ideas o sentimientos vienen a mi mente o a mi corazón, que coincidan con la expresión de mi cara". Esta respuesta del estudiante es el fundamento de toda la falsa profundidad atribuida a La Rochefoucauld, La Bruyère, Maquiavelo y Campanella.

–Y la identificación –agregué– del intelecto del razonador con el de su adversario, depende, si entiendo bien, de la exactitud con que se mide la inteligencia de este último.

–Para su función práctica depende de eso –contestó Dupin–; y el prefecto y todo su séquito fracasan tan fre-

cuentemente, primero, porque no logran esa identificación, y, segundo, por mala apreciación o, mejor dicho, por
no medir la inteligencia a la que se enfrentan. Únicamente
creen astutas sus propias ideas; y cuando buscan cualquier
cosa oculta, sólo consideran los medios con que ellos la
habrían escondido. Algo de razón tienen, puesto que su
propio ingenio es un buen exponente del de *la masa;* pero,
cuando la inteligencia del delincuente es distinta de la suya,
este los derrota, lógicamente. Esto sucede siempre cuando
se trata de una sagacidad superior a la suya y, habitualmente también, cuando está por debajo. Los policías son
incapaces de variar los parámetros de sus investigaciones;
como mucho, si algún caso insólito los importuna, o se
ven motivados por una recompensa fenomenal, agrandan
o exageran sus viejas metodologías habituales, pero siempre
sin tocar los principios de las mismas. Buen ejemplo, es el
caso de D… ¿qué se ha hecho para modificar el principio
de acción? ¿Qué es todo este taladrar, probar, hacer sonar
y registrar con el microscopio, y dividir la superficie del
edificio en cuidadosas pulgadas cuadradas y numeradas?
¿Qué significan sino *la exageración* del principio o el grupo
de principios por los que se rige una búsqueda, basado, por
su parte un grupo de preconceptos sobre la inteligencia
humana, a los que se ha acostumbrado el prefecto en la
prolongada rutina de su tarea? ¿No notó usted que G…
asume que todo aquel que quiere ocultar una carta lo hace,
si no exactamente en un agujero hecho con barrena en la
pata de una silla, por lo menos en algún oculto agujero o
rincón sugerido por el mismo grado de astucia que piensa
en ocultar algo en un agujero hecho en la pata de una
silla? Note, igualmente, que semejantes recovecos intrincados rebuscados sólo son utilizados en ocasiones ordinarias, por inteligencias igualmente ordinarias; es decir que
en todos los casos de ocultamiento es posible sospechar,
en primer término, que se lo ha realizado siguiendo estos
lineamientos; por lo tanto, su descubrimiento no depende

en absoluto de la sagacidad de la investigación, sino del cuidado, la paciencia y la terquedad de los buscadores; y si el caso es importante (o la recompensa fenomenal, lo que es lo mismo a los ojos de los policías), dichas cualidades no fracasan *nunca*. Comprenderá usted ahora, sin lugar a dudas, lo que quise decir, sugiriendo que, si la carta hubiera sido ocultada en cualquier parte dentro de los límites del análisis del prefecto, o en otras palabras, si el principio que motivó su ocultamiento hubiera estado incluido dentro de los principios del prefecto, su descubrimiento habría sido algo por completo inevitable. Pero nuestro funcionario ha sido engañado por completo, y la remota fuente de su engaño radica en su creencia de que el ministro es un loco porque ha logrado cierta fama como poeta. Todos los locos son poetas, asume el prefecto, y puede declarársele culpable de un *non distributio medii*[5] cuando infiere de eso que todos los poetas son locos.

—¿Pero se trata verdaderamente del poeta? —pregunté—. Sé que son dos hermanos y que ambos han logrado alguna fama en las letras. El ministro, creo, ha escrito doctamente sobre cálculo diferencial. Es un matemático y no un poeta.

—Está usted equivocado; yo lo conozco bien, es ambas cosas. Como poeta y matemático es capaz de razonar bien; como simple matemático no lo hubiese hecho de esa manera, y hubiera quedado a merced del prefecto.

—Semejantes dichos me sorprenden —dije—, sobre todo porque la opinión generalizada se opondría a ellos abiertamente. Supongo que no pretende usted acabar con creencias que tienen siglos de existencia. La razón matemática fue considerada siempre como la razón por excelencia.

—*Il y a à parier* —contestó Dupin, citando a Chamfort— *que toute idée publique, toute convention reçue est une sottise, car elle a convenu au plus grand nombre*[6]. Le aseguro que los

---

5   En Lógica, una variedad de falacia.

6   "Se puede apostar que toda idea pública, toda convención recibida, es una tontería,

matemáticos han sido los primeros en difundir la común equivocación a la que usted hace referencia, y que no por difundida deja de ser errónea. Con un arte digno de mejor causa han introducido, por ejemplo, el término "análisis" en las opcraciones algebraicas. Este engaño se ha producido a causa de los franceses, pero si un término tiene alguna importancia, si las palabras derivan de su valor de aplicación, en ese caso acepto que "análisis" significa "álgebra", de la misma manera en que en latín *ambitus* significa "ambición", *religio,* "religión" y *homines honesti* la clase a la que pertenecen los hombres honorables.

–Temo que se pelee usted –dije– con alguno de los algebristas de París; pero continúe.

–Niego la validez y, por ende, el valor de toda razón que sea cultivada de otra forma que no sea la abstractamente lógica. Niego, particularmente, la razón extraída del estudio de las matemáticas. Las matemáticas son la ciencia de la forma y la cantidad; el razonamiento matemático es simplemente la lógica aplicada a la observación de la forma y la cantidad. La gran equivocación reside en suponer que incluso las verdades de lo que es llamado álgebra pura son verdades abstractas o generales. Se trata este de un error tan generalizado, que me sorprende la aceptación que ha encontrado. Los axiomas matemáticos *no son* axiomas de validez general. Todo lo que hay de cierto en la *relación* (de la forma y la cantidad) resulta muy habitualmente equivocado cuando se aplica, por ejemplo, a la moral. No suele ser cierto, en esta última ciencia, que el todo sea igual a la suma de las partes. Este axioma tampoco se aplica en química. En la consideración de los fuerza motriz falla también, dado que la suma efectiva de dos motores de un valor dado no alcanza necesariamente una potencia igual a la suma de sus potencias consideradas por separado. Son muchas las verdades matemáticas que sólo son tales dentro de los límites de la

---

pues ha convenido al más grande número de personas".

relación. Pero el matemático, llevado por el hábito, arguye, utilizando sus *verdades finitas,* como si tuvieran una aplicación general, cosa que, por otra parte, la gente acepta y cree. En su erudita *Mitología,* Bryant señala a una idéntica fuente de equivocaciones cuando dice que, "aunque no se cree en las fábulas paganas, solemos olvidarnos de ello y sacamos conclusiones como si fueran realidades existentes". Pese a esto, entre los algebristas, que son realmente paganos, esas "fábulas paganas" son creídas, y las inferencias se hacen, no tanto por culpa de la memoria, sino por una perturbación mental incomprensible. En definitiva, no he encontrado nunca un solo matemático en quien se pudiera confiar, más allá de sus raíces y ecuaciones o que no creyese, cual dogma de fe que $x^2 + px$ resulta siempre e invariablemente igual a q. A manera de experimento, coméntele a uno de esos señores que, desde su punto de vista, podría darse el caso en el que $x^2 + px$ no fuera exactamente q; pero, una vez que haya logrado que dicho señor entienda lo que usted quiere decir, sálgase de su camino lo más rápido que pueda, porque procurará golpearlo, de seguro.

"Lo que quiero decir –siguió diciendo Dupin, mientras me reía yo de su último comentario– es que si el ministro hubiera sido únicamente un matemático, el prefecto no hubiese tenido que darme este cheque. Sabía yo, no obstante, que era matemático y poeta y obré de acuerdo a su capacidad, en relación a las circunstancias de las que estaba rodeado. Sabía que es un cortesano y, además, un audaz *intrigant.* Un hombre así, pensé, debe conocer los métodos más habituales de la investigación policial. Resulta imposible que no previera (los hechos lo han demostrado) los falsos atracos a que lo sometieron. Pensé que de la misma manera habría anticipado los allanamientos silenciosos en su casa. Sus habituales salidas nocturnas, que el prefecto creía una excelente oportunidad para su causa, me parecieron simples *astucias* que tenían el propósito de ayudar a esas búsquedas y convencer a la policía lo antes posible de que la carta no estaba en la casa, exactamente lo que G... terminó creyendo. También entendí que todo el conjunto de ideas, que me sería difícil ahora detallar, relativo a las inamovibles metodologías policiales en materia de búsqueda de objetos ocultos, necesariamente pasaría por la mente del ministro. Eso lo haría, inevitablemente, descartar todos los escondrijos habituales. No podía, reflexioné, ser tan simple que no viera que los más intrincados y más remotos de su morada serían menos seguros que el más vulgar de los armarios a los ojos, las sondas, los barrenos y los microscopios del prefecto. Observé, finalmente, que D... optaría necesariamente en la *simplicidad*. Tal vez recuerde usted la estertórea risa que brotó del prefecto cuando, en su primera visita, sugerí que acaso el misterio lo trastornaba por ser tan *evidente*.

–Lo recuerdo perfectamente –dije–. Por un momento creí realmente que sufriría convulsiones.

–El mundo material –siguió diciendo Dupin– está plagado de analogías respecto del espiritual; y así se ha dado cierta verdad al dogma retórico de que la metáfora o el símil pueda ser empleada tanto para dar más fuerza a un argumento como para embellecer una descripción. El principio de la *vis inertiæ*, por ejemplo, parece idéntico en física y metafísica. Si en la primera es cierto que resulta más difícil poner en movimiento un cuerpo grande que uno pequeño, y que el impulso o cantidad de movimiento subsecuente se hallará en relación con la dificultad, es igualmente cierto en metafísica que los intelectos de máxima capacidad, aunque más pujantes, decididos y eficientes en sus avances que los de grado inferior, demoran más en iniciar dicho avance y se muestran más embarazados y vacilantes en los primeros pasos de sus progresos. Por otra parte: ¿ha observado usted, entre las muestras de tiendas, cuáles son las que llaman más la atención?

–Nunca se me ocurrió pensarlo –dije.

–Hay un juego de adivinanzas –agregó él– que se juega con un mapa. Uno de los jugadores pide al otro que encuentre una palabra dada, el nombre de una ciudad, río, estado o imperio; una palabra, en fin, sobre la atestada y compleja superficie de un mapa. Un novato en el juego trata generalmente de confundir a su adversario, pidiéndole que busque los nombres escritos con las letras más pequeñas; el buen jugador, en cambio, preferirá elegir alguna de esas palabras que se extienden con grandes letras de un extremo a otro del mapa. Estas, igual que las muestras y carteles demasiado grandes, pasan desapercibidos gracias a ser tan evidentes; el descuido ocular resulta, en este aspecto, análogo a la falta de atención que lleva al intelecto a no tomar en cuenta cuestiones excesivas y palpablemente evidentes. En cualquier caso, este es un asunto que se halla por encima o por debajo del entendimiento del prefecto. Nunca consideró probable, o posible que el ministro hubiera dejado la carta delante de las narices del mundo entero, con el objetivo de impedir mejor que una parte de ese mundo fuera capaz de verla.

"Pero cuanto más meditaba sobre el audaz, ardiente y famoso ingenio de D...; sobre el hecho de que el documento debía estar a mano del ministro para serle útil; y sobre la decisiva evidencia, obtenida por el prefecto, de que había sido ocultado fuera de los límites de sus investigaciones habituales, más me convencía de que para ocultar la carta, el ministro debía haber recurrido a la más amplia y astuta artimaña: no tratar de esconderla en lo absoluto.

Seguro de estas ideas, me puse un par de anteojos verdes, y una hermosa mañana fui como por casualidad a la mansión del ministro. Encontré a D... en casa, bostezando, caminando sin hacer nada y fingiendo encontrarse en el colmo del *ennui*. Se trata, probablemente, del ser vivo más activo y enérgico, pero sólo cuando nadie más lo ve.

"Para no quedarme atrás, me quejé de la debilidad de mis ojos, y lamenté tener que usar, forzosamente, las gafas, que me servían de buen amparo para analizar cuidadosa y completamente la habitación, mientras, aparentemente sólo estaba atento a la conversación que mantenía con mi anfitrión.

"Puse especial atención al gran escritorio en el que D…
se sentaba, y en el que parecían estar mezcladas cartas y
papeles, así como también un par de instrumentos musicales y algunos libros. Pero, después de una larga y atenta
revisación ocular, no vi nada que alimentara mis sospechas.

"Al final, mis ojos, se posaron sobre un mísero tarjetero de cartón con filigranas, que colgaba de una sucia cinta
azul, sujeta a una pequeña perilla de bronce, encima de la
repisa de la chimenea. En aquel tarjetero, que tenía tres o
cuatro apartados, había seis o siete tarjetas de visita y una
única carta. La misma se encontraba muy manchada y arru-
gada. Estaba rota casi en dos pedazos, por el medio, como
si una primera intención de hacerla pedazos por su poca
importancia hubiera sido interrumpida y detenida. Tenía un
gran sello negro, con el monograma de D…, muy visible;
el sobrescrito estaba dirigido al mismo ministro y revelaba
una letra pequeña y femenina. La carta había sido tirada con
descuido, podría pensarse que desdeñosamente, en uno de
los compartimentos superiores del tarjetero.

"Ni bien vi esa carta, entendí que era la que estaba buscando. Claro que su apariencia era en todo distinta de la
que había detallado el prefecto. Esta tenía el sello grande y
negro, con el monograma de D…; la otra tenía uno pequeño
y rojo, con el escudo de armas de la familia S… En esta la
dirección del ministro era diminuta y delicada; en la otra,
la letra del sobre, destinado a cierta figura de la realeza, era
marcadamente enérgica y decidida; el tamaño era su único
punto de semejanza. Pero la naturaleza radical de esas dife-
rencias, que eran exageradas, las manchas, la sucia y rota
condición del papel, que tan poco tenía que ver con los
rigurosos y prolijos hábitos de D… y que tan claramente
le decían al ojo indiscreto que ese documento era del todo
insignificante; todo esto, junto con el visible lugar en el que
estaba, a la vista de todas las visitas, todo eso, digo, no hacía
más que confirmar las sospechas de cualquiera que esté con
voluntad de sospechar.

"Prolongué mi visita todo lo posible y, mientras discutía animadamente con el ministro sobre una cuestión en la que siempre ha estado interesado, mantuve mi atención fija en la carta. Trataba de guardar en mi memoria los detalles de su apariencia externa y de su ubicación en el tarjetero; terminé, además, descubriendo algo que disipó las últimas dudas que podrían haberme quedado. Examinando con la vista los bordes del papel, pude notar que estaban más ajados de lo que parecía necesario. El aspecto estropeado que presenta el papel grueso que ha sido plegado en un sentido y es luego plegado en el contrario. Este hallazgo fue suficiente. Resultaba evidente que la carta había sido dada vuelta como un guante, para ponerle otro sobrescrito y un nuevo sello. Me despedí del ministro y me fui rápidamente, abandonando sobre la mesa una tabaquera de oro.

"A la mañana siguiente volví para buscar la tabaquera, y plácidamente volvimos a la conversación del día anterior. Mientras estábamos concentrados en ella, se escuchó un fuerte disparo, como de una pistola, justo bajo las ventanas del edificio, lo siguió una serie de gritos de pánico, y exclamaciones de una multitud asustada. D… se apuró hacia una de las ventanas, la abrió y miró hacia la calle. Mientras, me acerqué al tarjetero, tomé la carta, la metí en mi bolsillo y la reemplacé por una que copiaba todos sus detalles externos, que había preparado meticulosamente en mi casa, copiando el monograma de D… muy fácilmente, gracias a un sello de miga de pan.

"La causa de la batahola callejera fue la extrañísima conducta de un hombre armado de un fusil, que acababa de disparar el arma contra un grupo de mujeres y niños. Rápidamente se comprobó que el arma no estaba cargada y los que estaban allí dejaron al hombre en libertad, creyéndolo un loco o un borracho. Ni bien se alejó el sujeto, D… se separó de la ventana, en la que yo mismo lo acompañaba después de haber cambiado la carta. Un rato después me despedí de él. Claro que el supuesto loco había sido pagado por mí.

—Pero, ¿qué intención era la suya —pregunté— cuando reemplazó la carta por un facsímil? ¿No hubiese sido más conveniente, ante la primera oportunidad, arrebatarla abiertamente e irse con ella?

—D… —replicó Dupin— es un hombre dispuesto a todo. Por otra parte, su casa está repleta de servidores consagrados a los intereses de su amo. Si me hubiera yo atrevido a hacer lo que usted propone, jamás hubiese salido con vida de allí y el buen pueblo de París no hubiera vuelto a saber más de mí. Pero, por otra parte, tenía yo una segunda intención. Sabe usted muy bien cuáles son mis preferencias políticas. En este asunto he actuado como partidario de la dama que se encontraba comprometida. Durante dieciocho meses, el ministro la tuvo a su merced. Ahora es ella quien puede controlarlo, pues, él ignora que la carta no se halla más en su poder, y procurará presionar como si aún la tuviera. Esto lo conducirá, sin lugar a dudas, a la ruina política. Su debacle será, además, tan veloz como ridícula. En este caso en particular, se puede hablar con exactitud del *facilis descensus Averno*[7]; pero en lo que respecta a ascensos, cabe recordar lo que la Catalani dice sobre el canto, que es mucho más fácil subir que bajar. En este caso no guardo ninguna simpatía o piedad por el que desciende. D… es el *monstrum horrendum,* el hombre de genio sin principios. En cualquier caso, confieso que me gustaría conocer la naturaleza de sus pensamientos cuando, desafiado por esa a la que el prefecto llama "cierta persona", se vea forzado a abrir la carta que le dejé en el tarjetero.

—¿Cómo? ¿Escribió usted algo en ella?

—¡Pues sí, no me pareció bien dejar el interior en blanco! Hubiera sido insultante. En cierta ocasión, en Viena, D… me jugó una mala pasada y yo, sin perder mi buen humor, le aseguré que no lo olvidaría. Por eso, como entendí que él iba a sentir alguna curiosidad por saber quién se ha mostrado

---

7   Cita de *La Eneida*, de Virgilio: "descenso sin dificultad al Averno".

más astuto que él, pensé que era una lástima no dejarle un indicio. Como conoce muy bien mi letra, simplemente copié en mitad de la página estas palabras:

...Un dessein si funeste,
S'il n'est digne d'Atrée, est digne de Thyeste.

Las hallará usted en el *Atrée* de Crébillon[8].

---

8   *Atreé* es una obra del poeta trágico francés Prosper Crébillon (1674-1762). En ella se relata la cruel venganza de Atreo, rey de Argos, contra Tieste, a quien hizo comer los miembros de su propio hijo. Crébillon reflexiona que "un designio tan funesto no era digno de Atreo, sino de Tieste".

Ligeia[1]

> *Y allí dentro está la voluntad que no muere.*
> *¿Quién conoce los misterios de la voluntad y su fuerza?*
> *Pues Dios es sólo una gran voluntad*
> *que penetra las cosas todas por obra de su intensidad.*
> *El hombre no se doblega a los ángeles,*
> *ni cede por entero a la muerte,*
> *como no sea por la flaqueza de su débil voluntad.*
> JOSEPH GLANVILLE

Puedo jurar por mi alma que no me es posible recordar cómo, cuándo y ni siquiera dónde conocí a Lady Ligeia. Han pasado muchos años desde entonces y el dolor ha debilitado mi memoria. O tal vez no puedo rememorar *ahora* esas cosas porque, en verdad, el carácter de mi amada, su sabiduría extraña, su belleza única y, sin embargo, plácida, y la profunda y cautivante elocuencia de su voz, honda y musical, se abrieron camino en mi corazón con pasos tan constantes, tan cuidadosos, que me pasaron inadvertidos e ignorados. Creo, sin embargo, que la vi por primera vez, y

---

1 Publicado por primera vez en 1838.

más tarde con cierta frecuencia, en una antigua y deteriorada ciudad cerca del Rin. Seguramente, la escuché hablar de su familia. Ciertamente provenía de una fecha muy lejana. ¡Ligeia, Ligeia! Sumido en estudios que, por su naturaleza, se adaptan más que cualquiera a amortiguar las impresiones provenientes del mundo exterior, me bastó este dulce nombre –Ligeia– para que apareciera ante mis ojos, en mi fantasía, la imagen de esa que ya no existe. Y ahora, mientras escribo, me golpea como un rayo el recuerdo de que *nunca supe* el apellido de quien fuera mi amiga y prometida, primero; luego compañera de estudios y, por último, la esposa de mi corazón. ¿Fue por una amable orden de parte de mi Ligeia o fue para poner a prueba la fuerza de mi afecto, que me estaba prohibido averiguar sobre ese asunto? ¿O fue quizás un capricho mío, una enloquecida y enamorada ofrenda en el altar de la más apasionada devoción? Si sólo recuerdo el hecho de una manera tan confusa, ¿cómo sorprenderse de que haya olvidado tan por completo las circunstancias que le originaron o le acompañaron? Y en realidad, si alguna vez el espíritu que llaman *novelesco*, si alguna vez la brumosa y alada *Ashtophet* del idólatra Egipto, preside, según dicen, los matrimonios fatídicamente adversos, pues seguramente presidió el mío.

Hay un punto muy delicado en el cual, pese a todo, mi memoria no falla. Y es en la *persona* de Ligeia. Era alta, un poco delgada y, en sus últimos tiempos, demacrada. En vano trataría yo de describir su majestad, la tranquila soltura de su porte o la incomparable ligereza y elasticidad de su paso. Entraba y salía como si fuese una sombra. Nunca notaba yo su aparición en mi cerrado estudio de no ser por la música adorada de su voz dulce, honda, cuando posaba su mano pétrea sobre mi hombro. En cuanto a la belleza de su rostro, nunca ha sido igualada por ninguna otra doncella. Era el esplendor de un sueño de opio, una visión aérea y subyugante, más intensamente divina que las fantasías que sobrevuelan alrededor de las almas dormidas de las hijas de

Delos. Sin embargo, sus rasgos no tenían ese modelado regular que las obras clásicas del paganismo nos han enseñado falsamente a venerar. "No hay belleza exquisita –dice Bacon, Lord Verulam, refiriéndose acertadamente a todas las formas y *genera* de la hermosura– sin algo de *extraño* en las proporciones". Pese a esto, aunque yo veía que los rasgos del rostro de Ligeia no eran de una regularidad clásica, aunque percibía que su hermosura era, realmente, "exquisita" y entendía que había en ella mucho de "extraño", en vano procuré descubrir cuál era esa irregularidad y rastrear el origen de mi percepción de lo "extraño". Examinaba el contorno de su frente, alta y pálida, una frente inmaculada –¡cuán fría es, ciertamente, esta palabra cuando se aplica a una majestad tan divina!–. Su piel, que competía con el más puro marfil, la amplitud magnífica, la serenidad, la graciosa prominencia de las regiones que dominaban las sienes. Y luego, aquella cabellera de un color negro como plumaje de cuervo, brillante, profusa, naturalmente rizada, y que encarnaba toda la potencia del epíteto homérico, "¡cabellera de jacinto!". Miraba el delicado diseño de la nariz y pensaba que únicamente en los graciosos medallones de los hebreos he visto tal perfección: la misma superficie tersa y suave, la misma apenas perceptible tendencia a ser aguileña, las mismas aletas armónicamente curvas, que indicaban un espíritu independiente. Observaba su dulce boca, allí, ciertamente, podía admirarse el triunfo de todo lo que pudiera llamarse celestial: la magnífica curvatura del breve labio superior, la tenue, voluptuosa calma del inferior, los hoyuelos juguetones y el color expresivo; los dientes, que devolvían con un brillo asombroso los rayos de luz que caían sobre ellos en la más tranquila y plena, pero también espléndida y triunfal de todas las sonrisas. Examinaba la forma del mentón, y también allí encontraba la gracia, la extensión, la dulzura, la majestad, la plenitud y la espiritualidad griegas, ese contorno que el dios Apolo reveló sólo en sueños a Cleomenes, el hijo del ateniense. Y después recalaba yo en los grandes ojos de Ligeia.

Para los ojos no encuentro modelos en la antigüedad más remota. Quizás fuera en aquellos ojos de mi amada en donde residía el secreto al que se refiere Lord Verulam. Eran, me parece, más grandes que los ojos comunes de nuestra raza, más que los de las gacelas de la tribu del valle de Nourjahad. Pero sólo por momentos −en los momentos de excitación más intensa− se hacía evidente esta particularidad de Ligeia. En esas ocasiones su belleza −o al menos así lo entendía mi imaginación ferviente− era la de los seres que están por encima o fuera de la tierra, la belleza de la fabulosa hurí de los turcos. Las pupilas eran del negro más brillante, veladas por oscuras y largas pestañas. Sus cejas, de una forma sutilmente irregular, tenían la misma tonalidad. Pese a todo, la singularidad que encontraba yo en los ojos de Ligeia era independiente de su forma, de su color y de su brillo, y debía atribuírsele, en definitiva, a la *expresión*. ¡Ah, palabra sin sentido, sólo un sonido, recóndita latitud en que se atrinchera nuestra ignorancia de lo espiritual! ¡La expresión de los ojos de Ligeia!... ¡Cuántas largas horas medité sobre este asunto; cuántas veces, durante toda una noche de verano, he procurado explorarlo! ¿Qué era aquello, aquel lago más hondo que el pozo de Demócrito que yacía en el fondo de las pupilas de mi amada? ¿Qué era aquello? Se adueñaba de mí la pasión de descubrirlo. ¡Aquellos ojos! ¡Aquellas grandes, aquellas brillantes, aquellas divinas pupilas! Se habían convertido para mí en las estrellas gemelas de Leda, y era yo para ellas el más ardiente de los astrólogos.

No hay, entre las muchas curiosidades incomprensibles de la ciencia psicológica, punto más atrayente, más excitante que el hecho −nunca, creo, mencionado por las escuelas− de que en nuestros intentos por traer a la memoria algo largo tiempo olvidado, con frecuencia llegamos a encontrarnos *al borde mismo* del recuerdo, sin lograr, finalmente, asirlo. De la misma forma, cuántas veces, en mi arduo análisis de los ojos de Ligeia, sentí que me acercaba al conocimiento certero de su expresión; y me acercaba, aún sin que fuera mío, y entonces desaparecía por completo. Y (¡extraño, oh, el más extraño de todos los misterios!) he hallado en los objetos más ordinarios del mundo una serie de analogías con esa expresión. Quiero decir que, después del periodo en que la belleza de Ligeia circuló por mi espíritu y quedó allí como en un altar, obtuve de varios seres del mundo material una sensación análoga a la que se difundía sobre mí, en mí, bajo la influencia de sus grandes y luminosas pupilas. Por otra parte, soy igualmente incapaz de definir aquel sentimiento, de analizarlo o incluso de tener una clara percepción de él. Lo he podido reconocer en algunas oportunidades, insisto, en una viña que crecía velozmente, en la contemplación de una falena[2], de una mariposa, de una crisálida, de un curso de agua veloz. Lo he sentido en el océano, en la caída de un meteorito. Lo he sentido en la mirada de personas muy ancianas. Y hay una o dos estrellas en el cielo (especialmente una, de sexta magnitud, doble y cambiante, que puede verse cerca de la gran estrella de Lira) que, miradas con el telescopio, me han despertado un sentimiento semejante. Me he sentido imbuido de él gracias a los sonidos de determinados instrumentos de cuerda y, frecuentemente, en algunos pasajes de libros. Entre los innúmeros ejemplos, recuerdo muy bien algo en un volumen de Joseph Glanvill que (quizás gracias a su exquisito arcaísmo, ¿quién podría saber?) nunca ha dejado de inspirarme ese mismo sentimiento: "Y allí dentro está la voluntad que no muere. ¿Quién conoce los misterios de la voluntad y su fuerza? Pues Dios es sólo una gran voluntad que penetra las cosas todas por obra de su intensidad. El hombre no se doblega a los ángeles, ni cede por entero a la muerte, como no sea por la flaqueza de su débil voluntad".

---

2 Nombre de ciertas mariposas crepusculares o nocturnas.

El correr de los años y las reflexiones pertinentes logré rastrear cierta remota conexión entre este pasaje del moralista inglés y cierto aspecto del carácter de Ligeia. La *intensidad* de pensamiento, de acción, de palabra, eran probablemente en ella la consecuencia, o por lo menos el indicador, de esa gigantesca voluntad que durante nuestra larga relación no dejó nunca de dar otras pruebas, más numerosas y evidentes, de su existencia. De todas las mujeres que he conocido, ella, exteriormente calma, la siempre tranquila Ligeia, era la presa más desgarrada por los ardorosos buitres de la pasión más cruel. Y sólo me era dado evaluar aquella pasión, por la milagrosa expansión de aquellos ojos que me deleitaban y me horrorizaban al mismo tiempo, por la melodía casi mágica, por la modulación, la claridad y la placidez de su voz muy profunda, y por la salvaje energía (que contrastaba doblemente con su manera de pronunciar) de las vehementes palabras que ella elegía habitualmente.

Hablé ya del conocimiento de Ligeia: era vastísimo, como no lo hallé en mujer alguna. Su conocimiento de las lenguas clásicas era profundo, y, en la medida de mis conocimientos sobre los modernos dialectos de Europa, nunca descubrí que cometiera un error. A decir verdad, en cualquier tema de la alabada erudición académica, admirada simplemente por abstrusa, ¿descubrí *alguna vez* a Ligeia en falta? ¡De qué modo insólito y punzante esta característica de la naturaleza de mi esposa atrajo, tan sólo en el último período, mi atención! Dije antes que sus conocimientos superaban a los de toda mujer que yo haya conocido; pero ¿dónde está el hombre que haya atravesado con éxito *todo* el amplio campo de las ciencias morales, físicas y matemáticas? No percibí en aquel momento lo que ahora entiendo con claridad: los conocimientos de Ligeia eran enormes, abrumadores; por mi parte, me daba la suficiente cuenta de su infinita superioridad como para resignarme, con la confianza de un estudiante, a dejarme guiar por ella a través del mundo caótico de las investigaciones metafísicas, del que me ocupé con ardor durante los primeros años de nuestro matrimonio. ¡Con qué vasto sentimiento de triunfo, con qué enérgico disfrute, con qué etérea esperanza *sentía yo* –cuando ella se entregaba conmigo a estudios poco frecuentes, poco conocidos– esa deliciosa perspectiva que se agrandaba lentamente ante mí, por cuya larga y magnífica senda no transitada podía al fin alcanzar la meta de una sabiduría demasiado premiosa, demasiado divina para no ser prohibida!

Por lo mismo, ¡con qué angustioso pesar vi, después de algunos años, mis esperanzas tan bien fundadas abrir las alas juntas y volar lejos! Sin Ligeia, era yo solamente un niño a tientas en la oscuridad. Solamente su presencia, sus lecturas eran capaces de hacerme claramente visibles los muchos misterios del trascendentalismo en que estábamos inmersos. Sin el radiante brillo de sus ojos, esas páginas, livianas y doradas, se volvieron más opacas que el plomo saturnino. Y cada vez con menos frecuencia brillaban aquellos ojos sobre las páginas que yo analizaba. Ligeia enfermó. Sus ardientes ojos apenas podían contener un brillo demasiado glorioso; sus pálidos dedos tomaron el tono de la cera, y las venas azules de su ancha frente latieron vehementemente en la más dulce emoción. Vi que ella debía morir, y luché desesperado en espíritu contra el oscuro Azrael. Y la lucha de mi apasionada esposa eran, para mi sorpresa, incluso más enérgicas que las mías. Muchos elementos distintivos de su severo carácter me habían convencido de que para ella la muerte llegaría sin sus terrores; pero no fue así. Las palabras no podrían dar cuenta de la férrea resistencia que opuso a la Sombra. Sollozaba yo de angustia ante aquel espantoso espectáculo. Hubiese querido calmarla, hubiera querido razonar; pero en la intensidad de su feroz deseo de vivir –de vivir; *sólo* de vivir–, todo consuelo y todo razonamiento habrían sido el colmo de la locura. Pese a todo, hasta el último momento, en medio de los suplicios y de las convulsiones de su firme espíritu, nunca perdió la placidez exterior de su conducta.

Su voz se volvió más suave; más profunda, pero yo no quería demorarme en el extraño significado de las palabras pronunciadas con calma. Mi mente vacilaba al escuchar, como en un trance, una melodía sobrehumana, conjeturas y aspiraciones desconocidas por la humanidad hasta entonces.

No podía dudar de su amor, y me era fácil entender que en un pecho como el suyo el amor no reinaría como una pasión ordinaria. Pero sólo en su muerte entendí toda la fuerza de su afecto. Durante largas horas, sosteniendo mi mano, extendía ante mí su corazón henchido, cuya devoción más que apasionada llegaba a la idolatría. ¿Cómo podía yo merecer la bendición de semejantes confesiones? ¿Cómo había yo merecido la condena de que mi amada me fuese arrebatada en el momento en que me las hacía? Pero no tolero extenderme más sobre esto. Sólo diré que en el abandono más que femenino de Ligeia al amor, ay, inmerecido, otorgado sin que yo fuera digno, reconocí el principio de su ansioso, de su fervoroso deseo de vida, esa vida que escapaba ahora tan velozmente. No soy capaz de describir, no tengo palabras para expresar esa ansia salvaje, esa anhelante vehemencia de vivir, *sólo* vivir.

Y era muy tarde, la noche en que ella murió, cuando me llamó urgentemente a su lado, y me pidió que repitiera ciertos versos compuestos por ella algunos días antes. La obedecí.

Son los siguientes:

¡Mirad! ¡Es noche de gala
en los últimos años solitarios!
La multitud de ángeles alados,
con sus velos, ahogados en lágrimas,
contemplan en un teatro
un drama de temores y esperanza,
mientras toca la orquesta, cada tanto,
la música sinfín de las esferas.

Mimos que parecen el Dios altísimo
susurran y murmuran quedamente
como títeres vuelan de un lado a otro,
pidiendo informes y tantas cosas
que cambian todo el tiempo el escenario
y derraman en su batir de enormes alas
su invisible y largo sufrimiento.

¡Este múltiple drama ya jamás,
jamás será olvidado!
Con su fantasma siempre perseguido
por una multitud que no lo alcanza,
en un círculo siempre de retorno
al lugar primitivo,
y mucho de locura, y más pecado,
y más horror es el alma de la intriga.

¡Ah, mirad: entre los mimos en tumulto
una forma reptante se insinúa!
¡Roja como la sangre se retuerce
en la escena desnuda!
¡Se retuerce y retuerce!
los mimos son su presa,
y sus fauces destilan sangre humana,
mientras los ángeles lloran.

Se apagan las luces, todas, todas,
y sobre cada trémula forma
como fúnebre lienzo cae el telón
y los ángeles, pálidos y exangües
se levantan sin velos mientras dicen:
el Hombre es la tragedia,
y su héroe, el Gusano triunfal.

—¡Oh Dios mío! —casi gritó Ligeia, poniéndose de pie
de un salto y extendiendo sus brazos hacia el cielo con un

movimiento espasmódico, cuando terminé de recitar estos versos–. ¡Oh Dios mío! ¡Oh Padre Divino! ¿Sucederán estas cosas irremediablemente? ¿Nunca será vencido el vencedor? ¿No somos nosotros una parte y una fracción de Ti? ¿Quién conoce los misterios de la voluntad y su vigor? El hombre no se doblega a los ángeles, ni cede por entero a la muerte, como no sea por la flaqueza de su débil voluntad. Y entonces, como agotada por la emoción, dejó caer sus brazos blancos y volvió gravemente a su lecho de muerte. Y mientras lanzaba los últimos suspiros, mezclado con ellos surgió un suave murmullo de sus labios. Acerqué mi oído y distinguí de nuevo las palabras finales del pasaje de Glanvill: *"El hombre no se doblega a los ángeles, ni cede por entero a la muerte, como no sea por la flaqueza de su débil voluntad"*.

Murió; y yo, deshecho por el dolor, no pude tolerar más la desolación solitaria de mi morada en la sombría y ruinosa ciudad a orillas del Rin. No carecía yo de eso que el mundo llama riqueza. Ligeia me había aportado más; mucho más de lo que corresponde comúnmente a la suerte de los mortales. Por eso, después de unos meses que perdí en errancias sin propósito, compré, restauré y me encerré en una suerte de retiro, una abadía cuyo nombre no diré, en una de las regiones más inhóspitas y menos frecuentadas de la bella Inglaterra. La sombría y triste grandilocuencia del edificio, el aspecto casi salvaje del terreno, los múltiples recuerdos melancólicos y venerables que ambos me despertaban, tenían mucho en común con los sentimientos de abandono total que me habían llevado a esa lejana y solitaria región del país. Pese a todo, aunque el exterior de la abadía, ruinoso e invadido por el musgo, sufrió pocos cambios, me dediqué con infantil perversidad, y tal vez con la débil esperanza de aliviar mis penas, a desplegar en su interior magnificencias dignas de la realeza. Desde la infancia sentía yo una gran inclinación por tales locuras, y ahora volvían a mí como si fueran una reparación del dolor. ¡Ay, ahora siento que se hubiera podido descubrir un comienzo de locura en aquellos suntuosos y fabulosos cortinajes, en aquellas solemnes esculturas egipcias, en aquellas cornisas y muebles raros, en los extravagantes ejemplares de aquellos tapices trabajados en oro! Me había vuelto un esclavo, preso de las redes del opio; y mis trabajos y mis proyectos tomaron el color de mis sueños. Pero no quiero detenerme a narrar pormenorizadamente estos absurdos. Hablaré tan sólo de esa habitación para siempre maldita, donde en un momento de enajenación mental conduje al altar —como sucesora de la inolvidable Ligeia— a Lady Rowena Trevanion, de Tremaine, la de rubios cabellos y ojos azules. No hay una sola parte de la arquitectura y del decorado de aquella estancia nupcial que no aparezca ahora visible ante mí. ¿Dónde tenía la cabeza la altiva familia de la prometida cuando permitió —impulsada por la sed de oro— que una doncella, su hija tan querida, franqueara el umbral de una estancia adornada *así*? Ya he dicho que recuerdo minuciosamente los detalles de la habitación, aunque olvide tantas otras cosas de aquel extraño periodo; y el caso es que no había allí, en aquel lujo fabuloso, un sistema capaz de imponerse a la memoria. El cuarto estaba en una torre alta de la abadía fortificada, tenía forma de pentágono y grandes dimensiones. La única ventana ocupaba todo el lado sur del pentágono, era un inmenso cristal de Venecia de una sola pieza y de tinte plomizo, tanto que los rayos del sol o de la luna, cuando lo atravesaban, dejaban un brillo espantoso sobre los objetos. En la parte superior de la inmensa ventana se extendía el enrejado de una antigua parra que subía por los macizos muros de la torre. El techo, de un roble que parecía negro, era excesivamente alto, abovedado e insólitamente tallado con las más extrañas y grotescas muestras de un estilo semigótico y semidruídico. En la parte del centro, la más escondida de aquella melancólica bóveda colgaba, a manera de lámpara de una sola cadena de oro con largos anillos, un gran incensario, también de oro, de estilo árabe, y con muchos calados caprichosos, a través de los cuales corrían y se retorcían con la vitalidad de una serpiente, una serie continua de luces multicolores.

Algunas otomanas y candelabros de oro de diseño oriental, se encontraban distribuidos por el cuarto, y también había un lecho, el lecho nupcial, de modelo indio, bajo, esculpido en ébano macizo, rodeado por un baldaquino, que parecía un manto fúnebre. En cada uno de los ángulos del cuarto podía verse un gigantesco sarcófago de granito negro proveniente de las tumbas reales que se erigen frente a Luxor, con sus antiguas tapas cubiertas de relieves antiquísimos. Pero era en el tapizado de la estancia, ¡ay!, en donde se desplegaba la mayor fantasía. Las paredes, altísimas —de una altura gigantesca, fuera de proporción—, estaban cubiertas de arriba abajo por un tapiz de aspecto pesado y contundente, que estaba hecho del mismo material que la alfombra del suelo, las otomanas, el lecho de ébano, el dosel de éste y las suntuosas cortinas que ocultaban parcialmente la ventana. Este material era el más rico tejido de oro, íntegramente cubierto, a intervalos irregulares, por figuras de arabescos en realce, de un pie de diámetro, de un negro azabache. Pero de estas figuras sólo se percibe la condición de arabescos cuando se las observaba desde cierto ángulo. Gracias a un procedimiento que hoy es muy habitual y que puede rastrearse hasta los tiempos más remotos de la antigüedad, cambian de aspecto. Para aquel que entraba en el cuarto, adquirían la forma de simples monstruosidades; pero, a medida que avanzaba, esa apariencia se desvanecía y su lugar era ocupado por una sucesión de formas horrorosas, pertenecientes a las supersticiones normandas o nacidas de los sueños pecadores de los frailes. El efecto fantasmagórico se veía ampliado en gran medida por la introducción artificial de una fuerte y continua corriente de aire detrás de los tapices, que daba una espantosa e inquietante animación al conjunto.

Entre esas paredes, en semejante cámara nupcial, pasé con Lady de Tremaine las lujuriosas horas del primer mes de nuestro matrimonio, y las pasé sin demasiado sobresalto. No podía evitar notar que mi esposa temía la llamativa hosquedad de mi carácter, me huía y amaba muy poco; pero esa percepción, a decir verdad, me provocaba más placer que otra cosa. Yo la odiaba con un odio más propio de un demonio que de un hombre. Mi memoria volvía (¡oh, con cuánta intensidad y dolor!) hacia Ligeia, la amada, la egregia, la bella, la sepultada. Disfrutaba recordando su pureza, su sabiduría, su elevada y etérea naturaleza, su apasionado e idólatra amor. Ahora mi espíritu ardía plena y libremente con una llama más ardiente que la suya. En la excitación de mis sueños de opio (porque me hallaba frecuentemente encadenado a los grilletes de la droga) gritaba su nombre en el silencio de la noche, o durante el día, en los umbríos descansos de los valles, como si con esa violenta vehemencia, con la solemne pasión, con el fuego abrasador de mi deseo por la extinta, pudiera restituirla a la senda que había abandonado –ah, ¿*era posible* que fuese para siempre?– en la tierra.

A comienzos del segundo mes de matrimonio, Lady Rowena fue atacada de una repentina enfermedad, de la que se repuso lentamente. La fiebre que la consumía volvía sus noches penosas, y en la inquietud de su sopor, hablaba de ruidos y de movimientos que se producían en un lado y en otro de la torre, y que atribuía yo al desborde de su imaginación o quizás a las influencias fantasmagóricas del propio cuarto. Después de un tiempo entró en convalecencia, y finalmente, se restableció. Sin embargo, había pasado sólo un breve lapso de tiempo cuando una segunda dolencia, más violenta que la anterior, la arrojó a su lecho de dolor; y de este ataque, su constitución, que siempre había sido débil, nunca se repuso del todo. Su enfermedad, desde ese momento, se volvió alarmante y tan recurrente que desafiaba el saber y los grandes esfuerzos de los médicos. A medida que se agravaba aquel mal crónico, que desde entonces, sin duda, se había apoderado por completo de su constitución y volvía improbable que lo arrancasen medios humanos, no pude impedirme de observar una imitación nerviosa creciente y una excitabilidad en su temperamento por las causas más triviales de miedo. Volvió ella a hablar, y ahora, con mayor frecuencia e insistencia, de ruidos –de sutiles ruidos– y de movimientos insólitos en los tapices, a los que ya se había referido.

Una noche, cercana al fin de septiembre, llamó mi atención este triste asunto con más insistencia que de costumbre. Despertaba recién de un sueño inquieto, y yo había estado observando, en parte con ansiedad, en parte con un vago terror, los gestos de su semblante demacrado. Me senté junto a su lecho de ébano, en una de las otomanas de la India. Se incorporó ella a medias y habló en un susurro nervioso sobre ruidos que *estaba oyendo*, pero que yo no podía oír, y de movimientos que *estaba viendo*, aunque yo no los notara. El viento corría veloz por detrás de los tapices, y me dediqué a demostrarle (lo cual debo confesar que no podía yo creerlo *del todo*) que aquellos rumores casi incomprensibles y aquellos cambios apenas perceptibles en las formas de la pared eran tan sólo los efectos esperables de la corriente de aire habitual. Sin embargo la palidez cadavérica que se extendió por su cara me probó que los esfuerzos por tranquilizarla no darían resultado. No había criados a los que recurrir cuando pude observar que estaba desvaneciéndose. Recordé el sitio en el que estaba el frasco de vino ligero que le habían indicado los médicos, y crucé raudamente la habitación para buscarlo. Pero al pasar bajo la luz del incensario, dos detalles impresionantes llamaron mi atención. Sentí algo palpable, aunque invisible, que pasaba cerca de mi persona, y pude ver sobre el tapiz de oro, en el centro mismo de la viva luz que proyectaba el innecesario, una sombra, una tenue y borrosa sombra de aspecto angelical, tal como uno puede imaginar la sombra de una sombra. Pero como estaba yo vivamente excitado por una dosis exagerada de opio, di poca importancia a aquellas cosas y no se las mencioné a Rowena. Encontré el vino, crucé nuevamente el cuarto y llené un vaso, que acerqué a los labios de la desvanecida. Había comenzado a recobrarse un poco, y tomó el vaso en sus manos, mientras yo me dejaba caer en la otomana que tenía cerca, con los ojos fijos en ella. Entonces pude percibir claramente un paso suave en la alfombra, cerca del lecho, y un segundo después, mientras Rowena alzaba la copa de vino hasta sus labios, vi o quizá soñé que veía caer dentro del vaso, como surgida de un invisible surtidor en la atmósfera de la habitación, tres o cuatro grandes gotas de líquido brillante, del color del rubí. Si yo lo vi, Rowena no lo vio. Bebió el vino sin dudar, y me guardé muy bien de hablarle de aquel incidente que tenía yo que considerar, después de todo, como sugerido por una imaginación sobreexcitada a la que hacían morbosamente activa el terror de mi mujer, el opio y la hora. Pese a todo, no pude dejar de notar que, inmediatamente después de la caída de las gotas color rubí, la enfermedad de mi esposa se agravaba, tanto que en la tercera noche de padecimiento, las manos de sus doncellas la prepararon para la tumba, y la cuarta la pasé solo, con su cuerpo amortajado, en aquella fantástica habitación que la recibiera recién casada. Delante de mis ojos revoloteaban extrañas visiones originadas por el opio. Con ojos inquietos miré atentamente los sarcófagos en los ángulos de la habitación, las oscilantes figuras de los tapices, las contorsiones de las llamas multicolores en el incensario colgado. Mi mirada recaló entonces, mientras trataba de recordar los detalles de una noche anterior, en el sitio en que, bajo el resplandor del incensario, había visto las débiles huellas de la sombra. Sin embargo, ya no estaba allí, y respirando aliviado, volví la vista a la pálida y rígida figura tendida sobre el lecho. En ese momento sentí que me invadían los mil recuerdos de Ligeia, y luego refluyó hacia mi corazón con la violenta turbulencia de un oleaje todo aquel indecible dolor con que había mirado su cuerpo amortajado. La noche transcurría y, siempre con el pecho lleno de amargos pensamientos sobre ella, de mi solo y único amor, permanecí con los ojos fijos en el cuerpo de Rowena.

Tal vez fuera media noche, o tal vez más temprano o más tarde, yo no tenía ya conciencia del tiempo, cuando un sollozo ahogado, suave, pero muy claro, me sacó bruscamente de mi ensueño. *Sentí* que venía del lecho de ébano, del lecho de muerte. Presté atención en una agonía de miedo y aprehensiones, pero el ruido no se repitió. Esforcé la vista para descubrir algún movimiento en cadáver pero no vi nada. Pero no podía haberme equivocado. *Había escuchado* ese ruido, aunque débil, y mi espíritu estaba despierto. Mantuve con decisión, con insistencia, la atención fija en el cuerpo. Varios minutos tuvieron que pasar antes de que ocurriese algún incidente capaz de develar algo sobre el misterio. Finalmente resultó evidente que una coloración leve y muy tenue, apenas perceptible, teñía de rosa y se difundía por las mejillas y por las sutiles venas de sus párpados. Aniquilado por un terror y un horror indescriptibles, para los cuales no posee el lenguaje humano una expresión lo suficientemente enérgica, sentí que mi corazón se paralizaba y que mis miembros se ponían rígidos sobre mi asiento. No obstante, el sentimiento del deber me devolvió, por último, el dominio de mí mismo. Ya no podía dudarlo por más tiempo: habíamos efectuado prematuros preparativos fúnebres, ya que Rowena todavía estaba viva. Debía hacer algo de inmediato; pero la torre estaba muy lejos de las dependencias de la servidumbre, no había nadie cerca, no había forma de llamar en mi ayuda sin irme del cuarto por unos minutos. Luché solo, pues, en mi intento de volver a la vida el espíritu aún vacilante. Al cabo de unos instantes, sin embargo, la recaída se volvió evidente, el color desapareció de los párpados y las mejillas, dejándoles una palidez marmórea; los labios estaban apretados por partida doble y contraídos en el fantasmal gesto que tiene la muerte; una viscosidad y una frialdad horrendas cubrieron rápidamente la superficie del cuerpo, y apareció inmediatamente la habitual rigidez cadavérica. Me dejé caer, tembloroso, sobre el sillón del que había sido arrancado tan súbitamente, y me abandoné nuevamente, a mis exaltadas visiones de Ligeia.

De esta manera transcurrió una hora cuando (¿cabía la posibilidad?) advertí nuevamente un remoto sonido procedente de la zona en la que estaba el lecho. Sumido en el horror más profundo, procuré prestar atención. El sonido se repitió: era un suspiro. Precipitándome hacia el cadáver, pude ver –perfectamente– un temblor en los labios. Un minuto después se entreabrían, mostrando una reluciente línea de dientes color nácar. Ahora la sorpresa luchaba en mi pecho contra el más hondo terror que hasta entonces me poseía por completo. Sentí que mi vista se oscurecía, que mi razón se perdía, y gracias solamente a un esfuerzo denodado, logré recobrar, por fin, el valor necesario para cumplir la tarea que volvía a imponérseme. Ahora tenía un color cálido sobre la frente, sobre las mejillas y sobre la garganta; un calor perceptible invadía todo el cuerpo, e incluso el corazón tenía un suave latido. Mi mujer *vivía*. Con ardor renovado, me dediqué a la tarea de volverla a la vida; froté y golpeé las sienes y las manos, y utilicé todos los procedimientos que me sugirieron la experiencia y numerosas lecturas médicas. Pero todo fue en vano. Súbitamente, el color huyó, cesaron las pulsaciones, los labios recobraron la expresión de la muerte y, al instante siguiente, el cuerpo entero volvía a presentar el frío helado, la palidez, la intensa rigidez; el aspecto demacrado y todas las horrendas características de quien ha sido, por días ya, habitante de la tumba.

Y nuevamente me sumí en las visiones de Ligeia, y otra vez (¿cómo asombrarse de que me estremezca mientras escribo esto?), *otra vez* llegó a mis oídos un sollozo sofocado desde el lecho de ébano. Pero, ¿para qué detallar con minuciosidad los horrores indecibles de aquella noche? ¿Para qué detenerme en relatar ahora cómo, una y otra vez, casi hasta que amaneció, el horrible drama de la resurrección se repitió, cómo cada aterradora recaída se transformaba tan sólo en una muerte más rígida y más irremediable, cómo cada angustia adquiría el aspecto de una pelea con un enemigo invisible, y cómo ahora cada lucha era seguida por no sé qué extraña alteración en la apariencia del cadáver? Permitid que me apresure a terminar.

La mayor parte de la horrorosa noche había ya pasado, y la otrora muerta se movió nuevamente, ahora con más fuerza que antes, aunque recién despertara de una disolución más horrenda e irrecuperable. Hacía ya rato que yo había dejado de luchar, o aun de moverme, y permanecía rígido sentado en la otomana, víctima indefensa de un torbellino de violentas emociones, de las que el pavor, tal vez, fuese la menos espantosa, la menos devoradora. El cadáver, insisto, se movía, y ahora con más fuerza que antes. Los colores de la vida cubrieron con desconcertante energía el semblante, los miembros se relajaron y, de no ser por los párpados aún apretados y por las telas y vendas que daban un aspecto mortuorio a la figura, podía haber soñado que Rowena se había desprendido por completo de las cadenas de la muerte. Pero si no acepté esta idea por completo, desde entonces no pude ya dudar más tiempo, cuando, levantándose del lecho, trémula, con débiles pasos, como camina una persona aturdida por un sueño, la forma amortajada avanzó osada y innegablemente hasta el centro de la habitación.

No temblé, no me moví, porque miles de ideas inexpresables relacionadas con el aire, la estatura, el porte de la figura cruzaron rápidamente por mi cerebro, paralizándome, transformándome en una piedra helada. No me movía, sino que contemplaba con fijeza la aparición. Había en mis pensamientos un desorden loco, un tumulto inaplacable. ¿Podía ser de veras la Rowena *viva* quien estaba frente a mí? ¿Podía ser *de veras* Rowena en absoluto, Lady Rowena Trevanion de Tremaine, la de los cabellos rubios y los ojos azules? ¿Por qué, *por qué* lo dudaba? El vendaje cubría la boca, pero ¿podía esa no ser la boca de Lady de Tremaine? Y las mejillas —rosadas como en la plenitud de su vida—, sí podían ser, realmente, las hermosas mejillas de la viviente

Lady de Tremaine. Y el mentón, con sus hoyuelos, como cuando estaba sana, ¿podía no ser el suyo? Pero entonces, *¿había crecido ella durante su enfermedad?* ¿Qué inenarrable demencia me invadió al pensarlo? De un salto estuve a sus pies. Evitando mi contacto, sacudió ella su cabeza, aflojó la ajustada mortaja en que estaba envuelta, y entonces se desbordó, por el aire agitado del aposento, una masa enorme de largos y despeinados cabellos; *¡eran más negros que las alas del cuervo de medianoche!* Y entonces, la figura que se alzaba ante mí abrió lentamente *los ojos.*

—¡Al menos en esto —grité—, nunca, nunca podría equivocarme! ¡Éstos son los grandes ojos, los ojos negros, los extraños ojos de mi amor perdido, los de Lady... los de LADY LIGEIA!

El corazón delator[1]

¡Es verdad! He sido siempre nervioso, muy nervioso, tremendamente nervioso. ¿Pero por qué dicen ustedes que estoy loco? La enfermedad había agudizado mis sentidos, en lugar de destruirlos o entorpecerlos. Y mi oído era el más agudo de todos. Escuchaba todo lo que puede escucharse en la tierra y en el cielo. Muchas cosas oí también del infierno. ¿Cómo podría estar loco, entonces? Escuchen... y vean con cuánta cordura, con cuánta serenidad les cuento mi historia.

Me resulta imposible decir cómo entró aquella idea en mi cabeza por primera vez; pero, una vez allí, no me abandonó ni de noche ni de día. Yo no tenía ningún objetivo. Tampoco estaba enojado. Tenía un gran aprecio por el viejo. Nunca me había hecho nada malo. Nunca me insultó. No me interesaba su dinero. Creo que fue su ojo. ¡Sí, eso fue! Tenía un ojo idéntico al de un buitre... Un ojo azul pálido, velado por una tela. Cada vez que lo fijaba en mí se me helaba la sangre. De esa forma, de a poco, muy paulatinamente, me fui decidiendo a matar al viejo y librarme de aquel ojo para siempre.

---

1 El título original es: "The tell-tale heart". Fue publicado por primera vez en 1843.

Escúchenme ahora. Ustedes creen que estoy loco. Pero los locos no saben nada. En cambio... ¡si hubieran podido verme! ¡Si hubieran podido ver con qué destreza actué! ¡Con qué cuidado... con qué previsión... con cuánta discreción me puse a la obra! Jamás fui tan atento con el viejo como la semana que precedió a su muerte. Todas las noches, cerca de la medianoche, giraba yo el picaporte de su puerta y la abría... ¡Oh, tan delicadamente! Y entonces, cuando el espacio era lo bastante grande para que pasara la cabeza, levantaba una linterna sorda, cerrada, absolutamente cerrada, de modo tal que no se viera ninguna luz, y detrás de la linterna, pasaba yo la cabeza. ¡Oh, cuánto se hubieran reído ustedes si hubieran visto la astucia con la que pasaba la cabeza! La movía despaciosamente... muy, muy despaciosamente, para no interrumpir el sueño del viejo. Demoraba toda una hora en introducir por completo la cabeza a través de la abertura de la puerta, hasta verlo tendido en su cama. ¿Eh? ¿Acaso un loco hubiera sido tan meticuloso como yo? Y entonces, cuando tenía la cabeza totalmente dentro del cuarto, abría la linterna con cuidado... ¡Oh, con tanto cuidado! Sí, con cuidado iba abriendo la linterna (pues crujían las bisagras), la abría lo suficiente para que un único rayo de luz iluminara su ojo de buitre. Hice esto durante siete largas noches... todas las noches, a la medianoche. Pero hallé siempre el ojo cerrado, y por eso no me era posible cumplir mi tarea, porque no era el viejo quien me molestaba, sino el mal de ojo. Y a la mañana, recién despuntado el día, entraba sin temores en su habitación y le hablaba cómodamente, con mi voz más amable lo llamaba por su nombre y le preguntaba cómo había pasado la noche. Como pueden ver, tendría que haber sido un viejo muy astuto para sospechar que todas las noches, exactamente a las doce, yo iba a observarlo mientras dormía.

En la octava noche, actué con mayor sigilo que el acostumbrado cuando abrí la puerta. El minutero de un reloj se mueve más velozmente que mi mano en ese momento.

Nunca, hasta esa noche, había *sentido* el alcance de mis facultades, de mi astucia. Conseguía apenas contener la emoción de mi éxito. ¡Pensar que estaba ahí, abriendo poco a poco la puerta, y que él ni siquiera soñaba con mis secreta intención o pensamiento! Esa idea me provocó una risa que contuve entre los dientes, pero tal vez me *oyó*, porque sentí cómo se movía súbitamente en la cama, como si se sobresaltara. Pensarán ustedes que di marcha atrás... pero no. Su cuarto estaba absolutamente negro, porque el viejo cerraba completamente las persianas por miedo a los ladrones; yo sabía que le resultaría imposible distinguir la abertura de la puerta, y seguí empujando lentamente, lentamente.

Ya había logrado pasar la cabeza y me disponía a abrir la linterna, cuando mi pulgar resbaló en el cierre de metal y el viejo se incorporó en la cama, gritando: —¿Quién anda ahí?

Me mantuve inmóvil, sin decir palabra. Una hora entera estuve sin mover un solo músculo, y en todo ese tiempo nunca escuché que se acostara de nuevo en la cama. Seguía sentado, escuchando... igual que yo lo había hecho, noche tras noche. De repente escuché una queja leve, y entendí que era el quejido que nace del terror. No expresaba ni dolor ni pena... ¡oh, no! Era el ruido ahogado que brota del fondo del alma cuando el horror la invade. Yo conocía muy bien ese sonido. Muchas noches, justamente a las doce, cuando todo el mundo dormía, emergió de mi pecho, haciendo más hondo con su eco horroroso los terrores que me enloquecían. Insisto, lo conocía bien. Entendí el sentimiento del viejo y me inspiró lástima, aunque en el fondo de mi corazón, me divertía. Entendí que estaba despierto desde el primer leve ruido, el que lo hizo moverse de la cama, y había tratado de convencerse de que aquel ruido no significaba nada, pero no lo había conseguido. Pensaba: "Es sólo el viento en la chimenea... o un grillo que chirrió una única vez". Sí, había procurado animarse con esas presunciones, pero todo era en vano. *Todo era en vano*, porque la Muerte se había acercado a él, deslizándose subrepticia y rodeaba a su víctima. Y la negra influencia de aquella sombra imperceptible era la que lo motivaba a sentir —aunque no pudiera verla u oírla—, a *sentir* la presencia de mi cabeza dentro del cuarto.

Después de haber esperado largo tiempo, pacientemente, sin oír que volviera a acostarse, decidí abrir una pequeña, una pequeñísima ranura en la linterna. Lo hice —no pueden sospechar ustedes con qué delicadeza, con qué inmensa delicadeza—, hasta que un delgado rayo de luz, parecido al hilo de la araña, surgió de la ranura y cayó de lleno sobre el ojo de buitre. De par en par abierto, yo comencé a enfurecerme mientras lo miraba. Lo vi con toda claridad, de un azul apagado y con aquel espantoso velo que me congelaba la sangre. No alcanzaba a ver, sin embargo, nada más de la cara o del cuerpo del viejo, porque, instintivamente, había orientado el haz de luz precisamente hacia el punto endemoniado.

¿No les he aclarado ya que lo que ustedes, equivocadamente, denominan locura es solamente una excesiva agudeza de los sentidos? En ese preciso instante llegó a mis oídos un sonido apagado y ansioso, como el que haría un reloj envuelto en algodón. Ese sonido *también* me resultaba conocido. Era el latido del corazón del viejo. Eso acrecentó mi ira como el redoble de un tambor estimula el valor de un soldado.

Sin embargo, incluso frente a esto logré contenerme y seguir callado. Respiraba apenas. Sostenía la linterna de manera que no se moviera, tratando de conservar con toda la firmeza posible el haz de luz sobre el ojo. Mientras, el latido infernal de su corazón se escuchaba más y más fuerte. Se volvía cada vez más rápido, momento a momento. El terror del viejo debía ser espantoso. ¡Cada vez más fuerte, más fuerte! ¿Siguen mi relato, atentamente? Ya les dije que soy nervioso. Sí, lo soy. Y ahora, a medianoche, en el tremendo silencio de esa antigua casa, un ruido tan extraño como ese me llenó de una pavura indescriptible. Pese a todo, logré contenerme todavía durante algunos minutos y permanecí inmóvil. ¡Pero el latido se volvía cada vez más fuerte, ¡más fuerte! Tuve la sensación de que aquel corazón iba a estallar. Y una nueva ansiedad se apoderó de mí... ¡Quizás algún vecino podría escuchar ese sonido! ¡Había llegado la última hora del viejo! Mientras lanzaba un alarido, abrí del todo la linterna y me introduje por completo en la habitación. El viejo gritó una vez... nada más que una vez. Un único segundo me fue suficiente para arrojarlo al suelo y echarle el pesado colchón encima. Sonreí alegre al ver lo fácil que me había resultado. Pero, durante varios minutos, el corazón siguió latiendo con un sonido sordo, ahogado. Ya no me preocupaba, por supuesto, porque nadie podría escucharlo a través de las paredes. Terminó, al fin, de latir. El viejo había muerto. Levanté el colchón y analicé el cadáver. Sí, estaba muerto, absolutamente muerto. Posé la mano sobre su corazón y la conservé en esa posición durante un largo tiempo. No se podía sentir el más mínimo latido. El viejo estaba bien muerto. Su ojo jamás me molestaría de nuevo.

Si ustedes siguen creyendo que estoy loco, dejarán de hacerlo cuando les describa las sagaces precauciones que tomé para ocultar el cadáver. La noche avanzaba, mientras yo realizaba mi tarea velozmente, y en silencio. Lo primero que hice fue descuartizar el cuerpo. Le corté la cabeza, los brazos y las piernas.

Después levanté tres tablas del piso de la habitación y escondí los restos en el espacio vacío. Puse los tablones nuevamente en su lugar, tan hábilmente que ningún ojo humano —ni siquiera el suyo— hubiese podido notar la más mínima diferencia. No había nada que lavar... ninguna mancha... ningún rastro de sangre. Fui muy precavido. Recogí todo en una cuba... ¡ja, ja!

Terminé mi tarea a las cuatro de la madrugada, pero seguía tan oscuro como estaba a medianoche. En el mismo momento en que se escucharon las campanadas de la hora, golpearon a la puerta de la calle. Fui a abrir con toda tranquilidad, pues ¿a qué podía temerle *ahora?*

Me encontré con tres caballeros, que muy educadamente se presentaron como oficiales de policía. Un vecino escuchó un alarido en mitad de la noche, un vecino, por lo que temía la posibilidad de algún atentado. Al recibir este informe en la oficina de policía, habían enviado a los tres agentes para que registraran el lugar. Sonreí, porque... ¿que tenía que temer? Les di la bienvenida a los oficiales y les expliqué que yo había proferido aquel grito, durante una pesadilla. Les dije que el viejo había salido de viaje y los invité a recorrer la casa para que pudieran revisar, revisar *bien*. Por último, los llevé a la habitación del muerto. Les mostré que su dinero estaba intacto y que cada cosa se encontraba en su lugar. Entusiasmado por mis confidencias traje sillas a la habitación y pedí a los tres oficiales que descansaran *allí*, mientras yo mismo, por la audacia que me provocaba el éxito, ubicaba mi silla exactamente en sobre el lugar en el que se hallaba el cadáver de mi víctima.

Los oficiales quedaron satisfechos y, convencidos por mis modales —yo estaba muy tranquilo—, se sentaron y hablaron de cosas triviales, a las que contesté alegremente. Sin embargo, después de un rato comencé a sentir que palidecía y quise que se marcharan. Me dolía la cabeza y empecé a percibir un zumbido en los oídos; pero los policías seguían sentados y conversando. El zumbido se hizo más intenso; seguía resonando y era cada vez más intenso. Empecé a hablar en voz muy alta para librarme de esa sensación, pero seguía igual y cada vez se hacía más clara... hasta que, por fin, me di cuenta de que ese sonido no se producía *dentro* de mis oídos.

Debí empalidecer aun más, pero seguí hablando, cada vez más desenvuelto y levantando mucho la voz. Sin embargo, el sonido aumentaba... ¿y qué podía hacer yo? Era *un sonido apagado y ansioso, como el que haría un reloj envuelto en algodón.* Yo respiraba con dificultad, tratando de recobrar el aliento, y, pese a todo, los policías no habían escuchado nada. Comencé a hablar muy rápidamente, con vehemencia, pero el sonido era más y más fuerte. Me puse de pie y empecé a discutir sobre menudencias en voz muy alta y con enérgicas gesticulaciones; pero el sonido crecía permanentemente. ¿Por qué *no se iban* los oficiales? Caminaba de un rincón al otro, dando grandes pasos, como si las observaciones de los policías me enojaran; pero el sonido no dejaba de crecer. ¡Oh, Dios! ¿Qué podía *hacer yo?* La ira me cegaba... maldije... insulté... Balanceando la silla sobre la que me había sentado, raspé con ella las tablas del piso, pero el sonido tapaba siempre a todos los otros y crecía sin cesar. ¡Más fuerte... más fuerte... *más fuerte*! Y, mientras, los policías continuaban conversando plácidamente y sonriendo. ¿Cabía la posibilidad de que no oyeran? ¡Santo Dios! ¡No, no! ¡Por supuesto que oían, y que sospechaban! ¡*Ellos sabían... y* se estaban burlando de mi terror! ¡Sí, así lo creí y así lo creo hoy! ¡Cualquier cosa era preferible antes que esa horrenda agonía! ¡Cualquier cosa sería más soportable que aquel castigo! ¡No podía tolerar más tiempo sus sonrisas falsas! ¡Sentí que debía gritar o dejarme morir, y entonces... otra vez... escuchen... más fuerte... más fuerte... más fuerte... *más fuerte*!

–¡Basta ya de fingir, malvados! –aullé–. ¡Confieso que lo maté! ¡Levanten esas tablas! ¡Ahí... ahí! ¡Donde está latiendo su horrible corazón!

La máscara
de la Muerte Roja[1]

Durante mucho tiempo, la "Muerte Roja" había devastado la región. Jamás hubo peste más fatal y espantosa pestilencia. Su sello era la sangre, el color y el horror de la sangre. Producía agudos dolores, un súbito desvanecimiento y, después, un sangrado profuso por los poros; luego sobrevenía la muerte. Las manchas púrpuras en el cuerpo y, especialmente, en el rostro de la víctima, desechaban a ésta de la Humanidad y la cerraban a todo auxilio y a toda piedad. La invasión, el progreso y el resultado de la enfermedad no demoraban más de media hora.

Pero el príncipe Próspero era feliz, intrépido y sagaz. Cuando sus dominios vieron reducida su población a la mitad, llamó a su lado a un millar de fuertes y desaprensivos amigos de entre los caballeros y damas de su corte, y se retiró con ellos a una de sus abadías fortificadas. Ésta era una amplia y magnífica construcción y había sido construida por el grandilocuente aunque excéntrico gusto del príncipe. Se hallaba rodeada de una sólida y altísima muralla. Las puertas de ese grueso muro eran de hierro. Una vez aden-

---

1   El título original es: "*The mask of the red death*". Se publicó por primera vez en 1842.

tro, los cortesanos soldaron los cerrojos. Habían decidido sellar toda vía de ingreso o de salida a los súbitos impulsos de la desesperación o del frenesí. La construcción contaba con suficientes provisiones. Tomando las correctas precauciones, los cortesanos podían desafiar el contagio. El mundo exterior, pues, que se las arreglara como pudiera; mientras, era una locura apenarse o pensar demasiado en él. El príncipe había llevado todo lo necesario para los placeres. Había bufones, improvisadores, bailarines y músicos; había belleza y bebida. Todas estas cosas, además de la seguridad, estaban del lado de adentro. Afuera estaba la Muerte Roja.

Ocurrió a fines del quinto o sexto mes de su aislamiento, mientras la plaga hacía grandes estragos afuera, que el príncipe Próspero tuvo la idea de proporcionar a su millar de amigos un baile de máscaras insólitamente magnificente.

¡Qué voluptuoso cuadro el de ese baile de máscaras! Permítaseme describir los salones en los que se llevó a cabo. Eran siete, en una hilera imperial. En muchos palacios estas hileras de salones constituyen largas perspectivas en línea recta cuando los batientes de las puertas están abiertos de par en par, de modo que la mirada llega hasta el final sin obstáculo. Aquí, el caso era muy distinto, como era de esperarse tratándose del príncipe y su preferencia notable por lo *bizarre*. Las salas estaban dispuestas tan irregularmente que la mirada solamente podía llegar a ver de a una por vez. Después de veinte o treinta yardas encontrábase un súbito recodo, y después, todo tenía un aspecto diferente. Hacia la derecha y la izquierda, en mitad de la pared, una alta y estrecha ventana gótica daba a un corredor cerrado que seguía la línea de la serie de salones. Las ventanas tenían vitrales cuya coloración dependía del tono dominante en la decoración de la habitación. Si, por ejemplo, la habitación que se encontraba en el extremo oriente tenía tapicerías azules, de un azul muy vívido eran sus ventanas. La segunda habitación mostraba tapicerías y ornamentos en tonalidades púrpuras, entonces aquí los vitrales eran púrpuras. La tercera

era completamente verde, igual que los cristales. La cuarta poseía una decoración e iluminación en tonos naranjas; la quinta, en blanco; la sexta, en violeta. El séptimo aposento estaba absolutamente cubierto de colgaduras de terciopelo negro, que abarcaban el techo y las paredes, cayendo en pesados pliegues sobre una alfombra del mismo material y tonalidad. Pero en esta cámara el color de los vitrales no se correspondía con el de la decoración. Los cristales eran color escarlata, tenían el color profundo de la sangre.

A pesar de la gran cantidad de ornamentos de oro que había por todos lados y que colgaban de los techos, en ninguna de aquellas siete estancias había lámparas o candelabros. Las habitaciones no estaban iluminadas con bujías o arañas. Pero en los pasillos paralelos a la galería, y opuestos a cada ventana, se alzaban pesados trípodes que sostenían un brasero resplandeciente, que emanaba rayos capaces de proyectarse a través de los cristales teñidos e iluminar brillantemente cada sala. Generaban una multitud de resplandores tan vivos como fantásticos. Pero en la habitación del atardecer, la cámara negra, la luz llegaba a las colgaduras después de atravesar los cristales del color de la sangre, y daba a todo el cuarto un aspecto mórbidamente siniestro, y teñía los rostros de los que entraban de manera tan horrorosa que eran pocos los que se aventuraban a entrar a semejante lugar.

También en este salón se erguía, apoyado contra el muro del poniente, un gigantesco reloj de ébano. Su péndulo se movía con un tictac sordo, pesado y monótono. Y cuando el minutero completaba el circuito de la esfera e iba a sonar la hora, salía de los pulmones de bronce de la máquina un sonido claro, estrepitoso, profundo y extraordinariamente musical, pero de un timbre tan particular y fuerte que, cada hora, los músicos de la orquesta se veían obligados a interrumpir un momento sus acordes para escuchar ese sonido. Los danzantes se veían obligados a abandonar sus revoluciones; durante un instante, en aquella despreocupada sociedad reinaba el desconcierto; y, mientras aún resonaban los tañidos del reloj, se podía observar cómo los más atolondrados palidecían y los de más edad y capacidad reflexiva se pasaban la mano por la frente, como si se entregaran a una confusa meditación o a un ensueño. Pero ni bien los últimos ecos dejaban de sonar, risas de alivio nacían en el grupo; los músicos se miraban entre sí, como sonriendo por su nerviosismo sin causa, mientras se prometían en voz baja que la próxima vez que el reloj tañera no les provocaría semejante emoción. Pero, después de sesenta minutos (que abarcan tres mil seiscientos segundos del Tiempo que se escapa), el reloj daba otra vez la hora, y otra vez nacían el desconcierto, el escozor y los pensamientos.

Pero, a pesar de todo esto, la fiesta continuaba alegre y magnífica. El gusto del príncipe era muy singular. Tenía una vista educada para lo que se refiere a colores y efectos. Despreciaba la decoración de moda. Sus proyectos eran temerarios y salvajes, y sus concepciones brillaban con un esplendor bárbaro. Muchos consideraban que estaba loco, pero sus cortesanos sabían perfectamente que no. Sin embargo, era preciso oírlo, verlo, tocarlo, para *asegurarse* de que no lo estaba.

Personalmente se había encargado el príncipe de buena parte de la decoración de las siete salas destinadas a la gran fiesta, y era su gusto el que había guiado la elección de los disfraces. Sin duda eran grotescos. Abundaba en ellos el brillo, el esplendor, lo atrevido y lo fantasmal —mucho de eso que más tarde habría de encontrarse en *Hernani*[2]—. Había figuras arabescas, con siluetas y atuendos inadecuados; había fantasías delirantes, como las que adoran los locos. Abundaba allí lo bello, lo raro, lo lujurioso, y no faltaba lo horrible y lo asqueroso. Lo cierto es que, en aquellas siete salas se movía, de un lado a otro, una multitud de sueños. Y aquellos sueños se convulsionaban en cada rincón, cambiando de color al pasar por

---

2 Hace referencia a la obra de teatro de Víctor Hugo, símbolo del romanticismo, y plagada de elementos góticos.

las habitaciones, y logrando que la extraña música de la orquesta pareciera el eco de sus pasos.

De pronto, repica de nuevo el reloj de ébano que se encuentra en el salón de terciopelo negro. Por un instante queda, entonces, todo suspenso; todo guarda silencio, salvo la voz del reloj. Las figuras de pesadilla se quedan inmóviles, paradas. Pero los ecos de la campana se van desvaneciendo. No han durado sino un instante, y, apenas han desaparecido, una risa leve mal reprimida se esparce por todos lados. Y una vez más, la música suena, vive en los ensueños.

De un lado a otro, se retuercen más alegres que nunca, reflejando el color de las ventanas de distintos matices, a través de las cuales fluyen los rayos de los trípodes. Pero en el salón que da al oeste no hay ahora ninguna máscara que se atreva a entrar, porque la noche va transcurriendo. Allí se derrama una luz tan roja a través de los cristales color de sangre, y la oscuridad de las cortinas teñidas de negro es aterradora. Y a los que pisan la negra alfombra les llega desde el cercano reloj de ébano un repique pesado, más grave y solemne que el que lastima los oídos de las máscaras que se divierten en las salas más lejanas.

Pero en estas otras salas había una densa muchedumbre. En ellas latía con furia el corazón de la vida. La fiesta llegaba a su momento de mayor plenitud cuando, por último, sonaron los tañidos de medianoche en el reloj. Y, entonces, la música cesó, como ya he dicho, y se calmaron las revoluciones de los danzarines. Y, las otras veces, se produjo una angustiosa inmovilidad en todas las cosas. Pero el tañido del reloj había de reunir esta vez doce campanadas. Por esto ocurrió tal vez, que, con el mayor tiempo, los pensamientos invadieron en mayor número las meditaciones de aquellos que reflexionaban entre la multitud entregada a la fiesta. Y quizá también por eso ocurrió que, antes de que los últimos ecos del reloj se hubieran hundido en el silencio, muchos de los participantes tuvieron tiempo para advertir la presencia de una figura enmascarada que hasta ese momento no había llamado la atención de nadie. Y, habiendo corrido en un susurro la noticia de aquella nueva presencia, se alzó finalmente un rumor que expresaba desaprobación, sorpresa y, finalmente, espanto, pavura y repugnancia.

En una reunión de fantasmas como la que he descrito puede muy bien suponerse que ninguna aparición ordinaria hubiera provocado una sensación como esa. A decir verdad, el libertinaje carnavalesco de aquella noche era casi ilimitado. Pero el personaje en cuestión había superado la extravagancia de un Herodes y los límites complacientes, no obstante, de la moralidad equívoca e impuesta por el príncipe. En los espíritus de los hombres más temerarios hay cuerdas que no se dejan tocar sin emoción. Hasta en los más depravados, para quienes la vida y la muerte son siempre motivo de juego, hay cosas con las que no se puede bromear. Toda la concurrencia pareció entonces percibir lo profundamente inadecuado del traje y de las maneras del desconocido. El personaje era alto y delgado, y estaba envuelto en una mortaja que lo cubría de la cabeza a los pies. La máscara que ocultaba el rostro se parecía hasta tal punto al semblante de un cadáver ya rígido, que el examen más detallado habría encontrado serias dificultades para descubrir el engaño. Cierto; aquella enloquecida muchedumbre podía tolerar, si no aprobar, un disfraz así. Pero el enmascarado se había atrevido a asumir la apariencia de la Muerte Roja. Su mortaja estaba salpicada de sangre, y su amplia frente, así como la cara, aparecía manchada por el horror escarlata.

Cuando los ojos del príncipe Próspero recalaron en aquella figura espectral (que con lento y solemne movimiento, como para representar mejor su papel, se pavoneaba de un lado a otro entre los que bailaban), se lo vio, en el primer momento, conmoverse por un violento temblor de terror y de asco. Pero, un segundo después, su frente enrojeció de ira.

–¿Quién osa –preguntó, con voz ronca, a los cortesanos que estaban a su lado–, quién osa agraviarnos con esta burla blasfema? ¡Capturadlo y quitadle la máscara, para que conozcamos a quién vamos a ahorcar cuando amanezca, en las almenas!

Al momento de decir estas palabras, el príncipe Próspero se encontraba en el aposento del este, el aposento azul. El eco de sus dichos resonó alta y claramente en las otras seis salas, porque el príncipe era un hombre osado y robusto, y la música cesó en cuanto él hizo un gesto con la mano.

El príncipe se encontraba rodeado de un grupo de pálidos cortesanos en la habitación azul. Ni bien habló, los presentes hicieron un ademán en dirección al intruso, quien, en ese instante, se encontraba a su alcance y se acercaba al príncipe con paso calmo y seguro. Pero la inexplicable aprensión que había producido en los presentes la malsana apariencia del enmascarado, impidió que alguien levantara la mano para detenerlo; y de esa manera, sin nada que lo impidiese, pasó el enmascarado a una yarda del príncipe, y, mientras la numerosa concurrencia retrocedía, en un único impulso, hasta terminar pegados a las paredes, siguió andando ininterrumpidamente, pero con el mismo solemne y mesurado paso que desde el principio lo había caracterizado. Pasó de la sala azul a la púrpura, de la púrpura a la verde, de la verde a la anaranjada, de ésta a la blanca, y llegó a la de color violeta antes de que nadie hubiera hecho un movimiento decidido en pos de detenerle. Fue entonces cuando el príncipe Próspero, exasperado de ira y vergüenza por su momentánea cobardía, se lanzó precipitadamente a través de las seis cámaras, sin que nadie lo siguiera a causa del mortal terror que se había apoderado de todos. Blandía un puñal desenvainado, y se había acercado impetuosamente a unos tres o cuatro pies de aquella figura que se batía en retirada, cuando ésta, habiendo llegado al final del salón de terciopelo negro, se volvió bruscamente e hizo frente a su perseguidor. Sonó un agudo grito y la daga cayó relampagueante sobre la fúnebre alfombra, en la cual, acto seguido, cayó, muerto, el príncipe Próspero.

Numerosas máscaras se lanzaron al aposento negro, con el terrible coraje que da la desesperación; pero, al agarrar al desconocido, cuya alta figura permanecía erecta e inmóvil a la sombra del reloj de ébano, retrocedieron con inenarrable espanto al descubrir que debajo de la mortaja y de la máscara cadavérica que tan bruscamente habían arrancado no había ninguna forma tangible.

Y pudieron reconocer, entonces, a la Muerte Roja. Había llegado, como un ladrón, en mitad de la noche. Y uno por uno cayeron los invitados en las salas de orgía manchadas de sangre, y cada uno murió en la actitud desesperada de su caída. Y la vida del reloj de ébano terminó junto con la del último de aquellos alegres cortesanos. Y las llamas de los trípodes se extinguieron. Y las tinieblas, y la ruina, y la Muerte Roja lo dominaron todo.

El gato negro[1]

No deseo ni pretendo que crean en el curioso aunque simple relato que me propongo escribir. Si pretendiera algo semejante, debería llamárseme loco, porque hasta los sentidos se niegan a creerse a sí mismos. Pero no estoy loco y sé muy perfectamente que esto no se trata de un sueño. Mañana voy a morir y quisiera aliviar hoy mi alma. Mi voluntad inmediata consiste en revelar, simple, brevemente y sin aditamentos, una serie de eventos del orden doméstico. Las consecuencias de dichos eventos me han sumergido en el terror, me han torturado y, por último, han sido mi ruina. Pero no intentaré explicarlos. A mí casi no me han producido ningún otro sentimiento más que el horror; pero a muchas personas les parecerán menos terribles que *baroques*[2]. Tal vez más tarde haya una inteligencia que reduzca mi fantasma al estado de lugar común. Alguna inteligencia más tranquila, más lógica y mucho menos excitable que la mía, encontrará en los hechos que relato con espanto sólo una serie normal de causas y de efectos naturalísimos.

---

1   Su título original es: "*The black cat*". Se publicó por primera vez en 1843, pero sufrió algunas modificaciones hasta su versión definitiva, publicada en libro, de 1845.
2   Barrocas.

Desde pequeño me destaqué por la docilidad y bondad de mi temperamento. Mi corazón tenía tal grado de dulzura que he llegado a convertirme en objeto de burla para mis compañeros. Sentía particular simpatía por los animales, y mis padres me permitían tener una gran variedad. Junto a ellos pasaba buena parte de mi tiempo, y no encontraba mayor felicidad que cuando les daba de comer y los acariciaba. Creció con los años esta particularidad de mi carácter, y cuando me convertí en un hombre hice de ella una de mis principales fuentes de disfrute. Aquellos que han sentido sincero afecto a un perro fiel e inteligente no precisan que les explique la naturaleza ni el grado al que puede llegar el disfrute de una relación semejante. En el cariño desinteresado de un animal, en su capacidad de sacrificio, hay algo que llega directamente al corazón de aquellos que, con frecuencia, han tenido ocasión de comprobar la amistad mezquina y la frágil fidelidad del *hombre*.

Me casé joven y tuve la alegría de que mi esposa compartiera mis gustos. Al observar mi preferencia por los animales domésticos, no perdía oportunidad de obsequiarme los más agradables. Teníamos pájaros, peces de colores, un extraordinario perro, conejos, un monito y *un gato*.

Este último animal era muy fuerte y bello, completamente negro y de una astucia prodigiosa. Mi mujer que, en el fondo, era un poco supersticiosa, cada vez que hablaba de su inteligencia, recordaba la antigua creencia popular que consideraba a todos los gatos negros como brujas transformadas. No quiere esto decir que hablara *seriamente* sobre esto, pero lo consigno simplemente porque lo recuerdo ahora.

Plutón – así se llamaba, el gato– se había convertido en mi favorito y mi compañero. Sólo yo le daba de comer y él me seguía por toda la casa. Me costaba grandes esfuerzos impedir que me siguiera, también, en la calle.

Nuestra amistad perduró así durante varios años, durante los que (me avergüenza confesarlo) mi carácter y mi temperamento se vieron modificados radicalmente por culpa del demonio de la intemperancia. Me fui volviendo cada día más taciturno, irritable e indiferente hacia los sentimientos ajenos. Comencé a utilizar con mi mujer un lenguaje brutal, y con el tiempo la sometí incluso a violencias personales. Por supuesto, mis pobres favoritos debieron notar el cambio de mi carácter. No solamente no les hacía caso alguno, sino que los maltrataba. Pese a todo, en lo que respecta a *Plutón,* aún despertaba en mí la consideración suficiente para no pegarle. En cambio, no sentía ningún escrúpulo en maltratar a los conejos, al mono e incluso al perro, cuando, por casualidad o afecto, se cruzaban en mi camino. Mi enfermedad iba empeorando –¿porque, qué enfermedad es comparable al alcohol?–, así que finalmente incluso *Plutón,* que ya estaba viejo y, por tanto, algo huraño, comenzó a padecer las consecuencias de mi mal humor.

Una noche, mientras volvía a casa absolutamente borracho, después de una de mis correrías por la ciudad, tuve la sensación de que el gato me estaba evitando. Lo levanté, pero, asustado por mi violencia, me mordió ligeramente en la mano. En ese momento se adueñó de mí una ira demoníaca y ya no pude controlarme. Fue como si, de golpe, mi alma original hubiese abandonado mi cuerpo, y una maldad endemoniada, saturada de ginebra, se filtrara en cada una de las fibras de mi ser. Del bolsillo de mi chaleco saqué un cortaplumas, lo abrí, tomé al pobre animal de la garganta y, deliberadamente, le vacié un ojo... Me cubre la vergüenza, me abrasa, me estremezco al escribir esta abominable atrocidad.

Cuando la razón retornó con la mañana, cuando el sueño disipó los vapores de la orgía nocturna, sentí que el horror se mezclaba con la culpa que me provocaba el crimen que había cometido; pero mi sentimiento era débil y no lograba conmover mi espíritu. Nuevamente me hundí en los excesos y rápidamente conseguí ahogar en el vino los recuerdos de lo que había pasado.

Mientras tanto, el gato se iba curando lentamente. La órbita del ojo perdido tenía, es verdad, un aspecto horroroso. Pero, con el correr del tiempo, pareció no volver a notarlo. Tal y como era su costumbre, iba y venía por la casa; pero, como es de suponer, en cuanto veía que me aproximaba a él, huía aterrorizado. Me quedaba aún algo de mi antiguo corazón, lo suficiente como para que aquella manifiesta antipatía en una criatura que tanto me había amado con anterioridad, me apenara. Pero este sentimiento no tardó en ser desalojado por la manifiesta irritación. Como para mi caída final e irrevocable, brotó entonces el espíritu de *perversidad,* espíritu del que la filosofía no se ha ocupado lo suficiente. Estoy tan seguro de que mi alma existe como de que la perversidad es uno de los impulsos primarios del corazón humano, una de las facultades primitivas indivisibles, uno de esos sentimientos que dirigen el carácter del hombre. ¿Quién no se ha encontrado a sí mismo cien veces en la situación de cometer un acto tonto o malvado justificado solamente por el hecho de que *no debía* hacerlo? ¿No hay en nosotros una tendencia que enfrenta sin pudores al buen juicio, que nos invita a transgredir *la Ley* sin motivo aparente?

Lo que digo es que este espíritu de perversidad fue el que produjo mi ruina completa. El vivo e inescrutable deseo del alma de atormentarse a sí misma, de violentar su propia naturaleza, de hacer el mal por amor al mal, me impulsaba a continuar y, después, a llevar a cabo el suplicio al que había sometido al inofensivo animal. Una mañana, a sangre fría, até un nudo corredizo alrededor de su cuello y lo ahorqué de la rama de un árbol. Lo ahorqué con mis ojos llenos de lágrimas, con el corazón desbordante del más amargo remordimiento. Lo ahorqué porque sabía que él me había amado, y porque reconocía que no me había dado motivo alguno para volverlo mi víctima. Lo ahorqué porque sabía que, con ese acto, cometía un pecado, un pecado mortal que comprometía a mi alma eterna, hasta el punto de colocarla, si esto fuera posible, lejos incluso de la misericordia infinita del muy terrible y misericordioso Dios.

La noche de aquel mismo día en que cometí semejante crueldad me despertaron gritos de: "¡Fuego!". Las cortinas de mi cama eran una llama viva y toda la casa estaba ardiendo. No sin grandes dificultades pudimos escapar del incendio mi mujer, un sirviente y yo. Todo quedó destruido. Mis bienes terrenales se perdieron y desde ese momento tuve que resignarme a la desesperación. No intento establecer ninguna relación de causa y efecto respecto de la atrocidad cometida por mí y el desastre. Estoy por encima de semejante debilidad. Pero me limito a dar cuenta de una cadena de hechos y no quiero omitir el menor eslabón. El día después del incendio, visité las ruinas. Excepto una, todas las paredes se habían derrumbado. La única excepción era un delgado tabique interior, situado casi en la mitad de la casa, contra el que se apoyaba la cabecera de mi lecho. El enlucido había quedado a salvo de la acción del fuego, cosa que atribuí a su reciente aplicación. Una densa muchedumbre se encontraba frente a la pared y varias personas parecían examinar parte de la misma con gran atención y detalle. Las palabras "¡extraño!", "¡curioso!" y otras parecidas excitaron mi curiosidad. Al acercarme pude ver que en la blanca superficie, grabada como un bajorrelieve, aparecía la imagen de un gigantesco *gato*. El contorno tenía una nitidez verdaderamente maravillosa. Una soga podía verse alrededor del pescuezo del animal.

Al descubrir esta aparición —porque yo no podía considerar aquello más que como una aparición—, mi asombro y mi terror fueron extraordinarios. Por fin vino a mi auxilio la reflexión. Recordaba que el gato había sido ahorcado en un jardín vecino a la casa. A los gritos de alarma, el jardín fue invadido inmediatamente por la muchedumbre, y el animal debió de ser descolgado por alguien del árbol y arrojado a mi cuarto por una ventana abierta. Sin duda, habían tratado de despertarme en esa forma. Seguramente la caída de las paredes comprimió a la víctima de mi crueldad contra el enlucido recién aplicado, cuya cal, junto con la acción de las llamas y el amoniaco del cadáver, produjo la imagen que acababa de ver.

Satisfice así, rápidamente a mi razón, ya que no por completo mi conciencia, pero no dejó, sin embargo, de grabar en mi imaginación una huella profunda el sorprendente hecho que acabo de relatar. Durante algunos meses no pude liberarme del fantasma del gato, y en todo este tiempo nació en mi espíritu una especie de sentimiento que se parecía, aunque no lo era, a la culpa. Llegué incluso a lamentar la pérdida del animal y a buscar a mi alrededor, en los miserables tugurios que frecuentaba, otro favorito de la misma especie y de facciones parecidas que pudiera reemplazarlo.

Una noche en que, medianamente borracho, me encontraba en una taberna más que infame, llamó mi atención algo negro posado sobre uno de los enormes toneles de ginebra que eran el principal amoblamiento del negocio. Había estado durante un tiempo mirando ese tonel y me sorprendió no haber notado antes la presencia de la mancha negra arriba. Me acerqué y la toqué con la mano. Era un gato negro, enorme, tan grande como *Plutón,* al que se le parecía en todo menos en un detalle: *Plutón* no tenía un solo pelo blanco en todo el cuerpo, y éste tenía una mancha ancha y blanca aunque de forma indefinida, que le cubría casi toda la región del pecho.

Ni bien se sintió acariciado, se enderezó, ronroneando con fuerza, se frotó contra mi mano y pareció encantado con mis atenciones. Acababa de encontrar el animal que precisamente andaba buscando. De inmediato, le propuse comprárselo al tabernero, pero me contestó que el animal no era suyo y que jamás lo había visto antes ni sabía nada sobre él.

Continué acariciándolo y, cuando me disponía a regresar a mi casa, el animal se mostró dispuesto a seguirme. Se lo permití, e inclinándome de cuando en cuando para acariciarlo, caminamos hacia mi casa. Cuando llegó a ella, se encontró como si fuera la suya, y se convirtió rápidamente en el mejor amigo de mi mujer.

Por mi parte, muy rápidamente sentí cómo nacía en mí una aversión por el animal. Era exactamente lo contrario de lo que había anticipado, pero —sin que pueda decir cómo ni por qué— su abierta predilección por mí me disgustaba y me fastidiaba. Gradualmente, el sentimiento de disgusto y fatiga creció hasta alcanzar la amargura del odio. Evitaba encontrarme con el animal; un resto de vergüenza y el recuerdo de mi crueldad de antaño me vedaban maltratarlo.

Sin lugar a dudas, lo que acrecentó mi desprecio por el animal fue el descubrimiento que hice a la mañana siguiente de haberlo llevado a casa: Al igual que *Plutón,* también él había sido privado de uno de sus ojos. Sin embargo, este hecho contribuyó a hacerlo más grato a los ojos de mi mujer, que, como ya he mencionado, poseía en gran medida los tiernos sentimientos que, en otro tiempo, fueron mi rasgo característico y el frecuente manantial de mis placeres más simples y puros.

El afecto que el gato parecía sentir por mí parecía aumentar en el mismo grado que mi rechazo. Seguía mis pasos con una insistencia que me sería difícil de explicarle al lector. En cualquier lugar en el que me sentara venía él a ovillarse bajo mi silla o saltaba sobre mis piernas, prodigándome sus molestas muestras de aprecio. Cuando salía a caminar, se metía entre mis pies, amenazando con hacerme tropezar, o bien clavaba sus largas y afiladas uñas en mi ropa, buscando ascender por esa vía hasta mi pecho. En esas oportunidades, aunque deseaba aniquilarlo de un solo golpe, sentía que el recuerdo de mi primer crimen me paralizaba, y que, sobre todo —quiero confesarlo ahora mismo—, me paralizaba un horrendo *temor* al animal.

Este horror no era ciertamente el de un mal físico, pero, sin embargo, me sería muy difícil definirlo de otra manera. Casi me avergüenza confesarlo. Aun en esta celda de malhechor, casi me avergüenza confesar que el horror y el pánico que me inspiraba el animal se habían acrecentado gracias a una de las fantasías más perfectas que es posible imaginar.

En muchas oportunidades, mi mujer me había llamado la atención sobre la mancha blanca de la que he hablado y que constituía la única diferencia visible entre el animal extraño y aquel que había matado yo. Sin duda, el lector recordará que esta señal, aunque grande, tuvo primitivamente una forma indefinida. Sin embargo, lenta, gradualmente, por fases imperceptibles y que mi razón se esforzó durante largo tiempo en considerar como imaginarias, había concluido adquiriendo una rigurosa nitidez en sus contornos. Ahora representaba algo que me estremezco al nombrar, y era por esto que odiaba, temía y hubiera querido librarme del monstruo *si me hubiese atrevido;* representaba, digo, la imagen de algo atroz, siniestro..., ¡era la imagen de LA HORCA! ¡Oh, lúgubre y terrible máquina del espanto y del crimen, de la agonía y de la muerte!

Por ese entonces yo era, en verdad, un miserable, más allá de toda miseria posible en la Humanidad. Una *bestia,* cuyo semejante había sido aniquilado por mí con desprecio, una *bestia* generaba en mí, hombre formado a imagen de Dios, tan grande e intolerable angustia. ¡Ay! Ni de día ni de noche conocía yo la paz del descanso. Ni un solo instante, durante el día, el animal me abandonaba. Y de noche, a cada momento, cada vez que salía de mis sueños, lleno de insoportable malestar, lo hacía tan sólo para sentir el aliento tibio de *la cosa* sobre mi rostro y su enorme peso —encarnación de una pesadilla de la que no podía separarme— oprimiéndome *el corazón.*

Atormentado hasta semejante punto, sucumbió en mí lo poco de bondad que me quedaba. Sólo los malos pensamientos me habitaban; los más macabros, los más crueles pensamientos. La común melancolía de mi espíritu creció hasta convertirse en aborrecimiento de todo lo que me rodeaba y de la humanidad toda; y mi pobre mujer, que nunca se quejaba, llegó a ser la habitual y paciente víctima de los repentinos y frecuentes arrebatos de iracundia a los que me abandonaba.

Un día me acompañó al sótano del viejo edificio en el que nuestra pobreza nos obligaba a vivir para realizar unos quehaceres domésticos. El gato me seguía de cerca por los agudos escalones de la escalera, y logró que me golpeara la cabeza, esto me exasperó hasta la locura. Tomando un hacha y olvidando en mi furia el espanto inexplicable que me había detenido hasta ese momento, dirigí un golpe al animal, que, si lo hubiera alcanzado, habría sido mortal. Pero la mano de mi mujer detuvo el golpe. Y su intervención me provocó una furia más que diabólica. Liberé mi brazo del obstáculo que lo detenía y le hundí a ella el hacha en el cráneo. Mi mujer cayó muerta instantáneamente, sin exhalar siquiera un gemido.

Realizado este espantoso asesinato, me entregué en el acto y con total sangre fría a la tarea de ocultar el cadáver. No era posible, y lo sabía, sacarlo de casa, ni de día ni de noche, sin correr el riesgo de que algún vecino me viera. Varias posibilidades cruzaron mi mente. Por un momento pensé en descuartizar el cuerpo y quemar los pedazos. Después pensé que sería mejor cavar una tumba en el piso del sótano. También sopesé la posibilidad de arrojar el cuerpo al pozo del patio o meterlo en un cajón, como si se tratara de una mercancía regular, y llamar a un mozo de cordel para que lo retirara de casa. Pero, al fin, di con la que me pareció la mejor opción y decidí emparedar el cadáver en el sótano, como se dice que los monjes de la Edad Media hacían con sus víctimas.

La cueva parecía estar construida a propósito para semejante fin. Los muros no estaban levantados con el cuidado de costumbre y no hacía mucho tiempo habían sido cubiertos en toda su extensión por una capa de yeso que la humedad no dejó que endureciera.

Por otra parte, había una saliente en uno de los muros, producida por una chimenea falsa o especie de hogar que quedó luego tapada y dispuesta de la misma forma que el resto del sótano. No dudé que me sería fácil quitar los ladrillos de aquel sitio, colocar el cadáver y emparedarlo del mismo modo, de forma que ninguna mirada pudiese descubrir nada sospechoso.

Mis cálculos no estaban errados. Pude fácilmente sacar los ladrillos, ayudándome con una palanca y, luego de colocar cuidadosamente el cuerpo contra la pared interna, lo mantuve en esa posición mientras aplicaba de nuevo la mampostería en su forma original. Después de procurarme argamasa, arena y cerda, preparé un enlucido que no se distinguía del anterior, y revoqué cuidadosamente la nueva pared de ladrillos. Una vez terminada la tarea, sentí que todo estaba bien. La pared no revelaba ni la más mínima huella de haber sido tocada. Había barrido hasta el menor fragmento de material suelto. Miré a mi alrededor, triunfante, y me dije: "Por lo menos en esto, mi trabajo no ha sido en vano".

Mi primera idea, entonces, fue buscar al animal que causara tan tremenda desgracia, puesto que, por fin, había decidido que lo mataría. Si en aquel momento hubiese podido encontrarlo, nada lo hubiera salvado de su destino. Pero parecía que el astuto animal, ante la violencia de mi iracundia, se había asustado y procuraba no presentarse ante mí, desafiando mi mal humor. No es posible describir ni tan siquiera imaginar la intensa, la apacible sensación de alivio que trajo a mi corazón la ausencia de la detestable criatura. No se presentó en toda la noche, y ésta fue la primera que disfruté desde su llegada a la casa, durmiendo apacible y profundamente. Sí; *pude dormir* incluso con el peso de aquel asesinato en mi alma.

Pasaron el segundo y el tercer día y mi verdugo no volvía. Nuevamente respiré como un hombre libre. ¡Aterrada, la bestia había huido de la casa para siempre! ¡Ya no volvería a soportarlo! Me sentía henchido de felicidad, y la culpa que tendría que haberme producido mi negro accionar me preocupaba muy poco. Se hicieron algunas indagaciones, a las que no me costó mucho responder. Hubo, incluso, una investigación en la casa; pero, por supuesto, nada fue descubierto. Mi futura calma me parecía asegurada.

Al cuarto día después de haberse cometido el asesinato, se presentó repentinamente en mi casa un grupo de agentes de Policía y procedió de nuevo a una rigurosa investigación del lugar. Sin embargo, confiado en lo inexpugnable del escondite, no experimenté ninguna preocupación. Los oficiales me pidieron que los acompañara en su investigación. No dejaron espacio ni rincón sin analizar. Finalmente, por tercera o cuarta vez, bajaron al sótano. Los seguí sin que me temblara un solo músculo. Mi corazón latía con calma, como el de quien duerme en la inocencia. Caminé de un lado al otro del sótano. Había cruzado los brazos sobre el pecho y andaba tranquilamente de aquí para allá. Los policías, absolutamente satisfechos, se disponían a marcharse. La alegría que habitaba en mi corazón era demasiado grande para controlarla. Ardía en deseos de decirles, por lo menos, una palabra a manera de triunfo y para confirmar por partida doble mi inocencia.

—Señores —dije, por último, cuando los agentes subían la escalera—, es para mí una gran satisfacción haber desvanecido sus sospechas. Deseo a todos ustedes una buena salud y un poco más de cortesía. Dicho sea de paso, señores, tienen ustedes aquí una casa bien construida —apenas sabía de lo que hablaba, en mi furiosa ansiedad por decir algo naturalmente—. Puedo asegurarles que ésta es una casa excelentemente construida. Estas paredes... ¿Se van ustedes, señores? Estas paredes están construidas con una gran solidez.

Y entonces, dejándome llevar por mis propias fanfarronadas, golpeé fuertemente con el bastón que llevaba en la mano sobre la pared tras de la cual se hallaba el cadáver de la esposa de mi alma.

¡Ah! Que al menos Dios me proteja y me libre de las garras del archidemonio.

Apenas se hundió en el silencio el eco de mis golpes, me respondió una voz desde el fondo de la tumba. Al principio era una queja, velada y entrecortada como el sollozo de un niño. Después, en seguida, se hinchó en un grito prolongado, sonoro y continuo, completamente anormal e inhumano. Un alarido, un aullido, mitad horror, mitad triunfo, como solamente puede brotar del infierno, horrible armonía que surgiera al unísono de las gargantas de los condenados en sus torturas y de los demonios que gozaban con la condenación.

Sería una locura tratar de explicar lo que pensé en ese momento. Presa de vértigo, fui dando tumbos hasta la pared opuesta. Por un instante el grupo de hombres, que ya estaba en la escalera, quedó petrificado por el terror. Acto seguido, una docena de robustos brazos atacaron la pared, que cayó de una pieza. El cadáver, ya muy corrompido y manchado de sangre seca, apareció de pie ante los ojos de los espectadores. Sobre su cabeza, con la boca abierta y muy roja y el único ojo como incendiado, aparecía agazapada la horrible bestia cuya astucia me había llevado al asesinato, y cuyo grito delator me entregaba ahora al verdugo. ¡Había emparedado al monstruo dentro de la tumba!

El entierro prematuro[1]

Hay algunos temas de interés absorbente, pero demasiado espantosos para ser objeto de una obra ficcional. Todo escritor romántico debe evitarlos si no quiere ofender o ser desagradable. Sólo son tratados con propiedad cuando lo grave y majestuoso de la verdad los santifican y sostienen. Nos estremecemos, por ejemplo, con el más intenso "dolor agradable" cuando nos topamos frente a los relatos del paso del Beresina, del terremoto de Lisboa, de la peste de Londres y de la matanza de San Bartolomé o de la muerte por asfixia de los ciento veintitrés prisioneros en el Agujero Negro de Calcuta. Pero en estos relatos lo excitante es el hecho, la realidad, la historia. Como ficciones, nos parecerían simplemente deplorables.

He mencionado algunas de las más notables y majestuosas calamidades que registra la historia; pero en ellas el alcance, no menos que las particularidades de la calamidad, es lo que impresiona vivamente a la imaginación. No preciso recordar al lector que, del vasto y espantoso catálogo de miserias humanas, podría haber elegido muchos ejemplos individuales más llenos de sufrimiento esencial que cual-

---

1   El título original es "The premature burial". Se editó por primera vez en 1844.

quiera de estos amplios desastres generales. La verdadera tragedia, el infortunio por excelencia, es particular, no difuso. ¡Agradezcamos a Dios piadoso que los horrorosos extremos de agonía sean tolerados por el hombre solo y nunca por el hombre en masa!

Ser enterrado vivo es, sin lugar a duda, el más terrorífico extremo que jamás haya tocado en suerte a un simple mortal. Que le ha caído en suerte con frecuencia, nadie en su sano juicio lo negará. Los límites que separan a la vida de la muerte son, en el mejor de los casos, borrosos e indefinidos... ¿Quién podría decir dónde termina una y dónde empieza la otra? Sabemos que hay enfermedades en las que se produce un cese total de las funciones aparentes de la vida, y, sin embargo, ese cese no es más que una suspensión, para llamarle por su nombre. Hay sólo pausas temporales en el incomprensible mecanismo. Transcurrido cierto período, algún misterioso principio oculto pone de nuevo en movimiento los mágicos piñones y las ruedas fantásticas. El hilo de plata no quedó suelto entretanto para siempre, ni irremisiblemente roto estaba el vaso de oro. Pero, mientras tanto, ¿dónde estaba el alma?

Pese a todo, fuera de la inevitable conclusión *a priori* de que determinadas causas deben producir determinados efectos, de que los bien conocidos casos de vida en suspenso deben provocar naturalmente, una y otra vez, entierros prematuros, fuera de esta consideración tenemos el testimonio directo de la experiencia médica y vulgar para probar que realmente un gran número de estas inhumaciones se lleva a cabo. Yo podría referir ahora mismo, si fuera necesario, cien ejemplos bien probados. Uno de particularidades muy notables, y cuyas circunstancias quizá se conserven frescas todavía en el recuerdo de algunos de mis lectores, sucedió no hace mucho en la vecina ciudad de Baltimore, donde provocó una lamentable, intensa y larga conmoción. La mujer de uno de los más respetables ciudadanos –abogado eminente y miembro del Consejo– fue atacada por una súbita e inexplicable enfermedad que burló la inteligencia de sus médicos. Después de muchos padecimientos murió, o suponen que murió. Nadie sospechó –en realidad no había motivos para hacerlo–, que no estuviera verdaderamente muerta. Presentaba todos los indicios habituales de la muerte. El rostro tenía el típico contorno contraído y hundido. Los labios mostraban la habitual palidez pétrea. Los ojos no tenían brillo. Carecía de calor. Se detuvieron las pulsaciones. Durante tres días el cuerpo estuvo sin enterrar, y en ese tiempo adquirió una rigidez marmórea. En resumidas cuentas, adelantaron el funeral por el rápido avance de lo que, supusieron, era la descomposición.

La señora fue depositada en la bóveda familiar, que nunca se abrió en los tres años siguientes. Al expirar este plazo fue abierta para que recibiera un sarcófago; pero, ¡ah!, ¡qué espantosa impresión aguardaba al marido cuando abrió en persona la puerta! Al empujar los portones, un objeto vestido de blanco cayó rechinando en sus brazos. Era el esqueleto de su mujer, que todavía conservaba la mortaja.

Una minuciosa investigación mostró la evidencia de que había revivido a los dos días de ser sepultada, que sus luchas dentro del ataúd habían provocado la caída de éste desde un estante o nicho al suelo y que, al romperse el féretro, pudo salir de él. Apareció vacía una lámpara que accidentalmente se había dejado llena de aceite, dentro de la tumba; puede, no obstante, haberse consumido por evaporación. En los primeros escalones de la escalera que descendía a la espantosa cripta había un trozo del ataúd, con el cual, en apariencia, la mujer había intentado llamar la atención golpeando la puerta de hierro. Mientras hacía esto, probablemente se desmayó o quizás murió de puro terror, y al caer, la mortaja se enredó en alguna pieza de hierro que sobresalía hacia dentro. Allí quedó y así se pudrió, erguida.

En el año 1810 hubo en Francia un caso de inhumación prematura, rodeado de circunstancias que justifican ampliamente el dicho de que la verdad es más extraña que la ficción. La heroína de la historia era mademoiselle Victorine Lafourcade, una joven de ilustre familia, adine- rada y muy hermosa. Entre sus numerosos festejantes se contaba Julien Bossuet, un pobre *littérateur*[2] o periodista de París. Su talento y su simpatía le habían ganado la atención de la heredera, quien parecía haberse enamorado verdadera- mente de él, pero su orgullo de casta la inclinó, por último, a rechazarlo y a casarse con un tal monsieur Renelle, ban- quero y diplomático de alguna alcurnia. Después del matri- monio, este caballero descuidó a su mujer y quizá llegó a maltratarla concretamente. Después de pasar unos años de tristeza ella murió; al menos su estado se parecía tanto al de la muerte que engañó a todos quienes la vieron. Fue enterrada, no en una cripta, sino en una tumba común, en su aldea natal. Desesperado y aún inflamado por el recuer- do de su amor profundo, el enamorado viajó de la capital a la lejana provincia donde se encontraba la aldea, con el romántico propósito de desenterrar el cadáver y apoderarse de su preciosa trenza. Llegó a la tumba. A medianoche de- senterró el ataúd, lo abrió y, cuando iba a cortar la trenza, se detuvo ante los ojos de la amada, que se abrieron. La mujer había sido enterrada viva. La vitalidad no había desapare- cido del todo, y las caricias del enamorado la despertaron del letargo que fuera erróneamente considerado como la muerte. El joven la llevó frenético a su alojamiento en la aldea. Empleó ciertos poderosos reconstituyentes aconseja- dos por no pocos conocimientos médicos. Al fin, ella revi- vió. Reconoció a su salvador. Permaneció con él hasta que, lenta y paulatinamente, recobró toda su salud. Su corazón no era obcecado, y esta última lección de amor bastó para ablandarlo. Lo entregó a Bossuet. No volvió más junto a su marido sino que, ocultando su resurrección, huyó con su amante a América. Veinte años después, los dos regresaron a Francia, persuadidos de que el tiempo había cambiado

---

2 Literato.

tanto la apariencia de la señora que sus amigos no podrían reconocerla. Pero se equivocaron, porque al primer encuentro monsieur Renelle reconoció a su mujer y la reclamó. Ella rechazó el reclamo y el tribunal la apoyó, resolviendo que las curiosas circunstancias y el largo período transcurrido habían abolido, no sólo desde un punto de vista moral, sino legalmente la autoridad del marido.

La Revista de Cirugía de Leipzig, publicación de gran autoridad y mérito, que algún editor americano haría bien en traducir y publicar, relata en uno de los últimos números un acontecimiento muy lamentable que presenta características semejantes.

Un oficial de artillería, hombre de gigantesca estatura y salud excelente, fue derribado por un caballo indomable y sufrió una contusión muy grave en la cabeza, que le dejó inconsciente. Tenía una ligera fractura de cráneo pero no se percibió un peligro inmediato. La trepanación se hizo con éxito. Se le aplicó una sangría y se adoptaron otros muchos remedios comunes. Pero cayó lentamente en un sopor cada vez más grave hasta que, por fin, se le dio por muerto.

Hacía calor y lo enterraron con prisa indecorosa en uno de los cementerios públicos. Sus funerales se realizaron un día jueves. El domingo siguiente frecuentaban el cementerio, como de costumbre, numerosos visitantes cuando, alrededor del mediodía, se produjo un gran revuelo provocado por las palabras de un campesino que, habiéndose sentado en la tumba del oficial, sintió claramente un movimiento en la tierra, como si alguien estuviera luchando debajo. Al principio nadie prestó atención a las palabras del hombre, pero su notable terror y la terca insistencia con que repetía su historia tuvieron, por fin, naturales efectos sobre la multitud.

Algunos con rapidez consiguieron unas palas, y la tumba, vergonzosamente superficial, estuvo en pocos minutos tan abierta que dejó al descubierto la cabeza de su ocupante. Daba la impresión de que estaba muerto, pero aparecía casi sentado dentro del ataúd, cuya tapa, en furiosa lucha, había levantado parcialmente.

Inmediatamente lo llevaron al hospital más cercano, donde se le declaró vivo, aunque en estado de asfixia. Después de unas horas volvió en sí, reconoció a algunas personas conocidas, y con frases inconexas relató sus agonías en la tumba.

Gracias a su relato quedó en claro que la víctima había conservado conciencia de la vida durante más de una hora después de la inhumación, hasta que perdió el sentido. La fosa había sido llenada descuidadamente con una tierra muy porosa, sin apisonarla, y así le llegó algo de aire. Escuchó los pasos de la multitud sobre su cabeza y trató a su vez de hacerse oír. El tumulto en el interior de la tierra, dijo, fue lo que pareció despertarlo de un profundo sueño, pero apenas despierto entendió lo horroroso de su estado.

El paciente, según cuenta la historia, estaba mejorando y parecía encaminado hacia un restablecimiento definitivo, cuando fue víctima de la charlatanería de los experimentos médicos. Se le aplicó la batería galvánica y falleció súbitamente en uno de esos paroxismos estáticos que produce a veces.

La referencia a la batería galvánica, sin embargo, me trae a la memoria un caso bien conocido y muy extraordinario, donde su acción brindó la vuelta a la vida a un joven abogado de Londres que estuvo enterrado durante dos días. Esto ocurrió en 1831, y en el momento causó profunda sensación en todas partes donde fue tema de conversación. El paciente, el señor Edward Stapleton, había muerto, aparentemente, de fiebre tifoidea acompañada de unos síntomas anómalos que despertaron la curiosidad de sus médicos. Después de su aparente fallecimiento, se pidió a sus amigos la autorización para un examen *postmortem*, pero éstos se negaron. Como sucede a menudo, ante estas negativas, los médicos decidieron desenterrar el cuerpo y examinarlo a conciencia, en privado. Se hicieron fáciles arreglos con algunos de los numerosos ladrones de cadáveres que abundan en Londres y, la tercera noche después del entierro, el supuesto cadáver fue desenterrado de una tumba de ocho pies de profundidad y depositado en la sala operatoria de un hospital privado.

Al practicársele una incisión de cierta longitud en el abdomen, el aspecto fresco e incorrupto del sujeto sugirió la idea de aplicar la batería. Hicieron sucesivos experimentos con los efectos acostumbrados, sin nada de particular en ningún sentido, salvo, en una o dos ocasiones, una apariencia de vida mayor de la norma en cierta acción convulsiva.

Era tarde. Pronto iba a amanecer y se creyó oportuno, finalmente, comenzar con la disección. Pero uno de los estudiantes había expresado sus deseos de probar su teoría e insistió en la aplicación de la batería a uno de los músculos del pecho. Le practicaron una incisión rudimentaria y se estableció velozmente un contacto; entonces el paciente, con un movimiento rápido pero no convulsivo, se levantó de la mesa, caminó hasta el centro de la habitación, miró extrañado a su alrededor unos instantes y entonces... habló. Lo que dijo fue ininteligible, pero dijo unas palabras, silabeaba con toda claridad. Después de hablar, cayó pesadamente al piso.

Durante unos momentos todos se quedaron paralizados de espanto, pero la urgencia del caso pronto les devolvió la apostura. Se constató que el señor Stapleton estaba vivo, aunque sin sentido. Después de administrarle éter volvió en sí y rápidamente recobró la salud, retornando a la compañía de sus amigos, a quienes, sin embargo, se les ocultó toda noticia sobre la resurrección hasta que ya no se temió una recaída. Es de imaginar la maravilla de aquellos y su extasiado asombro.

El detalle más espantoso del caso se encuentra, sin embargo, en lo que afirma el mismo señor Stapleton. Declara que en ningún momento perdió el sentido por completo, que aun de una manera oscura y confusa percibía lo que le estaba ocurriendo desde el momento en que fue declarado *muerto* por los médicos hasta aquel en que cayó desmayado sobre el piso del hospital. "Estoy vivo", fueron las palabras incomprensibles que, después de reconocer la sala de disección, había intentado pronunciar apresuradamente.

Sería sencillo multiplicar historias como éstas, pero me abstengo, porque en realidad no nos hacen falta para establecer el hecho de que suceden entierros prematuros. Cuando pensamos, en las muy infrecuentes oportunidades en que, por las características del caso, tenemos la posibilidad de descubrirlos, nos vemos obligados a admitir que tal vez ocurren *más frecuentemente* de lo que pensamos. En realidad, son muy pocas las oportunidades en las que, después de remover las tumbas por alguna razón, en el cementerio no aparecen esqueletos en posturas que abonan la más horrenda de las sospechas.

¡Horrenda, sí, es la sospecha, pero más horrendo es el destino! Puede asegurarse sin duda que *ningún* hecho se presta tan tremendamente como la inhumación previa a la muerte para llevar al límite de la angustia física y mental. La insoportable opresión de los pulmones, las sofocantes emanaciones de la tierra húmeda, las mortajas que se adhieren, el severo abrazo de la morada estrecha, la negrura de la noche total, el silencio como un océano abrumador, la invisible pero palpable presencia del gusano triunfal, estas cosas, junto con la memoria del aire y la hierba que crecen afuera, el recuerdo de los amigos queridos que volarían a rescatarnos si conocieran nuestro destino, y la conciencia de que *jamás* podrán conocerlo, de que nuestra suerte desahuciada es la de los muertos de verdad, estos pensamientos, digo, llevan al corazón que todavía palpita a un grado de espantoso e intolerable horror, ante el cual la imaginación más valiente retrocede. No imaginamos nada tan angustioso en la Tierra, no podemos imaginar ninguna cosa más horrible en los dominios del Infierno más hondo. Es por eso que todos los relatos sobre este tema despiertan un interés profundo, interés que, sin embargo, gracias a la temerosa reverencia hacia este tema, depende justa y específicamente de nuestra creencia en la *verdad* del asunto narrado. Lo que

El entierro prematuro | 147

voy a contar ahora es mi conocimiento real, mi experiencia efectiva y personal.

Durante varios años padecí los episodios de ese curioso trastorno que los médicos han optado por llamar catalepsia, por carecer de un nombre más definitivo. Aunque tanto las causas inmediatas como las predisposiciones e incluso el diagnóstico real de esta enfermedad continúan siendo un misterio, su carácter evidente y manifiesto es conocido sobradamente. Las variaciones parecen estar, sobre todo, en el grado. A veces el paciente yace sólo un día, o un período aún más breve, en una especie de exagerado letargo. Está sin conocimiento e inmóvil, al menos en apariencia, las pulsaciones de su corazón aún son ligeramente perceptibles, quedan algunos vestigios de calor, una ligera coloración se detiene en el centro de las mejillas y, acercando un espejo a los labios, podemos percibir una torpe, desigual y vacilante actividad en los pulmones. Otras veces el trance dura semanas e incluso meses, mientras el examen más minucioso y las pruebas médicas más rigurosas no logran establecer ninguna diferencia material entre el estado en el que está la víctima y lo que concebimos como muerte absoluta. Por regla general, es salvado del entierro prematuro por sus amigos, que saben que sufría anteriormente de catalepsia, y por ende sospechan, pero sobre todo lo salva la ausencia de corrupción. La enfermedad, afortunadamente, avanza paulatinamente. Los primeros episodios son evidentes e inequívocos. Los ataques se vuelven más y más característicos y cada uno se extiende un poco más que el anterior. En esto reside la mayor garantía para el enfermo que busca evitar la inhumación anticipada. El desdichado cuyo *primer* ataque tuviera la gravedad con que en ocasiones se presenta, sería casi inevitablemente llevado vivo a la tumba.

Mi caso sólo se diferenciaba en algunas características menores de los que aparecen en los libros de medicina. En ocasiones, y sin ninguna causa aparente, me sumía poco a poco en un estado de semisíncope, o casi desmayo, y ese estado, indoloro, en el que no tenía la capacidad de moverme, hablar o pensar, pero en el que sí poseía una vaga conciencia letárgica de vida y de la presencia de aquellos que rodeaban mi lecho, perduraba hasta que la crisis de la enfermedad me devolvía, súbitamente, el perfecto conocimiento. En otras oportunidades el ataque era rápido, fulminante. Me sentía enfermo, entumecido, congelado, con vértigo y, de golpe, caía postrado. Entonces todo estaba vacío durante semanas enteras, y era oscuro y silencioso, y la nada se convertía en el universo. La aniquilación absoluta no podía ser más grande. De estos últimos episodios me despertaba, sin embargo, paulatinamente en comparación con la instantaneidad del acceso. Así como amanece el día para el mendigo que no tiene casa ni amigos, o para aquel que rueda por las calles en la larga y desolada noche de invierno, así, tan lenta, tan cansada, tan alegre volvía a mí la luz del Alma.

Más allá de esta tendencia al síncope, mi salud general parecía buena, y no hubiera podido percibir que sufría esta enfermedad, a no ser que una peculiaridad de mi *sueño* pudiera considerarse provocada por ella: al despertarme, nunca podía recobrar en seguida el uso completo de mis facultades, y permanecía siempre durante largo rato en un estado de azoramiento y perplejidad, ya que las facultades mentales en general y la memoria en particular se encontraban en absoluta suspensión.

En toda mi patología no había padecimiento físico, sino una infinita angustia moral. Mi imaginación se volvió macabra. Siempre estaba hablando de "gusanos, tumbas y epitafios". Divagaba en ensueños de muerte, y la posibilidad de un entierro prematuro poseía por completo mi espíritu. El riesgo permanente al que me sentía sometido me obsesionaba día y noche. Durante el primero, la tortura de los pensamientos era exagerada; durante la segunda, se volvía suprema. Cuando las amenazadoras tinieblas se posaban sobre la Tierra, entonces, víctima de los más espantosos pensamientos, temblaba, temblaba como los trémulos plumajes de la carroza fúnebre. Cuando mi naturaleza ya no podía soportar continuar despierta, luchaba antes de consentir en dormirme, pues me estremecía pensando que, al despertar, podía encontrarme encerrado en una tumba. Y cuando, por fin, conciliaba el sueño, era sólo para precipitarme de pronto en un mundo de fantasmas sobre el cual se cernía con sus enormes y oscuras alas fúnebres, la única, la idea sepulcral.

De las innumerables imágenes melancólicas que me oprimían en sueños elijo para mi relato una única imagen. Soñé que había caído en un trance cataléptico de más duración y profundidad que lo normal. De repente una mano helada se posó sobre mi frente y una voz impaciente, torpe, susurró en mi oído: "¡Levántate!". Me incorporé. La oscuridad era total. No podía ver la figura de quien me había despertado. No podía recordar ni la hora en la que había caído en trance, ni el lugar en que me hallaba. Mientras continuaba inmóvil, procurando ordenar mis ideas, la fría mano me agarró con fuerza por la muñeca, sacudiéndola con petulancia, mientras la voz torpe decía otra vez:

–¡Levántate! ¿No te he dicho que te levantes?

–¿Y tú –pregunté–, quién eres?

–En las regiones donde habito no poseo nombre –contestó la voz, con tristeza–. Fui un hombre y soy un espectro. Era despiadado, pero soy digno de lástima. Ya ves que tiemblo. Me rechinan los dientes cuando hablo, pero no es por el frío de la noche, de la noche eterna. Pero este espanto es intolerable. ¿Cómo puedes *tú* dormir tranquilo? No me dejan descansar los gritos de estas largas agonías. Estos espectáculos superan lo que soy capaz de soportar. ¡Levántate! Ven conmigo a la noche exterior, y deja que te muestre las tumbas. ¿No es este un espectáculo de dolor?... ¡Mira!

Observé, y la figura invisible que continuaba tomándome la muñeca hizo abrir las tumbas de toda la humanidad, y de cada una de ellas salían las débiles emanaciones fosfóricas de la putrefacción, de modo que pude ver en sus más recónditos escondrijos, y el espectáculo de los cuerpos amortajados en su desgraciado y solemne sueño con el gusano. Pero, ¡ay!, los que de verdad dormían eran menos, entre muchos millones, que aquellos que no dormían, y había una lucha frágil, y había un penoso desasosiego general, y de lo más hondo de los innumerables pozos salía el melancólico frotar de las vestiduras de los enterrados. Y entre aquellos que aparentaban descansar tranquilos vi un gran número que había cambiado, en mayor o menor grado, la rígida e incómoda posición en que habían sido originariamente enterrados. Y la voz, otra vez habló y, mientras yo miraba, me dijo:

—¿No es este, ¡ah!, acaso no es un espectáculo penoso?

Pero, antes de que encontrara palabras para contestar, la figura había soltado mi muñeca, las luces fosfóricas se extinguieron y las tumbas se cerraron con repentina violencia, mientras de ellas salía un tumulto de gritos desesperados, repitiendo: "¿No es este, ¡Dios mío!, acaso un espectáculo penoso?".

Semejantes fantasías se me presentaban por la noche y ampliaban su terrorífica influencia aun a mis horas de vigilia. Se estropearon mis nervios y fui víctima de un horror permanente. Dudaba de cabalgar, caminar o realizar cualquier actividad que me apartara de casa. A decir verdad, ya no me animaba a confiar en mí mismo fuera de la inmediata presencia de aquellos que conocían mi tendencia a la catalepsia, por el miedo que me provocaba que, en uno de mis habituales ataques, me enterraran antes de que se determinara mi verdadero estado. Me presentaban dudas el cuidado y de la lealtad de la que eran capaces mis amigos más queridos. Temía que, en un trance más largo de lo acostumbrado, se convencieran de que ya no tenía remedio. Incluso llegaba a temer que, dadas las molestias que les ocasionaba, quizá se alegraran de considerar que un ataque prolongado era la excusa suficiente para librarse definitivamente de mí. Vanamente procuraban tranquilizarme con las más solemnes promesas. Les exigía, mediante los juramentos más sagrados, que bajo ninguna circunstancia me enterraran hasta que la descomposición estuviera tan avanzada, que impidiese la conservación. E incluso entonces el terror que sentía no atendía a ninguna razón, no aceptaba consuelo. Empecé a tomar una serie de laboriosas precauciones. Entre otras cosas mandé reconstruir la bóveda familiar de manera que fuese posible abrirla fácilmente desde el interior. La más suave presión de una larga palanca que se extendía dentro de la cripta era suficiente para abrir velozmente las puertas de hierro. También estaba prevista la entrada libre de aire y de luz, y adecuados recipientes con alimentos y agua, al alcance del ataúd preparado para recibirme. Este ataúd estaba acolchado con un material suave y cálido y dotado de una tapa elaborada siguiendo el mismo principio que la puerta de la cripta, que incluía resortes ideados de forma que el más débil movimiento del cuerpo sería suficiente para que se soltara. Además de todo esto, del techo de la tumba colgaba una gran campana cuya soga (estaba previsto) entraría por un agujero en el ataúd, siendo atada a una de las manos del cadáver. Pero, ¡oh!, ¿de qué sirven las precauciones contra el Destino del hombre? ¡Ni siquiera esas bien planeadas previsiones eran suficientes para librar de las más extremadas angustias de la inhumación en vida a un infeliz destinado a ellas!

Llegó un momento –como me había ocurrido antes a menudo– en que me encontré emergiendo de un estado de total inconsciencia a la primera sensación tenue y vaga de la existencia. Lentamente, con paso de tortuga, se acercaba el pálido amanecer gris del día psíquico. Un desasosiego embotado. Una sensación apática de sordo dolor. Ningún problema, ninguna esperanza, ningún esfuerzo. Entonces, después de un largo intervalo, un zumbido en los oídos. Más tarde, tras un lapso de tiempo más largo, una sensación de hormigueo o picazón en las extremidades; después, un lapso aparentemente eterno de placentera quietud, durante el cual las percepciones que se despiertan luchan por transformarse en pensamientos; más tarde, otra corta sumergida en la nada; luego, un súbito restablecimiento. Por último, el ligero temblor de un párpado, e inmediatamente después, un choque eléctrico de miedo, mortal e indefinido, que manda la sangre a borbotones de las sienes al corazón. Y entonces, el primer esfuerzo de pensar. Y entonces, el primer intento de recordar. Y entonces, un triunfo parcial y evanescente. Y entonces, la memoria ha recobrado tanto su terreno, que hasta cierto punto tengo conciencia de mi estado. Entiendo que no estoy despertando de un sueño común. Recuerdo que he sufrido de catalepsia. Y entonces, al fin, como si fuera el atropello de un océano, el único peligro horroroso, la única idea espectral se apodera de mi espíritu estremecido.

Después de que esta fantasía se apoderase de mí, durante algunos minutos me mantuve inmóvil. ¿Y por qué? No podía encontrar el valor para moverme. No me atrevía a hacer el esfuerzo que habría de tranquilizarme sobre mi destino, sin embargo algo en mi corazón me susurraba que *era seguro*. La desesperación –una como la que ninguna otra clase de desdicha es capaz de producir–, sólo la total desesperación me empujó, después de una profunda duda, a abrir mis pesados párpados. Los levanté. Estaba oscuro, todo oscuro. Sabía que el ataque había terminado. Sabía que la situación crítica de mi trastorno había pasado. Sabía que había recuperado el uso de mis facultades visuales, y, sin embargo, todo estaba oscuro, oscuro, con la intensa y absoluta falta de luz de la noche que dura para siempre.

Traté de gritar, y mis labios y mi lengua reseca se movieron agitados, pero ninguna voz brotó de los hondos pulmones que, oprimidos como por el peso de una montaña, jadeaban y palpitaban con el corazón en cada inspiración trabajosa y difícil.

El movimiento de las mandíbulas, en el esfuerzo del intento de grito me mostró que estaban atadas, como se hace habitualmente con los muertos. Sentí también que yacía sobre una sustancia áspera y que algo similar, a los costados, me estrechaba. Hasta ese instante no me había animado a mover ninguno de los miembros, pero entonces levanté violentamente los brazos que estaban estirados, con las muñecas cruzadas. Golpearon una sustancia sólida, leñosa, que se extendía sobre mi cuerpo a no más de seis pulgadas de mi cara. Ya no me cupo ninguna duda de que me encontraba, finalmente, dentro de un ataúd.

Y en ese momento, en medio de mi infinita desdicha, apareció dulcemente la esperanza, como si fuese un ángel, porque pensé en mis recaudos. Me retorcí e hice denodados esfuerzos por abrir la tapa: no se movió. Me toqué las muñecas buscando la soga: no la encontré. Entonces mi esperanza huyó para siempre, y una desesperación aún más inflexible reinó triunfante pues no pude evitar percatarme de la ausencia de las almohadillas que había preparado con tanto cuidado. En ese momento, llegó de repente a mis narices el fuerte y particular olor de la tierra húmeda. La conclusión era inevitable. No estaba en la cripta. Había caído en síncope lejos de casa, entre desconocidos, no era capaz de recordar cuándo ni cómo, y ellos me habían enterrado como a un perro, metido en algún ataúd común, cerrado con clavos, y arrojado bajo tierra, bajo tierra y para siempre, en alguna *tumba* común y anónima.

Cuando esta espantosa certeza se abrió paso en los más íntimos rincones de mi alma, luché una vez más por gritar. Y este segundo intento fue exitoso. Un largo, brutal grito largo, un alarido agónico retumbó en todos los espacios de la noche subterránea.

—Oye, oye, ¿qué es eso? —dijo una áspera voz, a manera de respuesta.

—¿Qué demonios sucede ahora? —dijo una segunda.

—¡Fuera de ahí! —exclamó una tercera.

—¿Por qué aúlla de esa manera, como un gato montés? —dijo una cuarta.

Y entonces unos sujetos muy rústicos me sostuvieron y me sacudieron sin formalidades. No me despertaron de mi sueño, porque estaba completamente despierto cuando grité, pero me volvieron al total dominio de mi memoria.

Esta aventura ocurrió cerca de Richmond, en Virginia. Junto con un amigo, había bajado unas millas por las orillas del río James, en una expedición de caza. Nos sorprendió una tormenta mientras se acercaba la noche. La cabina de una pequeña chalupa anclada en la corriente y cargada de tierra vegetal nos brindó el único resguardo posible. Le sacamos el mayor provecho posible y pasamos la noche a bordo. Me dormí en una de las literas, no necesito describir las literas de una chalupa de sesenta o setenta toneladas. La que yo ocupaba no tenía ropa de cama. Tenía dieciocho pulgadas de ancho. La distancia entre el fondo y la cubierta era exactamente la misma. Logré introducirme en ella con mucha dificultad. Sin embargo dormí profundamente y toda mi visión, pues no era sueño ni pesadilla, surgió naturalmente de las particularidades de mi posición, del giro habitual de mis pensamientos y de la dificultad, a la que ya me referí antes, de concentrar mis sentidos y especialmente de recobrar la memoria durante largo tiempo después de despertar de un sueño. Los hombres que me sacudieron eran la tripulación de la chalupa y algunos jornaleros contratados para cargarla. El olor a tierra procedía de la carga misma. La venda alrededor de las mandíbulas era un pañuelo de seda con el que me había atado la cabeza en reemplazo de mi acostumbrado gorro de dormir.

Las torturas que soporté en esa ocasión, sin embargo, fueron en todo iguales a las de la verdadera sepultura. Eran de un horror inconcebible, terriblemente espantosas; pero del mal surge el bien, pues su misma exageración provocó en mi espíritu una reacción inevitable. Mi espíritu adquirió temperamento, fuerza. Salí. Hice ejercicios arduos. Respiré aire puro. Pensé en otras cosas que no fueran la muerte. Abandoné mis libros médicos. Quemé el libro de Buchan. No leí más *Pensamientos nocturnos*, ni afectaciones sobre cementerios, ni cuentos de miedo *como éste*. En muy poco tiempo me convertí en un hombre nuevo y viví una vida de hombre. Desde aquella noche memorable descarté para siempre mis temores sepulcrales, y con ellos se desvanecieron los achaques catalépticos, de los cuales quizá fueran menos consecuencia que causa.

Hay ocasiones en las que, incluso para el tranquilo ojo del raciocinio, el mundo de nuestra triste humanidad puede adoptar la apariencia del infierno, pero la imaginación del hombre no es Caratis para rastrear impunemente todas sus cuevas. ¡Ay!, la oscura legión de los temores mortuorios no puede considerarse totalmente imaginaria, pero, al igual que los Demonios en cuya compañía Afrasiab realizó su viaje por el Oxus[3], deben descansar o nos devorarán, debemos permitirles el sueño, o moriremos.

---

3 Poe toma esta cita de la oscura novela de Horace Binney Wallace, *Stanley*. Afrasiab fue un malvado rey persa y Oxus es el río por el que éste navegaba.

Un descenso al Maelström[1]

Los caminos de Dios en la naturaleza y en la providencia no son como nuestros caminos; y nuestras obras no pueden compararse bajo ningún punto de vista con la vastedad, la profundidad y la inescrutabilidad de Sus obras, que contienen en sí una profundidad mayor que la del pozo de Demócrito.

JOSEPH GLANVILL

Habíamos alcanzado la cima del despeñadero más alto. El anciano pareció demasiado cansado como para hablar, durante algunos minutos.

—No demasiado tiempo atrás —dijo, finalmente— podría haberlo guiado en este ascenso tan bien como el más joven de mis hijos. Sin embargo, hace unos tres años, me sucedió algo que jamás le ha sucedido a ningún otro ser humano... o, por lo menos, no le ha sucedido a ninguno que haya logrado sobrevivir para contarlo; y las seis horas de terror mortal que soporté me han destrozado el cuerpo y el espíritu. Debe usted creer que yo soy muy viejo, pero no lo soy. Sólo fue suficiente algo menos de un día para que estos cabellos, que supieron

---

1   El título original es: "A descent into the Maleström". Se publicó por primera vez en 1841.

ser negros como el azabache, se volvieran completamente blancos; mis miembros se debilitaron y mis nervios se volvieron tan frágiles, que ante el menor esfuerzo tiemblo y me da miedo hasta una sombra. ¿Puede usted creer que apenas puedo mirar desde este pequeño acantilado sin sentir vértigo?

El "pequeño acantilado" a cuyo límite se había tendido a descansar con tanta indolencia que la parte más pesada de su cuerpo sobresalía del mismo, mientras se cuidaba de no caer apoyando el codo en la resbalosa arista del borde; el "pequeño acantilado", digo, se erguía formando un precipicio de negra roca reluciente, de mil quinientos o mil seiscientos pies, sobre la multitud de despeñaderos situados más abajo. Nada hubiera podido persuadirme a tomar posición a menos de seis yardas de aquel borde. Para ser sincero, tanta fue la impresión que me causó la peligrosa postura que adoptó mi compañero que caí en tierra cuan largo era, me aferré a los arbustos que estaban alrededor y no me animé ni siquiera a mirar al cielo, mientras lidiaba con rechazar la idea de que la furia de los vientos amenazaba sacudir los cimientos de aquella montaña. Pasó largo rato antes de que pudiera reunir el coraje necesario para sentarme y mirar a la distancia.

—Usted debe curarse de esas fantasías —dijo el guía–, ya que lo he traído para que tenga desde este lugar la mejor vista del sitio donde ocurrió el episodio al que me referí antes... y para contarle toda la historia con su escenario presente.

"Nos encontramos —agregó, con la manera preciosista que lo distinguía–, nos encontramos muy cerca de la costa de Noruega, a los sesenta y ocho grados de latitud, en la gran provincia de Nordland, y en el distrito de Lodofen. La montaña cuya cima acabamos de alcanzar se llama Helseggen, la Nebulosa. Enderécese usted un poco... sujétese de los arbustos si se siente mareado... ¡Así! Ahora mire, más allá de la cintura de vapor que hay debajo de nosotros, hacia el mar".

Miré, lleno de vértigo, y descubrí una vasta extensión de océano, cuyas aguas tenían un color tan semejante a la tinta que trajeron a mi memoria la descripción que hace el geógrafo nubio del *Mare Tenebrarum*. Ninguna imaginación humana podría idear paisaje más lamentablemente desolado. A derecha e izquierda, y hasta donde podía alcanzar la vista, se tendían, como murallas del mundo, cadenas de acantilados horriblemente negros y suspendidos, cuyo fúnebre aspecto se veía reforzado por la resaca, que rompía contra ellos su blanca y pálida cresta, aullando y rugiendo eternamente. Del lado opuesto al promontorio sobre cuya cima nos hallábamos, y a unas cinco o seis millas dentro del mar, podía advertirse una pequeña isla de aspecto desértico; quizás lo más correcto sería decir que su posición se adivinaba, gracias a las salvajes rompientes que la envolvían. Unas dos millas más cerca se erigía otra isla más pequeña, espantosamente escarpada y estéril, rodeada en varias partes por amontonamientos de oscuras rocas.

En el espacio que mediaba entre la mayor de las islas y la costa, el océano presentaba un aspecto completamente fuera de lo común. En ese momento estaba soplando un viento tan fuerte en dirección a tierra, que un bergantín que navegaba mar afuera se mantenía a la capa con dos rizos en la vela mayor, mientras la quilla se hundía todo el tiempo hasta perderse de vista; sin embargo, el espacio a que he aludido no mostraba nada que se pareciera a un oleaje embravecido, sino tan sólo una breve, rápida y furiosa embestida del agua en todas las direcciones, tanto frente al viento como hacia otros lados. Tampoco podía reconocerse espuma, excepto inmediatamente cerca de las rocas.

—La más lejana de las islas —continuó el anciano— es a la que los noruegos llaman Vurrgh. La que está a mitad de camino es Moskoe. A una milla al norte verá la de Ambaaren. Más allá se encuentran Islesen, Hotholm, Keildhelm, Suarven y Buckholm. Aún más allá —entre Moskoe y Vurrgh— están Otterholm, Flimen, Sandflesen y Stockholm. Esos son los verdaderos nombres de estos lugares; pero... ¿había necesidad de darles nombres? No lo sé, y supongo que usted tampoco... ¿Oye algo? ¿Observa algún cambio en el agua?

Estábamos en lo alto del Helseggen hacía ya unos diez minutos, habíamos ascendido viniendo desde el interior de Lofoden, de modo que no habíamos visto ni una sola vez el mar hasta que se presentó súbitamente cuando llegamos a la cima. Mientras el anciano me hablaba, percibí un sonido fuerte y que crecía por momentos, algo como el mugir de un enorme rebaño de búfalos en una pradera americana; y en ese mismo momento observé que el estado del océano a nuestros pies, que correspondía a lo que los marinos llaman *picado,* se estaba transformando rápidamente en una corriente orientada hacia el este. Mientras continuaba mirándola, aquella corriente adquirió una velocidad pavorosa. Su velocidad y su desatada impetuosidad crecían a cada momento. Cinco minutos después, todo el mar hasta Vurrgh ebullía de una ira irrefrenable, pero donde esa rabia alcanzaba su punto cúlmine era entre Moskoe y la costa. Allí, la gran superficie del agua se abría y trazaba en mil canales antagónicos, reventaba bruscamente en una convulsión frenética —encrespándose, hirviendo, silbando— y giraba en enormes e innumerables vórtices, y todo aquello se volvía un torbellino e iba hacia el Este con una velocidad que el agua no encuentra en ningún otro lugar, salvo cuando cae de un precipicio. Apenas unos minutos más tarde, un nuevo y radical cambio apareció en escena. La superficie del agua se fue emparejando un poco y los remolinos desaparecieron uno tras otro, mientras asombrosas franjas de espuma emergían allí donde antes no había nada. Con el tiempo, y después de dispersarse a una gran distancia, aquellas franjas se combinaron unas con otras y adquirieron el movimiento giratorio de los desaparecidos remolinos, como si constituyeran el germen de otro más vasto. De golpe, instantáneamente, todo asumió una realidad clara y definida, formando un círculo cuyo diámetro superaba la milla. El límite del remolino estaba representado por una ancha faja de espuma brillante; pero ni la más mínima parte de ésta resbalaba al interior del horrendo embudo, cuyo tubo, hasta donde la vista llegaba a medir, era una lisa, brillosa y fúnebre pared de agua, inclinada en un ángulo de cuarenta y cinco grados en relación con el horizonte, y que giraba y giraba vertiginosamente, con un movimiento oscilante y tumultuoso, produciendo un estruendo horrible, entre bramido y clamor, que ni siquiera la enorme catarata del Niágara emite en su fabulosa caída.

Temblaba la montaña desde sus raíces y se mecían las rocas. Me dejé caer boca abajo, aferrándome a los ralos matorrales al límite de mi agitación nerviosa. Finalmente, pude decir a mi compañero:

—¡Esto no puede ser ninguna otra cosa más que el enorme remolino del Maelström!

—Así lo llaman —me dijo el viejo—. Pero nosotros, en Noruega lo llamamos el Moskoe-ström, por la isla Moskoe.

Todas las descripciones de aquel vórtice no me habían preparado para lo que acababa de ver. La de Jonas Ramus, tal vez la más minuciosa, no es capaz de dar idea de la majestuosidad o el espanto que causa esa escena, ni tampoco la perturbadora sensación de *novedad* que marea al que la presencia. No sé bien desde qué punto de vista estuvo situado el escritor mencionado, ni en qué momento; pero no pudo ser en la cima del Helseggen, ni durante una tormenta. Aquí presento algunos pasajes de su descripción que merecen, pese a todo, citarse por los detalles que contienen, aunque resulten sumamente endebles para transmitir la verdadera impresión que causa tamaño espectáculo:

"Entre Lofoden y Moskoe —dice—, la profundidad del agua oscila entre treinta y seis y cuarenta brazas; sin embargo en la otra dirección, hacia Ver (Vurrgh), la profundidad disminuye hasta impedir el paso de una embarcación sin el riesgo de que encalle en las rocas, algo factible incluso en plena bonanza. Durante la pleamar, las corrientes se mueven entre Lofoden y Moskoe con una velocidad escandalosa, hasta el extremo de que el rugido de su vehemente reflujo hacia el mar apenas podría igualarse con el de las más ruidosas y temibles cataratas. El ruido se oye a muchas leguas de distancia, y los vórtices o abismos son de tal dimensión y profundidad que si una embarcación es atraída a ellos se ve tragado irremediablemente y arrastrado a la profundidad en la que se hace pedazos contra las rocas; una vez que el agua se calma, los restos del navío asoman a la superficie. Pero las treguas de tranquilidad tienen lugar únicamente en los momentos del cambio de la marea y con buen tiempo; duran solamente un cuarto de hora antes de que recomience paulatinamente su violencia. Cuando la corriente es más violenta y una tormenta aumenta su iracundia resulta peligroso acercarse a menos de una milla noruega. Botes, yates y navíos han sido tragados por no tomar esa precaución contra su fuerza atractiva. También sucede con frecuencia que las ballenas se acercan demasiado a la corriente y son dominadas por su violencia; no es posible describir sus gritos y gemidos mientras procuran escapar inútilmente. En una oportunidad, un oso que intentaba nadar de Lofoden a Moskoe fue atrapado por la corriente y arrastrado a la profundidad, mientras rugía tan horriblemente que era posible escucharlo desde la costa. Muchos troncos de abetos y pinos, que fueron arrastrados por la corriente, retornan a la superficie, rotos y retorcidos al punto de no ser más que un montón de astillas. Esto muestra a todas luces que el fondo consiste en rocas aguzadas contra las que son conducidos y frotados los troncos. Dicha corriente se regula por el flujo y reflujo marino, que se suceden permanentemente cada seis horas. En el año 1645, en la mañana del domingo de sexagésima, la ira de la corriente fue tan horrorosa que las piedras de las casas de la costa se desplomaban."

En lo que respecta a la profundidad del agua, no termino de entender de qué manera pudo ser verificada en la vecindad inmediata del vórtice. Las "cuarenta brazas" tienen que referirse indudablemente, a las porciones del canal linderas con la costa, sea de Moskoe o de Lofoden. La profundidad en el centro del Moskoe-ström debe ser inconmensurablemente grande, y la mejor prueba de ello la da la más somera mirada que se proyecte al abismo del remolino desde la cima del Helseggen. Mientras trepado a esta cumbre admiraba el rugiente Flegetón[2] allá abajo, no pude evitar sonreír pensando en la sencillez con que el honrado Jonas Ramus consigna —como algo difícil de creer— las anécdotas sobre ballenas y osos, cuando resulta evidente que los más grandes barcos de la actualidad, llevados por la influencia de aquella mortal atracción, ofrecerían la misma resistencia que una pluma frente a un huracán y desaparecerían en el acto.

Los intentos por explicar este fenómeno —que, en parte, según recuerdo, me habían resultado bastante posibles cuando los leí— presentaban ahora un carácter muy distinto y poco satisfactorio. La explicación general dice que el vórtice, al igual que otros tres más pequeños situados entre las islas Feroe, "tiene por única causa al choque de las olas, que se elevan y rompen, en el flujo y reflujo, contra un arrecife de rocas y bancos de arena, que encierra las aguas al punto que éstas caen como una catarata; así, cuanto más alta sea la marea, más honda será la caída, y la consecuencia es un remolino o vórtice, cuyo admirable poder de succión es lo bastante conocido gracias a pruebas hechas a menor escala". Es en estos términos en los que se expresa la *Encyclopaedia Britannica*. Kircher[3] y otros imaginan que en el medio del Maelström hay un abismo que penetra en el globo terrestre y que vuelve a emerger en algún lugar remoto (una de las hipótesis habla específicamente el golfo de Botnia). Esta teoría, bastante gratuita en sí misma, fue la que mi imaginación aceptó más rápidamente cuando pude contemplar la escena. Sin embargo, cuando se la mencioné a mi guía me

---

2   Flegetón o Flegetonte es, en la mitología griega, un río de fuego que corre por el Hades, afluente del Aqueronte.

3   Se refiere a Athanasius Kircher, sacerdote del siglo XVII, famoso por su erudición y sus estudios sobre vulcanismo y magnetismo.

sorprendió oírle decir que, si bien casi todos los noruegos compartían esa opinión, él no la aceptaba. Y sobre la hipótesis anterior, admitió su incapacidad para entenderla, y yo le di la razón, pues, si bien en el papel parecía concluyente, resultaba por completo incomprensible y hasta ridícula frente al rugir de aquel abismo.

—Ya ha logrado observar con toda claridad el remolino —dijo el viejo—, y si nos refugiamos ahora detrás de esa roca, para que no nos interrumpa el ruido del agua, le contaré un relato que lo convencerá de que conozco alguna cosa sobre el Moskoe-ström.

Me puse en el lugar en el que me lo solicitaba y comenzó:

—Mis dos hermanos y yo teníamos un queche aprestado como una goleta, de unas setenta toneladas, con el que pescábamos entre las islas situadas más allá de Moskoe y casi hasta Vurrgh. Aprovechábamos las oportunidades, puesto que siempre hay buena pesca en el mar durante las mareas bravas, si se tiene el valor como para hacerles frente; de todos los que habitan la costa de Lofoden, nosotros tres éramos los únicos que navegábamos regularmente en la región de las islas. Las zonas habituales de pesca se encuentran mucho más al sur. Allí se puede pescar en cualquier momento, y sin correr demasiado peligro, y por eso son lugares favoritos. Pero los lugares que elegíamos aquí, entre las rocas, no sólo presentan mucha más variedad, sino que poseen una gran abundancia, de manera tal que frecuentemente pescábamos en un solo día lo que otros apenas lograban obtener en una semana. La verdad es que hacíamos de esto un acto temerario, cambiando exceso de trabajo por el riesgo de vida, y sustituyendo capital por coraje.

"Fondeábamos el queche en una caleta, a unas cinco millas al norte de esta costa, y cuando el tiempo estaba bueno, solíamos utilizar los quince minutos de calma de las aguas para cruzar el canal principal de Moskoe-ström mucho más arriba del remolino y anclar luego en cualquier parte cerca de Otterham o Sandflesen, en donde las mareas no son tan violentas. En ese lugar nos quedábamos hasta que volvía a acercarse un nuevo período de calma, cuando poníamos proa en dirección a nuestro puerto. Nunca empezábamos un viaje de este tipo sin tener un buen viento de lado tanto para la ida como para el retorno –un viento que no nos fuera a abandonar a la vuelta–, y era raro que nuestros cálculos fallaran. Sólo en dos oportunidades, en seis años, nos vimos en la necesidad de pasar la noche anclados por culpa de una calma chicha, algo muy infrecuente en estas latitudes; y en una oportunidad nos vimos obligados a quedarnos cerca de una semana donde estábamos, muriéndonos de inanición, por culpa de una borrasca que se desató apenas después de que llegáramos, y que embraveció el canal de tal manera que era imposible pretender cruzarlo. Esa vez hubiéramos podido ser llevados mar afuera pese a nuestros intentos (pues los remolinos nos hacían girar con tanta violencia que, al final, largamos el ancla y la dejamos que arrastrara), si no hubiera sido gracias a que acabamos entrando en una de esas muchas corrientes contrapuestas que hoy están allí y mañana ya no, que nos arrastró hasta el refugio de Flimen, donde, por fortuna, pudimos detenernos.

”No sería capaz de contarle ni la vigésima parte de los inconvenientes con los que nos topábamos en nuestro lugar de pesca –que es mal sitio para navegar inclusive con buen tiempo–, pero siempre nos las ingeniamos para sortear el reto del Moskoe-ström sin inconvenientes, aunque muchas veces tuve el corazón en la boca cuando nos atrasábamos o nos adelantábamos por un minuto al momento de calma. En algunas oportunidades, el viento no era tan intenso como habíamos supuesto cuando zarpamos y el queche recorría una distancia menor de lo que deseábamos, sin que pudiéramos dominarlo por culpa de la correntada. Mi hermano mayor tenía un hijo de dieciocho años y yo dos robustos muchachitos. Todos ellos nos hubieran sido de gran ayuda en estos casos, ya fuera ayudando la marcha con los remos, o pescando; pero, aunque nosotros estuviéramos dispuestos a correr el riesgo, no nos sentíamos capaces de exponer a los jóvenes, dado que en verdad *había* un peligro horrible, eso es lo cierto.

"En breve se cumplirán tres años del episodio que voy a narrarle. Era el 10 de julio de 18..., día que la gente de esta zona nunca olvidará, porque se levantó uno de los huracanes más temibles que alguna vez hayan caído del cielo. Sin embargo, durante toda la mañana, y hasta bien entrada la tarde, una leve brisa había soplado del sudoeste, y el sol brillaba alto; ni los más experimentados marinos hubieran podido prever lo que iba a pasar.

"Mis dos hermanos y yo cruzamos hacia las islas a las dos de la tarde y no tardamos en llenar el queche con una excelente pesca que, como pudimos observar, era más abundante ese día que en ninguna ocasión anterior. A las siete —*de acuerdo a mi reloj*— levamos anclas y zarpamos, para atravesar lo peor del Ström en el momento de la calma, que según sabíamos se produciría a las ocho.

"Zarpamos con una buena brisa de estribor y al comienzo navegamos rápidamente y sin ni siquiera pensar que estuviéramos en peligro, dado que no teníamos ninguna razón para intuir que existiera. Pero, súbitamente, percibimos que se nos oponía un viento procedente de Helseggen. Esto era muy extraño; jamás nos había ocurrido, y yo empecé a sentirme nervioso, sin saber a ciencia cierta por qué motivo. Dirigimos la embarcación contra el viento, pero los remansos no nos dejaban avanzar, e iba a proponer que volviéramos al punto donde habíamos estado anclados pero, al mirar hacia popa vimos que todo el horizonte estaba cubierto por una curiosa nube del color del cobre que se levantaba con la más extraordinaria rapidez.

"Mientras tanto, la brisa que nos había impulsado había amainado totalmente y estábamos en una calma absoluta, derivando en todas las direcciones. Pero esto no duró tanto como para dar tiempo a que meditáramos. Apenas un minuto más tarde nos cayó encima la tormenta, y dos minutos después el cielo quedó cubierto en su totalidad; con esto, y con la espuma de las olas que nos envolvía, todo se oscureció tanto que no podíamos vernos unos a otros en la cubierta.

"Sería una demencia intentar describir el huracán que vino después. Los marinos más ancianos de Noruega jamás vieron nada semejante. Habíamos soltado toda la vela antes de que el viento nos alcanzara; pero, en la primera embestida, los dos mástiles salieron volando por la borda como si hubiesen sido aserrados..., y uno de los palos se llevó consigo a mi hermano menor, que se había atado para mayor seguridad.

"Nuestra nave se transformó en la más ligera pluma que haya flotado nunca en el agua. El queche tenía un puente completamente cerrado, únicamente con una pequeña escotilla cerca de proa, que solíamos cerrar y asegurar cuando íbamos a cruzar el Ström, por precaución contra el mar picado. Gracias a este detalle evitamos zozobrar instantáneamente, dado que durante un instante quedamos absolutamente sumergidos. Cómo evitó la muerte mi hermano mayor, no me es posible decirlo, porque jamás tuve la oportunidad de averiguarlo. En mi caso, ni bien solté el trinquete, me tiré boca abajo en el puente, con los pies contra la estrecha borda de proa y las manos aferrando una armella cercana a la base del palo mayor. El instinto me llevó a obrar así, y fue, sin lugar a dudas, lo mejor que podía haber hecho; lo cierto es que la situación me tenía demasiado aturdido como para pensar.

"Durante algunos instantes, como he dicho, quedamos inundados por completo, mientras yo contenía la respiración y me mantenía aferrado a la armella. Cuando ya no pude resistir, me enderecé sobre las rodillas, siempre aferrándome con las manos, y pude de esa manera asomar la cabeza. Súbitamente nuestra pequeña nave se sacudió, como hace un perro al salir del agua, y eso la libró, hasta cierto punto de las olas que la tapaban. En ese momento intentaba yo sobreponerme al aturdimiento que me dominaba, recobrar los sentidos para poder tomar decisiones sobre lo que tenía que hacer, cuando sentí que alguien me tomaba con fuerza del brazo. Era mi hermano mayor, y mi corazón saltó de alegría, porque estaba seguro de que el mar se lo había llevado. Pero no demoró mucho esa alegría en transformarse en horror, cuando mi hermano acercó la boca a mi oreja, mientras gritaba: *¡Moskoe-ström!*

"No es posible que alguien consiga imaginar mis sentimientos en aquel momento. Temblé de la cabeza a los pies, como si sufriera un violento acceso de fiebre. Sabía perfectamente lo que mi hermano me estaba diciendo con esa sola palabra y lo que quería darme a entender: el viento nos arrastraba y nuestra proa apuntaba directamente hacia el remolino del Ström... ¡nada sería capaz de salvarnos!

"Como usted se imaginará, cuando cruzábamos el canal del Ström, lo hacíamos siempre mucho más arriba del remolino, incluso con tiempo agradable, y debíamos esperar y observar con detenimiento el momento de calma. Ahora, en cambio, estábamos navegando directamente hacia el vórtice, envueltos en el más espantoso huracán. 'Probablemente —pensé— llegaremos allí en un momento de la calma... y eso nos da una esperanza'. Un segundo después, me maldije por la locura de albergar algún tipo de esperanza. Sabía de sobra que estábamos condenados y que lo estaríamos igual aunque nos halláramos en un barco cien veces más grande.

"A esta altura la primera furia de la tormenta se había terminado, o quizá no la sentíamos tanto por ir delante de ella. Pero el mar, que el viento había mantenido calmo y espumoso al principio, se elevaba ahora en fabulosas montañas. Un curioso cambio se había producido en el cielo. Alrededor de nosotros, y en todas direcciones, seguía completamente negro, pero en lo alto, casi encima de donde nuestras cabezas, se abrió repentinamente un círculo de cielo despejado —tan límpido como jamás he vuelto a ver—, azul brillante, y a través del cual resplandecía la luna llena con un brillo que no le había conocido antes. Con sus rayos iluminaba todo lo que teníamos alrededor, con la más grande claridad; pero... ¡por Dios, qué escena era la que nos mostraba!

"Hice una o dos tentativas para que mi hermano me escuchara, pero, por causas que no alcancé a comprender, el ruido había aumentado de tal forma que no pude hacerle entender una sola palabra, pese a que gritaba con todas mis fuerzas en su oreja. En determinado momento sacudió la cabeza, mortalmente pálido, y alzó un dedo como para decirme: '¡Escucha!'.

"En un primer momento no entendí lo que quería decir, pero un horrible pensamiento cruzó por mi mente. Extraje mi reloj de la faltriquera. Se había detenido. Contemplé el cuadrante a la luz de la luna y comencé a llorar, mientras arrojaba el reloj al océano. *¡Se había parado a las siete! ¡Ya había pasado el tiempo de calma y el remolino del ström estaba en plena furia!*

"Si un barco tiene una buena construcción, está bien equipado y no lleva mucha carga, al correr con el viento durante una borrasca las olas dan la impresión de resbalar por debajo del casco, eso siempre resulta extraño para los hombres de tierra firme; a eso se le llama *cabalgar* en lenguaje marino.

"Hasta ese momento habíamos cabalgado sin problemas sobre las olas; pero de pronto una gigantesca masa de agua nos llegó a través de la bovedilla y nos alzó con ella... arriba... más arriba... como si ascendiéramos al cielo. Jamás hubiera creído que una ola pudiera alcanzar semejante altura. Inmediatamente después empezamos a caer, con una velocidad, un deslizamiento y una zambullida que me produjeron náuseas y mareo, como si estuviera desplomándome en sueños desde lo alto de una montaña. Pero en el momento en que alcanzamos la cresta, pude lanzar una ojeada alrededor... y lo que vi fue más que suficiente. Pude comprobar nuestra posición exacta. El vórtice de Moskoeström se encontraba sólo un cuarto de milla adelante; pero ese vórtice se parecía tanto al de todos los días como el que está viendo usted a un remolino en una charca. Si no hubiera sabido dónde estábamos y lo que teníamos que esperar, no hubiese reconocido en absoluto aquel sitio. Tal como lo vi, me obligó a cerrar involuntariamente los ojos de espanto. Sentí que mis párpados se apretaban como en un espasmo.

"Pasaron solamente unos dos minutos más, cuando sentimos que las olas decrecían y nos vimos envueltos por la espuma. La embarcación dio una brusca media vuelta a babor y fue en su nueva dirección más rápidamente que un rayo. Al mismo tiempo, el rugido del agua quedó completamente apagado por algo así como un estridente alarido... un sonido que podría usted imaginar formado por miles de barcos de vapor que dejaran escapar al mismo tiempo la presión de sus calderas. Nos encontrábamos en este momento en el cinturón de la resaca que rodea siempre el remolino, y pensé que un segundo más tarde nos precipitaríamos al abismo, cuyo interior veíamos borrosamente a causa de la asombrosa velocidad con la que nos movíamos. El queche no daba la impresión de flotar en el agua, sino de flotar como una burbuja sobre la superficie de la resaca. Su banda de estribor daba al remolino, y por babor surgía la inmensidad oceánica de la que acabábamos de salir, y que se elevaba como una gigante pared oscilando entre nosotros y el horizonte.

"Por extraño que parezca, en ese momento, una vez que estábamos sumidos en las fauces del abismo, me sentí más tranquilo que cuando veníamos acercándonos a él. Determinado ya a no abrigar ninguna esperanza, me vi libre de buena parte del terror que al principio había limitado mis fuerzas. Creo que fue la desesperación lo que templó mis nervios.

"Quizás usted crea que me jacto, pero lo que le digo es la verdad: empecé a pensar en lo magnífico que era morir de esa manera y lo ridículo que era preocuparme por algo tan insignificante como mi propia vida frente a una manifestación tan maravillosa del poder de Dios. Creo que me ruboricé de vergüenza cuando la idea cruzó por mi mente. Y al cabo de un momento se adueñó de mí la más intensa curiosidad sobre el remolino. Sentí *la voluntad* de explorar sus profundidades, incluso pensando en el sacrificio que iba a costarme, y la pena más grande que sentí fue que nunca podría contar a mis viejos camaradas de la costa todos los misterios que vería. No cabe duda que estas eran unas insólitas fantasías, inspiradas por la situación en la que me encontraba, y con frecuencia he pensado que la rotación del barco alrededor del vórtice pudo trastornarme un tanto la cabeza.

"Otro hecho que contribuyó a devolverme la calma, fue que el viento se detuvo, y ya no podía llegar hasta nosotros en el lugar donde estábamos, puesto que, como usted mismo ha visto, el cinturón de resaca está sensiblemente más bajo que el nivel general del océano, al que veíamos descollar sobre nosotros como un alto borde montañoso y negro. Si nunca le ha tocado pasar una borrasca en plena mar, no puede hacerse una idea de la confusión mental que produce la combinación del viento y la espuma de las olas. Ambos ciegan, ensordecen y ahogan, suprimiendo toda posibilidad de acción o de pensamiento. Pero ahora nos veíamos en gran medida libres de aquellas molestias... así como los criminales condenados a muerte se ven favorecidos con ciertas libertades que se les negaban antes de que se pronunciara la sentencia.

"Me resulta imposible decir cuántas veces dimos la vuelta al circuito. Corrimos y corrimos, una hora tal vez, volando más que flotando, y entrando cada vez más hacia el centro de la resaca, lo que nos acercaba progresivamente a su horrible borde interior. Durante todo este tiempo no había soltado la armella que me sostenía. Mi hermano seguía en la popa, aferrado a un pequeño barril vacío, sólidamente atado bajo el compartimiento de la bovedilla, y que era la única cosa a bordo que la borrasca no había arrojado al mar. Cuando ya estábamos cerca del borde del pozo, soltó su asidero y se precipitó hacia la armella de la cual, en la agonía de su terror, trató de desprender mis manos, ya que no era bastante grande para proporcionar a ambos un sostén seguro. Nunca he sentido tristeza más grande que cuando lo vi hacer eso, aunque comprendí que su proceder era el de un insano, a quien el terror ha vuelto loco furioso. De todos modos, no hice ningún esfuerzo para oponerme. Sabía que ya no importaba cuál de los dos se mantuviera asido de la armella, de modo que se la cedí y pasé a popa, donde estaba el barril. No me costó mucho hacerlo, porque el queche corría en círculo, bastante estable, sólo balanceándose bajo las inmensas oscilaciones y conmociones del remolino. Apenas me había afirmado en mi nueva posición, cuando dimos un brusco bandazo a estribor y comenzamos a caer, de proa, al abismo. Murmuré apurado una plegaria a Dios y pensé que era el final.

"Mientras sentía la náusea del vertiginoso descenso, instintivamente me aferré con más fuerza al barril y cerré los ojos. Los mantuve así algunos segundos, mientras esperaba mi muerte inmediata y me sorprendió no estar sufriendo ya las agonías de la lucha final con el agua. Pero el tiempo seguía pasando. Y yo estaba vivo. La sensación de caída había parado y la oscilación del barco se parecía a la de antes, cuando estábamos en el cinturón de espuma, sólo que ahora se hallaba más inclinada. Junté valor y otra vez observé lo que me rodeaba.

"Jamás olvidaré la sensación de pavor, espanto y admiración que sentí al contemplar semejante escena. El navío parecía estar suspendido, como por arte de magia, a mitad de camino en el interior de un embudo de gran circunferencia y fabulosa profundidad, cuyas paredes, completamente lisas, hubieran podido creerse de ébano, de no ser por la asombrosa velocidad con que giraban, y el pálido resplandor que despedían bajo los rayos de la luna, que, en el centro de aquella abertura circular entre las nubes de la que hablé antes, se vertían en un diluvio maravillosamente dorado a lo largo de las negras paredes y se perdían en las remotas inmensidades del abismo.

"Al principio me sentí demasiado confundido como para poder detenerme en algo con precisión. Todo lo que alcanzaba a comprender era ese estallido general de espantosa magnificencia. Pero, al recobrarme un poco, mis ojos pudieron mirar instintivamente hacia abajo. Podía mirar completamente en esa dirección, dada la forma en que el queche colgaba de la superficie inclinada del vórtice. Su quilla estaba perfectamente nivelada, vale decir que el puente se hallaba en un plano paralelo al del agua, pero esta última se tendía formando un ángulo de más de cuarenta y cinco grados, de modo que parecía como si estuviésemos ladeados. No pude dejar de observar, sin embargo, que, a pesar de esta situación, no me era mucho más difícil mantenerme aferrado a mi puesto que si el barco hubiese estado a nivel; supongo que esto se debía a la velocidad con que estábamos girando.

"Los rayos de la luna parecían querer llegar al fondo mismo del hondísimo abismo, pero incluso así no pude ver nada con suficiente claridad por la espesa niebla que lo envolvía todo y sobre la cual aparecía un magnífico arco iris parecido al angosto y bamboleante puente que, según los musulmanes, es el único paso entre el Tiempo y la Eternidad. Esa niebla, o rocío, se producía, por supuesto, por el choque de las enormes paredes del embudo cuando se encontraban en el fondo, pero no intentaré describir el alarido que brotaba del abismo buscando subir hasta el cielo.

"Nuestro primer deslizamiento en el pozo, a partir del cinturón de espumas de la parte superior, nos había hecho descender a gran distancia por la pendiente; sin embargo, la continuación del descenso no guardaba relación con el anterior. Una y otra vez dimos la vuelta, no con un movimiento uniforme sino entre vertiginosos balanceos y sacudidas, que nos lanzaban a veces a unos cuantos centenares de yardas, mientras otras nos hacían completar casi el circuito del remolino. A cada vuelta, y aunque lento, nuestro descenso resultaba perceptible.

"Observando alrededor la inmensa extensión de ébano líquido sobre la cual éramos así llevados, pude notar que nuestro navío no era el único objeto comprendido en el abrazo del remolino. Tanto por encima como por debajo de nosotros se veían fragmentos de embarcaciones, grandes pedazos de maderamen de construcción y troncos de árboles, así como otras cosas más pequeñas, como muebles, cajones rotos, barriles y duelas. Ya comenté antes que una curiosidad anormal había reemplazado en mí el terror que sentí al principio. Cuanto más me iba acercando a mi horrible destino parecía como si esa curiosidad sólo aumentara. Empecé a observar con extraño interés los numerosos objetos que flotaban cerca de nosotros. *Seguramente* estaba bajo los efectos del delirio, porque hasta busqué *diversión* en el hecho de calcular sus respectivas velocidades en el descenso hacia la espuma del fondo. 'Ese abeto —me escuché decir en determinado momento— se precipitará hacia abajo y desaparecerá'; y un momento después me quedé decepcionado al ver que los restos de un navío mercante holandés se le adelantaban y caían antes. Al final, después de haber hecho muchas conjeturas semejantes, y haber equivocado todas, ocurrió que el hecho mismo de equivocarme en todas las oportunidades me indujo a una nueva reflexión, y entonces comencé a temblar como antes, y una vez más latió pesadamente mi corazón.

"Lo que me afectaba de semejante modo no era el horror, sino el surgimiento de una nueva y conmovedora *esperanza*. Venía, por un lado, de la memoria y, por otro, de las consideraciones que acababa de hacer. Recordé la enorme cantidad de restos flotantes que emergían en la costa de Lofoden, que habían sido tragados, primero y devueltos, después, por el Moskoe-ström. Casi todos estos restos aparecían destrozados de la manera más increíble; estaban como frotados, desgarrados, al punto que daban la impresión de un montón de astillas y esquirlas. Sin embargo, en el mismo momento recordé también que *algunos* de esos objetos no se mostraban para nada destrozados. No encontraba explicación alguna a esta diferencia, salvo que supusiera que los objetos destrozados eran los que habían sido *tragados en su totalidad,* mientras que los otros habían ingresado en el remolino en un momento más adelantado de la marea, o que bien, por alguna razón, habían descendido tan lentamente luego de ser tragados, que no habían llegado a tocar el fondo del vórtice antes del cambio del flujo o del reflujo, de acuerdo al momento. En cualquiera de los dos casos, pensé que era posible que esos restos hubieran sido devueltos otra vez al nivel del océano, sin correr el destino de los que habían penetrado antes en el remolino o habían sido absorbidos más rápidamente.

"En ese mismo momento hice tres observaciones importantes. La primera fue que, en casi todos los casos, los objetos más grandes descendían más rápido. La segunda, que entre dos elementos de igual tamaño, uno de forma circular y otro *de cualquier otra forma,* el elemento circular descendía más. La tercera, que entre dos elementos de tamaño semejante, uno de ellos cilíndrico y el otro de cualquier forma, el primero era tragado más lentamente. He tenido ocasión de hablar en muchas oportunidades sobre estos temas con un viejo preceptor del distrito, desde que pude escapar a mi destino, y gracias a él conozco el uso de las palabras "cilindro" y "esfera". Me explicó —pero olvidé los detalles de la explicación— que lo que yo noté en ese momento era la consecuencia natural de las formas de los objetos flotantes, y me mostró cómo un cilindro, flotando en un remolino, presenta mayor resistencia a su succión y es arrastrado con mucha mayor dificultad que cualquier otro objeto del mismo tamaño, no importa la forma que tenga[4].

"Pude observar, también, un detalle sorprendente, que colaboraba en gran parte a que yo reformara estas observaciones y que me colmaba de deseos de verificarlas: a cada

---

4   Ver Arquímedes, *De Incidentibus in Fluido,* lib. 2. (Nota del autor)

revolución de nuestra embarcación sobrepasábamos algún objeto, como ser un barril o un mástil. Ahora bien, muchos de aquellos restos, que al abrir yo por primera vez los ojos para observar la maravilla del remolino, estaban a nuestro mismo nivel, ahora estaban mucho más arriba y daban la impresión de haberse movido muy poco de su posición inicial.

"No dudé entonces ni un segundo sobre lo que tenía que hacer: decidí que tenía que asegurarme con fuerza al barril del que me sostenía, soltarlo de la bovedilla y arrojarme con él al agua. Intenté llamar la atención de mi hermano mediante gestos, señalándole los barriles flotantes que pasaban cerca de nosotros, e hice todo lo que pude para que entendiera lo que me proponía hacer. Finalmente pensé que había comprendido mis intenciones, pero haya sido así o no, agitó la cabeza desesperadamente, negándose a abandonar su refugio en la armella. No me era posible llegar hasta él y la situación no admitía que perdiera más tiempo. De esa manera, lleno de amargura, lo abandoné a su destino, me até al barril con las sogas que lo habían sujetado a la bovedilla y me lancé con él al mar sin un vestigio de duda.

"Yo mismo le estoy relatando esto, así que puede usted suponer que el resultado fue exacto el que esperaba, escapé sano y salvo; y le conté, además, cómo me las arreglé para hacerlo, resumiré el final de esta historia. Una hora o algo más había pasado desde que hice abandono de la embarcación cuando lo vi, a gran profundidad, girar terriblemente tres o cuatro veces muy rápidamente y lanzarse en línea recta en el caos de espuma del abismo, llevándose consigo a mi querido hermano. El barril al que me encontraba atado descendió apenas algo más de la mitad de la distancia entre el fondo del remolino y el lugar desde donde me había tirado al agua, y entonces empezó a producirse un gran cambio en el aspecto del vórtice. La inclinación de las paredes del enorme embudo se fue haciendo menos y menos pronunciada. Las revoluciones del vórtice disminuyeron gradualmente su velocidad. Poco a poco fue desapareciendo la espuma y el arco iris, y pareció como si el fondo del abismo comenzara a elevarse lentamente. El cielo estaba despejado, no había viento y la luna llena brillaba en el oeste, cuando me encontré en la superficie del océano, a plena vista de las costas de Lofoden y en el lugar donde *había estado* el remolino de Moskoe-ström. Era la hora de la calma, pero el mar se encrespaba todavía en enormes olas por efectos del huracán. Fui empujado con violencia al canal del Ström, y apenas unos minutos más tarde arribaba a la costa, en la zona de los pescadores. Un bote me recogió, exhausto de fatiga, y, pese a que el peligro había pasado, era incapaz de hablar a causa del recuerdo de aquellos horrores. Quienes me subieron a bordo eran mis viejos camaradas y compañeros cotidianos, pero no pudieron reconocerme, como si yo fuese un viajero que retornaba del mundo de los espíritus. Mi cabello, negro como ala de cuervo el día anterior, era ahora tan blanco como lo ve usted hoy. También dicen que la expresión de mi rostro ha cambiado. Les conté mi historia... y no me creyeron. Ahora se la relato a usted, sin mayor expectativa que le dé más crédito del que le concedieron los pescadores entusiastas de Lofoden".

La verdad sobre el caso del señor Valdemar[1]

Por supuesto que no fingiré estar sorprendido por el hecho de que el extraordinario caso del señor Valdemar haya producido tanta polémica. Habría sido un milagro que así no fuese, sobre todo teniendo en cuenta sus características. Debido al deseo de todos los interesados en ocultar el asunto al público, al menos por ahora, o al menos hasta que tuviéramos nuevas oportunidades de investigación —a través de nuestros esfuerzos por conseguirlo—, una versión incompleta o exagerada se ha abierto camino entre la gente y se ha convertido en la fuente de muchas interpretaciones falsas y desagradables y, naturalmente, de un gran escepticismo.

Ha llegado el momento de que yo revele *los hechos* —en la medida en que me es posible comprenderlos—. Helos aquí sucintamente:

En el transcurso de los últimos años el estudio del hipnotismo atrajo en muchas oportunidades mi atención. Unos nueve meses atrás, tuve la repentina ocurrencia de que en la serie de experimentos realizados hasta ese momento existía

---

1   El título original es "*The facts in the case of M. Valdemar*". Fue publicado por primera vez en 1845.

una omisión tan curiosa como inexplicable: jamás se había hipnotizado a nadie *in articulo mortis*. Faltaba comprobar si, en primer lugar, un paciente en esas condiciones sería susceptible de influencia magnética; segundo, en caso de que lo fuera, si su estado aumentaría o disminuiría dicha susceptibilidad, y tercero, hasta qué punto, o por cuánto tiempo, la hipnosis podría detener el advenimiento de la muerte. Había otras cuestiones por aclarar, pero éstas eran las que más excitaban mi curiosidad, sobre todo la última, dada la inmensa trascendencia que podían tener sus consecuencias.

Buscando a mi alrededor algún sujeto que pudiese verificar estos puntos, pensé en mi amigo Ernest Valdemar, el conocido compilador de la *Bibliotheca Forensica,* y autor (bajo el *nom de plume* de Issachar Marx) de las visiones polacas de *Wallenstein* y *Gargantua.*

El señor Valdemar, que residía principalmente en Harlem, Nueva York, desde el año 1839, llama (o llamaba) particularmente la atención por su extrema delgadez (sus extremidades inferiores se asemejaban mucho a las de John Randolp) y también por la blancura de sus patillas, que contrastaban violentamente con la negrura de su cabello, que muy frecuentemente confundían con una peluca. Su carácter era particularmente nervioso, y hacía de él un buen sujeto para la experiencia hipnótica. Dos o tres veces había logrado adormecerlo sin demasiado esfuerzo, pero me decepcionó no alcanzar los resultados que su especial constitución me habían hecho prever. Su voluntad no quedaba nunca bajo mi entero gobierno, y, en lo que respecta a la *clarividencia,* no había conseguido nada relevante. Adjudiqué yo esos fracasos al mal estado de salud de mi amigo. Unos meses antes de entablar una relación con él, los médicos le habían diagnosticado tuberculosis. El señor Valdemar solía referirse con toda tranquilidad a su cercano fin, como algo que no se puede ni evitar ni lamentar.

Cuando se me ocurrieron por primera vez las ideas a que me referí con anterioridad, es lógico que pensara en el señor

Valdemar. Conocía demasiado bien su sólida filosofía para temer alguna reserva de su parte, y no poseía él de parientes en América que pudieran presentar oposición. Le hablé con total sinceridad de la cuestión, y, pude comprobar con sorpresa, que su interés pareció vivamente excitado. Digo con sorpresa porque, aunque siempre se había prestado amablemente a mis experimentos, hasta ese momento nunca me había dado la menor muestra de simpatía hacia ellas. Su enfermedad era de las que permiten calcular con exactitud la época de la muerte, y al fin arreglamos que me mandaría a llamar unas veinticuatro horas antes del término fijado por los médicos para su deceso.

Hace más de siete meses recibí la siguiente nota, escrita de puño y letra por Valdemar:

Estimado P...:
Ya puede usted venir. D... y F... coinciden en que no pasaré de mañana a medianoche, y me parece que han acertado el tiempo con mucha exactitud.

Valdemar

Recibí la nota media hora después de su escritura, y quince minutos más tarde estaba en el dormitorio del moribundo. No lo había visto en los últimos diez días y me horrorizó la tremenda modificación que se había producido en tan breve período. Su rostro tenía un color plomizo, sus ojos no tenían el más mínimo brillo y, estaba tan terriblemente delgado, que la piel se había abierto en los pómulos. Expectoraba todo el tiempo y su pulso era apenas perceptible. Mantenía, sin embargo, una notable lucidez mental, y cierta fuerza. Me habló con toda claridad, tomó algunos calmantes sin precisar ayuda y, cuando entré en su habitación, lo encontré escribiendo unas notas en una libreta. Se mantenía sentado en la cama gracias a varias almohadas, y lo acompañaban los doctores D... y E...

Después de darle la mano a Valdemar llevé aparte a estos señores, que me explicaron con detalle el estado del enfermo. Hacía ocho meses que el pulmón izquierdo se encontraba en un estado semióseo o cartilaginoso, y era, por tanto, completamente inútil para toda función vital. El derecho, en su parte superior estaba también parcialmente, si no todo, osificado, mientras que la parte inferior era simplemente una masa de tubérculos purulentos que penetraban unos en otros. Existían diversas perforaciones profundas, y en un punto una adherencia permanente de las costillas. Estos fenómenos del lóbulo derecho eran relativamente nuevos. La osificación se había desarrollado con una velocidad poco habitual; un mes antes no se había descubierto aún ninguna señal, y la adherencia sólo había sido observada en los tres últimos días. Independientemente de la tisis, se sospechaba que el paciente sufría un aneurisma de la aorta; pero, sobre este punto, los síntomas de osificación hacían imposible un diagnóstico exacto. La opinión de ambos médicos era que el señor Valdemar moriría aproximadamente a la medianoche del día siguiente, domingo. Eran entonces las siete de la tarde del sábado.

Al abandonar la cabecera del moribundo para conversar conmigo, los doctores D... y F... se habían despedido definitivamente de él. No era su intención volver a verle, pero, yo les pedí —y ellos accedieron— que vinieran a examinar al paciente a las diez de la noche del día siguiente.

Después de que se fueron los médicos, hablé sinceramente con Valdemar sobre su próximo fin, y le expliqué con todo detalle el experimento que le había propuesto. Nuevamente se mostró dispuesto, e incluso ansioso por llevarlo a cabo, y me pidió que comenzara de inmediato. Dos enfermeros, un hombre y una mujer, atendían al paciente, pero no me sentí capaz de llevar a cabo una intervención semejante frente a testigos en los que pudiera confiar tan poco en caso de algún accidente repentino. Postergué, por ende, el experimento hasta las ocho de la noche del día siguiente, cuando la llegada de un estudiante de medicina a quien yo conocía (el señor Theodore L...) me libró de toda preocupación. Mi intención primera había sido la de esperar a los médicos, pero me vi obligado a proceder, en primer lugar por los urgentes pedidos de Valdemar y luego por mi propia convicción de que no había un minuto que perder, ya que era evidente que el fin se acercaba a toda velocidad.

El señor L... fue tan amable que accedió a mi deseo y se encargó de tomar notas de todo lo que pasara; así, pues, voy a reproducir ahora la mayor parte de su memorándum, ya sea de manera condensada o copiado *verbatim*.

Eran aproximadamente las ocho menos cinco cuando, tomando la mano del paciente, le rogué que expresase al señor L..., tan claramente como le fuera posible, cómo él, el señor Valdemar, estaba enteramente dispuesto a que se realizara con él una experiencia de hipnosis en tales condiciones.

Él contestó, débil, pero muy claramente:

—Sí, deseo ser hipnotizado —agregando inmediatamente—: Temo que lo haya usted demorado demasiado.

Mientras decía eso, comencé a realizar los pases que en las ocasiones anteriores habían sido más efectivos con él. Sentía sin lugar a dudas la influencia del primer movimiento lateral de mi mano por su frente, pero, pese a que utilicé todos mis poderes, no me fue posible lograr otros efectos hasta algunos minutos después de las diez, cuando llegaron los doctores D... y F..., tal como lo habían prometido. En pocas palabras les expliqué cuál era mi intención, y, como no opusieron objeciones, teniendo en cuenta que el enfermo se hallaba ya en agonía, proseguí sin dudar, cambiando, sin embargo, los pases laterales por otros verticales y concentrando mi mirada en el ojo derecho del sujeto.

Durante este período, su pulso era imperceptible y su respiración estertórea, interrumpida a intervalos de medio minuto.

Este estado duró un cuarto de hora sin que se pudiera observar ningún cambio. Transcurrido este período, sin embargo, un suspiro muy hondo, aunque natural, se escapó del pecho del moribundo, y cesaron los estertores, o al menos, estos dejaron de ser perceptibles; los intervalos no habían disminuido. Las extremidades del paciente tenían una frialdad de hielo.

A las once menos cinco noté señales inequívocas de la influencia hipnótica. El vidrioso girar del ojo se había convertido ahora en esa penosa expresión de la mirada *hacia dentro* que sólo es posible encontrar en los casos de sonambulismo, y sobre de la que es imposible cometer una equivocación. Con algunos rápidos pases laterales, hice que palpitaran sus párpados, como cuando el sueño nos domina, y con unos cuantos más conseguí cerrarlos del todo. Pese a todo, no estaba todavía satisfecho con esto, y continué vigorosamente mis manipulaciones, con la plena tensión de la voluntad, hasta que conseguí la paralización absoluta de los miembros del durmiente, después de haberlos colocado en una postura que en apariencia le era cómoda. Las piernas se encontraban extendidas, igual que los brazos, que reposaban en la cama a regular distancia de los riñones. La cabeza estaba ligeramente alzada.

Al dar esto por concluido era ya medianoche y solicité a los presentes que examinaran el estado de Valdemar. Después de algunas constataciones, afirmaron que se hallaba en un estado curiosamente perfecto de trance hipnótico. Este hecho había ahora despertado la viva curiosidad de ambos médicos. El doctor D... decidió pasar toda la noche a la cabecera del paciente, mientras el doctor F... se retiraba, prometiendo volver por la mañana temprano. L... y los enfermeros se quedaron.

Dejamos al señor Valdemar absolutamente tranquilo hasta cerca de las tres de la madrugada; en ese momento me aproximé a él y le hallé en idéntico estado que cuando el doctor F... se había marchado, es decir, que yacía en la misma posición... el pulso era imperceptible; la respiración, suave, era perceptible únicamente si se le aplicaba un espejo ante los labios; tenía los ojos cerrados naturalmente, y los miembros tan rígidos y tan fríos como el mármol. Pese a esto, su aspecto general no era ciertamente el de la muerte.

Cuando me acerqué hice un sutil esfuerzo para influir sobre su brazo derecho, para que siguiera los movimientos del mío, que movía suavemente sobre su cuerpo. En este tipo de experimento jamás había logrado buen resultado con Valdemar, pero ahora, para mi estupefacción, observé que su brazo, débil pero seguro, seguía todas las direcciones que le indicaba el mío. Resolví en ese momento intentar dialogar con él.

—Valdemar..., ¿está dormido? —indagué.

No obtuve respuesta, pero pude observar que le temblaban los labios, entonces repetí en varias oportunidades la pregunta. A la tercera vez, todo su cuerpo se agitó con un ligero temblor; los párpados se levantaron lo suficiente como para mostrar una línea del blanco del ojo; se movieron lentamente sus labios, mientras en un susurro apenas audible emergían de ellos estas palabras:

—Sí..., ahora duermo. ¡No me despierten! ¡Déjenme morir así!

Toqué sus miembros, y los hallé tan rígidos como siempre. El brazo derecho, como antes, obedecía la dirección de mi mano. Volví a preguntar al sonámbulo:

—¿Le duele a usted el pecho, Valdemar?

Ahora, la respuesta fue inmediata, pero aún menos audible que antes.

—No hay dolor... ¡Me estoy muriendo!

No creí conveniente atormentarle más por el momento, y no se pronunció una sola palabra hasta la llegada del doctor F..., que se presentó poco antes de la salida del sol, y que expresó un ilimitado asombro al hallar todavía vivo al paciente. Después de tomarle el pulso y de aplicarle un espejo sobre los labios, me rogó que volviese a hablarle al sonámbulo. Así lo hice, preguntándole:

—Valdemar —dije—. ¿Todavía duerme?

Igual que la primera vez, pasaron unos minutos antes de que pudiéramos obtener una respuesta, y durante ese lapso el moribundo dio la impresión de estar juntando fuerzas para hablar. A la cuarta repetición de la pregunta, y con una voz que la debilidad volvía casi inaudible, murmuró:

—Sí... Dormido... Muriéndome.

La opinión o, mejor, el deseo de los médicos era que no se arrancase a Valdemar de su actual estado de aparente tranquilidad hasta que la muerte sobreviniera, cosa que, según consenso general, sólo podía tardar algunos minutos. Decidí, sin embargo, hablarle una vez más, limitándome a repetir mi pregunta anterior.

Mientras yo hablaba, se operó un cambio ostensible en la fisonomía del hipnotizado. Los ojos giraron sobre sus órbitas y se abrieron lentamente, y las pupilas desaparecieron hacia arriba; la piel adoptó en general un tono cadavérico, asemejándose no tanto al pergamino como al papel blanco, y las manchas héticas circulares, que hasta entonces se señalaban vigorosamente en el centro de cada mejilla, *se extinguieron* de pronto. Empleo esta expresión porque la rapidez de su desaparición en nada me hizo pensar tanto como en el apagarse una vela de un soplo. El labio superior, al mismo tiempo, se encogió sobre los dientes, que hasta ese momento había cubierto completamente, mientras la mandíbula inferior caía con una sacudida visible, que dejaba la boca abierta y descubría la lengua hinchada y negra. Imagino que todos los presentes estaban acostumbrados a los horrores de un lecho mortuorio; pero el aspecto de Valdemar era en este momento tan espantoso, sobre toda concepción, que todos nos apartamos de la cama.

Entiendo que he llegado arribado a un punto de mi relato en el que el lector se sentirá impulsado a la mayor de las incredulidades. Me veo, sin embargo, obligado a continuarlo.

El más imperceptible signo de vitalidad había cesado en Valdemar; seguros de que estaba muerto lo dejábamos ya en las manos de los enfermeros, cuando pudimos notar una fuerte vibración en la lengua. La vibración se mantuvo aproximadamente durante un minuto. Cuando se detuvo, de aquellas abiertas e inmóviles mandíbulas emergió una voz que sería insensato intentar describir. Es cierto que existen dos o tres adjetivos que podría aplicársele parcialmente: puedo decir, por ejemplo, que su sonido era áspero y quebrado, así como hueco. Pero el conjunto no es descriptible, por la sencilla razón de que jamás un oído humano ha percibido resonancias semejantes. Dos características, sin embargo —según lo pensé en el momento y lo sigo pensando—, pueden ser señaladas como propias de aquel sonido y dar alguna idea de su calidad sobrenatural. En primer lugar, la voz parecía llegar a nuestros oídos (por lo menos a los míos) desde larga distancia, o desde una caverna en la profundidad de la tierra. Segundo, me produjo la misma sensación (temo que me resultará imposible hacerme entender) que las materias gelatinosas y viscosas producen en el sentido del tacto.

He hablado a la vez de "sonido" y de "voz". Quiero decir que en el sonido se distinguían las sílabas con una maravillosa y estremecedora claridad. Valdemar *hablaba,* evidentemente, en respuesta a la pregunta que le había hecho pocos minutos antes. Yo le había preguntado, como se recordará, si todavía dormía. Ahora dijo:

—Sí... No... *estaba* dormido..., y ahora..., ahora... *estoy muerto.*

Ninguno de los que allí estábamos trató de negar o siquiera reprimir el inexpresable, el estremecedor horror que estas pocas palabras, así pronunciadas, nos produjo. El señor L..., el estudiante, se desmayó. Los enfermeros abandonaron inmediatamente la estancia, y fue imposible lograr que regresaran. No pretendo siquiera hacer comprensibles al lector mis propias impresiones. Durante cerca de una hora nos ocupamos en silencio —sin que se pronunciase un sola palabra— en que L... volviera en sí. Una vez recobrado, pudimos acercarnos a analizar al señor Valdemar.

Todo seguía como lo he descrito antes, salvo que el espejo no proporcionaba ya evidencias de su respiración. Resultó inútil que procuráramos sangrarlo en el brazo. Debo agregar que éste no obedecía ya a mi voluntad. Traté que siguiera la dirección de mi mano pero no hubo ninguna respuesta. El único signo de la influencia hipnótica lo constituía ahora el movimiento vibratorio de la lengua cada vez que volvía a hacer una pregunta a Valdemar. Podría decirse que trataba de contestar, pero que no tenía ya la voluntad necesaria. Si cualquier otra persona que no fuese yo le hacía una pregunta, se mostraba insensible, aunque yo intentase poner cada miembro de esa persona en *relación* hipnótica con él. Creo que he relatado ya todo lo necesario para comprender el estado del sonámbulo en este periodo. Conseguimos otros enfermeros, y a las diez abandoné la casa en compañía de los dos médicos y del señor L…

Por la tarde volvimos todos a ver al paciente. Su estado continuaba siendo exactamente el mismo. Discutimos acerca de la oportunidad y la factibilidad de despertarlo; pero estuvimos fácilmente de acuerdo en que, si lo hacíamos, no conseguiríamos nada bueno. Era evidente que, hasta entonces, la muerte (o lo que usualmente llamamos muerte) había sido detenida por el proceso hipnótico. A todos nos resultaba claro que despertar a Valdemar sería simplemente garantizar su instantáneo, o al menos rápido, fallecimiento.

A partir de ese momento, y hasta fines de la semana pasada —o sea, *casi siete meses*— continuamos asistiendo diariamente a casa de Valdemar, acompañados una y otra vez por médicos y otros amigos. En este lapso de tiempo, el hipnotizado se mantuvo *exactamente* como lo he descrito. Los enfermeros le atendían permanentemente.

Finalmente, el pasado viernes decidimos llevar a cabo el experimento de despertarlo, o intentar despertarlo: es factible que el triste resultado del mismo es el que haya provocado tanta discusión en el ámbito privado y una polémica pública que no puedo dejar de considerar como injustificada.

Con el propósito de liberar al señor Valdemar de su trance hipnótico, empleé los pases acostumbrados. Durante algún tiempo, éstos no dieron resultado. La primera señal de que revivía fue un descenso parcial del iris. Se observó, como especialmente interesante, que este descenso de la pupila fue acompañado del abundante flujo de un licor amarillento (por debajo de los párpados) de un olor acre y muy desagradable. Me sugirieron entonces que tratase de influir en el brazo del paciente, como lo había hecho con anterioridad. Lo intenté, pero sin resultado. Entonces, el doctor D... insinuó el deseo de que le dirigiese una pregunta. Yo lo hice, tal como sigue:

–Señor Valdemar... ¿puede explicarnos sus sensaciones y sus deseos?

Inmediatamente volvieron a aparecer los círculos hécticos en las mejillas; la lengua tembló, o, mejor dicho, rodó violentamente en la boca (aunque las mandíbulas y los labios siguieron rígidos como antes), y entonces resonó aquella horrenda voz que he tratado ya de describir:

–¡Por amor de Dios... pronto... pronto... hágame dormir... o despiérteme... pronto... despiérteme! *¡Le digo que estoy muerto!*

Yo perdí por completo la cordura, y por un momento no supe qué hacer. Primero realicé un esfuerzo para tranquilizar al paciente; pero, fracasando en esto por la ausencia total de la voluntad, di marcha atrás y traté por todos los medios de despertarlo. Entendí rápidamente que esta tentativa tendría éxito, al menos supuse que mi éxito sería completo, y estaba seguro de que todos los que se encontraban en la habitación se hallaban preparados para ver despertar al paciente.

Pero lo que ocurrió en verdad fue algo para lo cual ningún ser humano podía estar preparado.

Mientras realizaba a toda carrera los pases hipnóticos, entre los clamores de: "¡Muerto! ¡Muerto!", que literalmente *explotaban* desde la lengua y no desde los labios del sufriente, súbitamente todo su cuerpo, en el transcurso de un minuto, o incluso menos, se encogió, se deshizo... *se pudrió* entre mis manos. Sobre el lecho, ante todos los presentes, no quedó más que una masa casi líquida de nauseabunda, de repulsiva putrefacción.

Hop-Frog[1]

Nunca conocí a nadie tan dispuesto a celebrar una broma como el rey. Parecía vivir tan sólo para las bromas. El modo más seguro de ganare alguno de sus favores consistía en contarle un cuento donde abundaran las chuscadas, y contárselo bien. Era tan así que sus siete ministros descollaban por su excelencia como bromistas. Todos ellos se parecían al rey porque eran corpulentos, robustos y sudorosos, y bromistas sin comparación. Nunca he podido determinar si la gente engorda cuando se dedica a hacer bromas, o si hay algo en la grasa que predispone a las chanzas; pero la verdad es que un bromista flaco resulta una *rara avis in terris*.

Respecto a los refinamientos, o fantasmas del ingenio como él los llamaba, al rey le preocupaban muy poco. Sentía una especial admiración por la broma de resuello, y la soportaba con frecuencia en su longitud, por amor a ella. Las delicadezas le aburrían. Hubiera él preferido el Gargantúa, de Rabelais, al Zadig, de Voltaire, y por encima de todo, las bromas efectivas se ajustaban a su gusto mejor que las de palabra.

---

1 El título original es *"Hop-Frog, or the eight chained orang-outangs"*. Publicado por primera vez en 1849.

Por la época de mi relato, los bufones gozaban todavía del favor de las cortes. Varias "potencias" continentales conservaban aún sus "locos" profesionales, que vestían traje recargado y gorro de cascabeles, y que, a cambio de las migajas de la mesa real, debían mantenerse alerta para prodigar su agudo ingenio.

Nuestro rey tenía también su bufón. Él necesitaba una cierta dosis de locura, aunque más no fuera, para hacerle un contrapeso a la pesada sabiduría de los siete sabios que formaban su ministerio... y la suya propia.

Su "loco" o bufón profesional era, por otra parte, no sólo un loco. Su valía aparecía triplicada a los ojos del rey por el hecho de ser también enano y cojo. En aquellos tiempos los enanos eran tan corrientes en la corte como los "locos" y muchos monarcas hubieran encontrado difícil pasarse los días (días que son más largos en la corte que en cualquier otra parte) sin un bufón para reírse *con él*, y sin un enano para reírse *de él*. Pero, como he indicado ya antes, sus bufones, en noventa y nueve casos de cien, son gordos, redondos y pesados; de modo que era un motivo no pequeño de personal satisfacción para nuestro rey poseer en Hop-Frog (éste era el nombre del bufón) un triple tesoro en una misma persona.

Creo que el nombre de Hop-Frog *no* le fue dado al enano por sus padrinos en el momento del bautismo, sino que recayó en su persona por concurso general de los siete ministros, dado que le era imposible caminar como el resto de los mortales[2]. Así es, Hop-Frog sólo podía avanzar mediante un movimiento convulsivo –algo entre un salto y un culebreo–, movimiento que divertía interminablemente al rey y a la vez, claro está, le servía de consuelo, aunque la corte, pese al vientre protuberante y al enorme tamaño de la cabeza del rey, lo consideraba la sumatoria de todas las virtudes.

---

2   En inglés, "Hop" significa salto, brinco, y "Frog" significa rana.

Pero aunque Hop-Frog, a causa de la distorsión de sus piernas, podía moverse tan sólo con, mucho trabajo y dificultad por un camino o por el suelo, la prodigiosa potencia muscular con que la naturaleza parecía haber dotado a sus brazos, a modo de compensación por la deficiencia de sus miembros inferiores, le hacía capaz de realizar muchos actos de una maravillosa destreza cuando se trataba de árboles, cuerdas, cualquier otra cosa por donde trepar. En tales ejercicios se parecía mucho más a una ardilla que a un mono pequeño o que a una rana.

No estoy en condiciones de afirmar con certeza de qué país había venido Hop-frog. Se trataba, sin embargo, de una región bárbara de la que nadie había escuchado hablar, ubicada muy lejos de la corte de nuestro rey. Tanto Hop-Frog como una jovencita apenas menos enana que él (pero de exquisitas proporciones y admirable bailarina) habían sido arrancados por la fuerza de sus respectivos hogares, ubicados en provincias vecinas, y mandados como obsequio al rey por uno de sus siempre triunfantes generales.

En tales circunstancias no era nada sorprendente que una estrecha intimidad uniese a los dos pequeños cautivos. En realidad, llegaron a ser muy pronto dos amigos leales. Hop-Frog que, pese a dedicarse al humor, era poco popular, no era de gran ayuda para Tripetta; pero ella, dadas su gracia y exquisita belleza (aun siendo enana), era universalmente admirada y mimada, poseía, por tanto, mucha influencia, y no dejaba nunca de emplearla, siempre que podía, en beneficio de Hop-Frog.

En cierta ocasión muy solemne (no recuerdo cuál) el rey decidió celebrar un baile de máscaras. Ahora bien, cada vez que en la corte se trataba de mascaradas o fiestas semejantes, se acudía sin falta a Hop-Frog y a Trippetta, para que desplegaran sus habilidades. Hop-Frog, sobre todo, tenía tanta inventiva para montar espectáculos, sugerir nuevos personajes y preparar máscaras para los bailes de disfraz, que se hubiera dicho que nada podía hacerse sin su ayuda.

Había llegado la noche señalada para la fiesta. Se había decorado un magnífico salón, bajo la dirección de Tripetta, con toda la inventiva posible para dar *éclat* a la mascarada. Toda la corte vivía en un estado de ansiosa espera. En cuanto a los trajes y prestancias, cada cual, como puede suponerse, había hecho su elección en esa materia. Muchos los habían decidido (así como los roles que iban a adoptar) con una semana y hasta con un mes de anticipación, y al fin y al cabo, no existía la menor indecisión en ningún participante, excepto en lo que concernía al rey y a sus siete ministros. No podría yo decir por qué vacilaban, como no se tratase de otro género de bromas. Lo más probable es que, dada su gordura, les resultara difícil decidirse. A todo esto, el tiempo transcurría; entonces, como postrer recurso, mandaron llamar a Trippetta y a Hop-Frog.

Cuando los dos pequeños amigos obedecieron al llamado del rey, lo encontraron bebiendo vino con los siete miembros de su Consejo; el monarca, curiosamente, parecía de muy mal humor. No ignoraba que a Hop-Frog le desagradaba el vino, pues producía en el pobre lisiado una especie de locura, y la locura no es una sensación agradable. Pero el rey amaba sus bromas y le pareció divertido obligar a Hop-Frog a beber y (como él decía) "a estar alegre".

—Ven aquí, Hop-Frog —dijo, cuando el bufón y su amiga entraron en el salón—; bebe este vaso lleno a la salud de vuestros amigos ausentes —al oírlo, Hop-Frog suspiró—, y luego préstanos el ingenio de tu imaginación. Necesitamos *personajes* (*personajes* para representar, hombre), algo nuevo, fuera de lo común. Estamos aburridos de esta eterna monotonía. ¡Vamos, bebe! El vino iluminará tu ingenio.

Hop-Frog se esforzó, como de costumbre, por contestar con una broma a la solicitud del rey; pero el esfuerzo fue excesivo. Casualmente, ese día era el cumpleaños del pobre enano, y la orden de beber por sus "amigos ausentes" provocó que gruesas lágrimas brotaran de sus ojos. Gruesas y amargas gotas cayeron abundantes en el vaso que humildemente había tomado de la mano de su tirano.

—¡Ja, ja, ja! —rió el rey con todas sus fuerzas—. ¡Ved lo que puede un vaso de buen vino! ¡Si ya le brillan los ojos! ·

¡Pobre idiota! Sus grandes ojos *fulguraban*, no *brillaban*, pues el efecto del vino en su excitable cerebro era tan potente como instantáneo. Dejando la copa en la mesa con un movimiento nervioso, Hop-Frog contempló a sus amos con una mirada casi demente. Todos ellos parecían divertirse muchísimo con la "broma" del rey.

—Y ahora, a trabajar —dijo el primer ministro, un hombre muy gordo.

—Sí —dijo el rey—. Vamos, Hop-Frog, bríndanos tu ayuda. Personajes, muchacho; precisamos papeles, los precisamos. ¡Ja, ja, ja!

Y como aquello pretendía ser una nueva broma, las siete risas hicieron coro a la del rey.

Hop-Frog rió también, aunque débilmente, como algo distraído.

—¡Vamos, vamos! —dijo el rey, ansioso—. ¿No se te ocurre nada?

—Intento encontrar algo nuevo —replicó el enano, absorto, pues se sentía completamente trastornado por el vino.

—¿Cómo que *intentas*? —gritó el tirano con ferocidad—. ¿Qué quieres decir con eso? ¡Ah! Ya comprendo. Estás de mal humor y necesitas más vino. ¡Vamos, tómate esto! —llenó hasta el borde otro vaso y se lo ofreció al cojo, que lo miró, sorprendido, y respiró sobresaltado—. ¡Bebe, te digo —aulló el monstruo—, o por todos los diablos que...!

El enano dudó, mientras el rey se ponía púrpura de rabia. Los cortesanos sonreían estúpidamente. Pálida como un cadáver, Trippetta avanzó hasta el sitial del monarca y, poniéndose de rodillas, le suplicó que dejara en paz a su amigo.

El tirano la miró durante unos instantes, lleno de asombro ante semejante atrevimiento. Parecía incapaz de decir o de hacer algo... de expresar adecuadamente su indignación. Por fin, sin decir ni una palabra, la rechazó violentamente y le echó en la cara el contenido de la copa.

La pobre niña se levantó como pudo y, sin atreverse siquiera a suspirar, volvió a su sitio a los pies de la mesa.

Hubo como medio minuto de silencio de muerte, durante el cual hubiese podido oírse caer una hoja o una pluma. Fue interrumpido por un rechinar bajo, pero ronco y prolongado, que pareció salir de repente de todos los rincones de la estancia.

—¿Por qué, por qué, por qué haces ese ruido? —preguntó el rey, mirando, furibundo, al enano.

Este último parecía encontrarse repuesto en gran parte de su embriaguez, y mirando fija, pero tranquilamente a la cara del tirano, exclamó con sencillez:

—¿Yo, yo? ¿Cómo podría haberlo hecho yo?

—El ruido pareció venir de fuera —observó uno de los cortesanos—. Debe ser el loro en la ventana afilándose el pico sobre los barrotes de su jaula.

—Es cierto —confirmó el monarca, como sintiéndose aliviado ante aquella idea—; pero por mi honor de caballero hubiese jurado que era el rechinar de los dientes de este idiota.

Cuando escuchó esas palabras el enano se echó a reír (y el rey era un bromista demasiado empedernido para oponerse a la risa ajena), mientras dejaba ver unos enormes, poderosos y repulsivos dientes. Lo que es más, declaró que estaba dispuesto a beber todo el vino que quisiera su majestad, con lo cual éste se calmó en seguida. Y luego de beber rápidamente otra copa sin que sus efectos se hicieran visibles, Hop-Frog comenzó a contar vehementemente cuáles eran sus planes para la mascarada.

—No podría explicar la asociación de ideas —dijo con calma y como si nunca en su vida hubiese bebido vino—, pero *exacto* en el momento en que vuestra majestad empujó a esa niña y le arrojó el vino a la cara, *exacto* en el momento en que terminó de hacer eso, y en el mismo momento en el que el loro producía ese extraño ruido en la ventana, se me ocurrió una diversión extraordinaria... uno de los juegos que se hacen en mi país, y que a menudo se llevan a cabo en nuestros bailes de disfraces. Aquí será totalmente nuevo. Lo malo es que se requiere un grupo de ocho personas, y...

—¡Aquí somos ocho! —gritó el rey, riendo de su agudo descubrimiento de aquella coincidencia—, ocho en un grupo. Yo y mis siete ministros. ¡Vamos! ¿Cuál es esa diversión?

—Nosotros la llamamos —explicó el cojo— "Los Ocho orangutanes Encadenados", y es, verdaderamente, un juego extraordinario cuando está bien realizado.

—Lo realizaremos bien —dijo el rey, levantándose y frunciendo el ceño.

—La belleza del juego —contiunó Hop-Frog— consiste en el horror que produce en las mujeres.

—¡Extraordinario! —gritaron a coro el monarca y su Consejo.

—*Yo* os disfrazaré de orangutanes —continuó el enano—. Dejadlo todo por mi cuenta. El parecido será tan grande, que los que asistan a la fiesta os creerán bestias de verdad... y, naturalmente, sentirán tanto terror como sorpresa.

—¡Exquisito! —exclamó el rey—. ¡Hop-Frog, yo haré un hombre de ti!

—Usaremos cadenas para que el ruido genere más confusión. Haremos correr el rumor de que os habéis escapado *en masse* de vuestras jaulas. Vuestra majestad no puede imaginar el efecto que en un baile de máscaras causan ocho orangutanes encadenados, a los que todos toman por verdaderos, y que se lanzan con gritos salvajes entre damas y caballeros delicada y lujosamente ataviados. El contraste es inimitable.

—Lo será —dijo el rey; y el consejo se levantó en seguida (pues se hacía tarde) para poner en práctica el plan de Hop-Frog.

Su manera de disfrazar a todo aquel grupo de orangutanes era muy sencilla, pero eficaz para su propósito. Por los tiempos de mi relato se veían muy rara vez los animales en cuestión en cualquiera de las partes del mundo civilizado, y como las imitaciones hechas por el enano eran lo bastante semejantes a unas bestias, y más que bastante horrorosas, su parecido a las verdaderas estaba asegurado.

El rey y sus ministros fueron, ante todo, calzados en camisas y calzoncillos muy ajustados, de un material elástico. Luego los untaron de brea. En este momento del proceso alguien de la partida sugirió el empleo de plumas; pero la sugerencia fue rechazada con gran vehemencia por el enano, que convenció rápido a los ocho, por medio de una demostración ocular, de que el pelo de unos animales como los orangutanes se representaba mucho mejor con lino. Una espesa capa de este último fue por tanto aplicada sobre la brea. Se buscó después una cadena larga. Hop-Frog la pasó alrededor de la cintura del rey y *la aseguró;* después hizo lo mismo con otro del grupo, y más tarde con el resto. Todos los preparativos ya estaban culminados, los integrantes se apartaron lo más posible unos de otros, y formaron un círculo; para darle al acto un aspecto más real, Hop-Frog tendió lo que sobraba de la cadena formando dos diámetros en el círculo, cruzados en ángulo recto, tal como lo hacen verdaderamente los cazadores de chimpancés y otros grandes simios en Borneo.

El enorme salón, en el que se llevaría a cabo la fiesta de disfraces, era una pieza circular, muy alta, que recibía la luz solar por una única claraboya ubicada en el techo. De noche (que era la hora en que se utilizaba en general aquella habitación) estaba iluminada principalmente por una gran araña colgada de una cadena en el centro de la claraboya, que bajaba o subía por medio de un contrapeso común; pero (con objeto de no afear su aspecto) este último pasaba por fuera de la cúpula y por encima del techo.

El arreglo del salón había sido confiado a la dirección de Tripetta, si bien en algunos detalles estuvo guiada, al parecer, por el criterio tranquilo de su amigo el enano. Por sugerencia de éste, en aquella ocasión habían quitado la araña. Las gotas de cera de las velas (que en esos días calurosos resultaba imposible evitar) hubieran arruinado los ricos atavíos de los invitados, quienes, debido a la multitud que llenaría el salón, no podrían mantenerse lejos del centro, o sea debajo del lustro. En su reemplazo se instalaron candelabros adicionales en distintas partes del salón, de modo que no molestaran, a la vez que se fijaron antorchas que despedían agradable perfume en la mano derecha de cada una de las cariátides que se erguían contra las paredes, y que sumaban entre cincuenta y sesenta.

Los ocho orangutanes, siguiendo el consejo de Hop-Frog, esperaron pacientemente hasta la medianoche (cuando el salón estaba lleno de máscaras) para hacer su aparición. Pero apenas el reloj acababa de dar las campanadas, cuando se precipitaron, o más bien rodaron todos juntos, adentro, pues la traba de sus cadenas hizo caer a muchos de ellos, y tropezar a todos al entrar.

La excitación entre las máscaras resultó prodigiosa y llenó de alegría el corazón del rey Como se esperaba, fue grande el número de invitados que supusieron que aquellos feroces seres eran efectivos animales de cierta especie, sino orangutanes de verdad.

Muchas damas se desmayaron de terror, y si el rey no hubiese tenido la precaución de prohibir toda clase de armas en el salón, él y su banda habrían pagado la broma con su sangre. En suma, hubo una estampida general hacia las puertas; pero el rey había mandado que las cerraran inmediatamente después de su entrada, y por indicación del enano, las llaves habían sido depositadas en *sus* manos.

Mientras el tumulto llegaba a su apogeo y cada máscara se ocupaba tan sólo de su seguridad personal (pues ahora había verdadero peligro a causa del apretujamiento de la excitada multitud), hubiera podido advertirse que la cadena de la cual colgaba habitualmente el lustro, y que había sido remontada al prescindirse de aquél, descendía gradualmente hasta que el gancho de su extremidad quedó a unos tres pies del suelo.

Apenas instantes más tarde el rey y sus siete amigos, que habían recorrido haciendo eses todo el salón, terminaron encontrándose en el centro y, como era lógico, en contacto con la cadena. Mientras se encontraban en ese lugar, el enano, que no se alejaba de ellos y los estimulaba a continuar la broma, se apoderó de la cadena de los orangutanes en el punto de intersección de los dos diámetros que cruzaban el círculo en ángulo recto. Con la velocidad del rayo insertó allí el gancho del cual colgaba antes la araña; en un instante, y por obra de una intervención desconocida, la cadena de la araña subió lo bastante para dejar el gancho fuera del alcance de toda mano y, como consecuencia inevitable, arrastró a los orangutanes unos contra otros y cara a cara.

Mientras tanto, las máscaras se habían repuesto en cierto modo de su alarma, y empezando a considerar todo aquello como una broma bien preparada, lanzaron una fuerte carcajada ante la posición de los monos.

—¡Dejádmelos! —gritó entonces Hop-Frog; y su voz penetrante se oía fácilmente entre el ruido—. Dejádmelos a mí. Creo que los conozco. Si puedo verlos bien, podré deciros en seguida quiénes son.

Entonces, gateando sobre las cabezas de la multitud, se las arregló para llegar al muro; luego, tomando una antorcha de una de las cariátides, volvió de la misma manera hacia el centro del salón, saltó con la agilidad de un mono sobre la cabeza del rey, y desde allí trepó unos cuantos pies por la cadena, bajando la antorcha para examinar el grupo de orangutanes, gritando sin cesar:

—¡Pronto podré deciros *quiénes* son!

Y en ese momento, mientras todos los asistentes (también los monos) se retorcían de risa, el bufón lanzó un agudo silbido; instantáneamente, la cadena remontó violentamente a una altura de treinta pies, llevando consigo a los aterrados orangutanes, que luchaban por soltarse, y los dejó suspendidos en el aire, a mitad de camino entre la claraboya y el suelo. Asido a la cadena, Hop-Frog continuaba en idéntica postura: por encima de los ocho disfrazados, y, como si nada hubiese sucedido, continuaba acercando su antorcha fingiendo averiguar quiénes eran.

Toda la reunión se quedó pasmada ante aquella ascensión, siguió después un silencio de muerte, que duró unos minutos. Fue interrumpido precisamente por un rechinar bajo, ronco, como el que antes había atraído la atención del rey y de sus consejeros cuando aquél arrojó el vino a la cara de Tripetta. Pero en esta oportunidad no hacía falta buscar de dónde salía aquel ruido. Salía de los agudos dientes del enano, que los hacía rechinar como si los triturase en la espuma de su boca, y clavaba sus ojos, con una expresión de rabia enloquecida, en el rey y sus siete compañeros, cuyas caras se encontraban vueltas hacia él.

—¡Ah, ya veo! —gritó, por fin, el colérico bufón—. ¡Ya veo quiénes son!

Y entonces, aparentando mirar más de cerca al rey, acercó la antorcha a la capa de lino que lo envolvía y que en el acto se llenó de vivas llamaradas. En menos de medio minuto los ocho orangutanes ardían espantosamente entre los gritos de la multitud, que los miraba desde abajo, aterrada, y que nada podía hacer para ayudarlos.

Finalmente, las llamaradas que crecían en tamaño y violencia, forzaron al bufón a trepar por la cadena para escapar de ellas; mientras lo contemplaba hacer eso, la multitud volvió a guardar silencio. El enano aprovechó la oportunidad para hablar una vez más:

—Por fin veo *claramente* quiénes son esos hombres —dijo—. Son un gran rey y sus siete consejeros privados. Un rey que no tiene escrúpulos en golpear a una niña indefensa, y sus siete consejeros, que consienten ese ultraje. En cuanto a mí, no soy nada más que Hop-Frog, el bufón... y *ésta es mi última bufonada.*

Gracias a la gran combustibilidad del lino y de la brea a la que estaba adherido, ni bien concluyó el enano su breve discurso, se vio culminada la obra vengativa. Los ocho cadáveres se balanceaban en sus cadenas, masa fétida, negruzca, horrorosa y confusa. El cojo arrojó su antorcha sobre ellos, trepó lentamente hacia el techo, y desapareció por la claraboya.

Se supone que Tripetta, encaramada sobre el tejado del salón, sirvió de cómplice a su amigo en aquella venganza incendiaria, y que huyeron juntos hacia su país, pues a ninguno de los dos se lo volvió a ver nunca más.

El pozo y el péndulo[1]

Impia tortorum longas hic turba furores
Sanguina innocui, nao satiata, aluit.
Sospite nunc patria, fracto nunc funeris antro,
Mors ubi dira fuit vita salusque patent.[2]
(Cuarteto compuesto para las puertas de un mercado
que ha de ser erigido en el emplazamiento
del Club de los Jacobinos, en París).

Sentía náuseas, náuseas de muerte después de tan larga agonía; y, cuando por fin fui desatado y permitieron que me sentara, comprendí que mis sentidos me abandonaban. La sentencia, la horrorosa sentencia de muerte, fue el último sonido reconocible que pudieron capturar mis oídos. Luego, el sonido de las voces de los inquisidores me pareció que se apagaba en el indefinido zumbido de un sueño. El ruido aquel provocaba en mi espíritu una idea de rotación, quizá a causa de que lo asociaba en mis pensamientos con una rueda de molino. Esto duró muy poco, pues de pronto

---

1   Título original: "The pit and the pendulum". Publicado por primera vez en el año 1842
2   Literalmente: "Una turba de impíos torturadores, insaciables de sangre inocente, alimentó aquí su desaforado frenesí. Ahora, nuestra tierra está a salvo, el siniestro antro destruido, y donde una vez fue la muerte más atroz, se extienden la vida y el bienestar".

cesé de oír. Pero al mismo tiempo pude ver... ¡aunque con qué terrible exageración! Vi los labios de los jueces vestidos con togas negras. Me parecían blancos... más blancos que la hoja sobre la cual trazo estas palabras, y finos hasta lo grotesco; finos por la intensidad de su gesto de decisión, de inmodificable resolución, de absoluto desprecio hacia el padecimiento humano. Vi que los decretos de lo que para mí era el destino brotaban todavía de aquellos labios. Los vi retorcerse en una frase mortal, les vi pronunciar las sílabas de mi nombre, y me estremecí al ver que el sonido no seguía al movimiento. Y en aquellos momentos de horror delirante vi también oscilar apenas perceptible los telones negros que ocultaban los muros del lugar. Entonces mi mirada recaló en las siete altas bujías de la mesa. Al principio me parecieron símbolos de caridad, como blancos y esbeltos ángeles que me salvarían; pero entonces, súbitamente, una asquerosa náusea invadió mi espíritu y sentí que todo mi ser se estremecía como si hubiera tocado los hilos de una batería galvánica, mientras las formas angélicas se convertían en vanos espectros de cabezas llameantes, y comprendí que ninguna asistencia podría esperar de ellos. Como si fuera una honda nota musical, penetró en mi fantasía la noción de que la tumba debía ser el lugar del más dulce descanso. El pensamiento llegó suave, furtivamente, pero en el exacto momento en que mi espíritu empezaba a sentir claramente esa idea, y a acariciarla, las figuras de los jueces se desvanecieron como por arte de magia, las altas bujías se hundieron en la nada, mientras sus llamas desaparecían, y me envolvía la más oscura de las tinieblas. Todos mis sentimientos fueron tragados por el torbellino de una caída en el vacío, como la del alma en el Hades. Y después el universo fue sólo silencio, calma y noche.

Estaba desvanecido. Pero, no obstante, no puedo decir que hubiese perdido la conciencia por completo. Pero, en fin, todo no estaba perdido. En medio del más profundo sueño..., ¡no! En medio del delirio..., ¡no! En medio del desvanecimiento..., ¡no! En medio de la muerte..., ¡no! Si fuera de otro modo, no habría salvación para el hombre. Cuando surgimos del más profundo de los sopores, rompemos la tela sutil de algún sueño. Y, sin embargo, apenas después (tan frágil puede haber sido aquella tela) no nos acordamos de haber soñado. Después de volver a la conciencia, de un desmayo, atravesamos por dos instancias: en primer lugar, el del sentimiento de la existencia mental o espiritual; segundo, el de la existencia física. Cabe la posibilidad de que, si al llegar al segundo momento pudiéramos recordar las emociones del primero, éstas contendrían enorme cantidad de recuerdos del abismo que se abre más atrás. Y ese abismo, ¿qué es? ¿Cómo, al menos, distinguir sus sombras de la tumba? Pero si las emociones de lo que he llamado el primer momento no pueden ser recordadas por un acto de la voluntad, ¿no se presentan inesperadamente después de un largo intervalo, mientras nos maravillamos preguntándonos de dónde proceden?

Entre habituales y meditabundos esfuerzos por recordar, ha habido momentos en que he logrado entrever el triunfo; cortos, cortísimos períodos en los que pude evocar recuerdos que, a la luz de mi claridad posterior, sólo podían referirse a aquel momento de aparente inconciencia. Muy confusamente me presentan esas sombras de recuerdos grandes figuras que me levantaban, transportándome silenciosamente hacia abajo, aún más hacia abajo, cada vez más abajo, hasta que me invadió un vértigo espantoso a la simple idea de un descenso infinito. También me recuerdan el vago horror que sentía mi corazón, justamente a causa de la monstruosa calma que me invadía. Sigue, después, una sensación de súbita inmovilidad que invade todas las cosas, como si aquellos que me llevaban (¡horrible cortejo!) hubieran superado en su descenso los límites de lo ilimitado y descansaran del cansancio que les produjo semejante tarea. Después de esto viene a la mente como una insipidez y humedad, y luego, todo es locura, la locura de un recuerdo que se agita entre cosas prohibidas.

De golpe, el movimiento y el sonido ganaron otra vez mi espíritu: el tumultuoso movimiento de mi corazón y el sonido de sus latidos en mis oídos. Hubo una pausa en la que todo fue confuso. Nuevamente sonido, movimiento y tacto —una sensación de hormigueo en todo el cuerpo—. Y después, simplemente la conciencia de existir, sin pensamientos, duró largo tiempo. Súbitamente, el pensamiento, un espanto estremecedor y el esfuerzo más intenso por comprender mi verdadera situación. A esto sucedió un profundo deseo de recaer en la insensibilidad. Otra vez un violento revivir del espíritu y un esfuerzo por moverme, hasta conseguirlo. Y entonces el recuerdo vívido del proceso, los jueces, los telones negros, la sentencia, la náusea, el desmayo. Y total olvido de lo que siguió, de todo lo que tiempos posteriores, y un obstinado esfuerzo, me han permitido vagamente recordar.

No había abierto los ojos hasta ese momento. Pero sentía que estaba tendido de espaldas y sin ataduras. Extendí la mano y pesadamente cayó sobre algo húmedo y duro. Durante algunos minutos la dejé descansar así, haciendo esfuerzos por adivinar dónde podía encontrarme y lo que había sido de mí. Me sentía muy ansioso por hacer uso de mis ojos, pero no me atreví. Tenía miedo de la primera mirada sobre las cosas que me rodeaban. No es que me aterrorizara contemplar cosas horribles, sino que me aterraba la idea de no ver *nada*. Finalmente, con el corazón lleno de una angustia atroz, abrí de golpe los ojos, y mis peores suposiciones se confirmaron. Estaba rodeado por la tiniebla de una noche eterna. Luché por respirar; la intensidad de aquella oscuridad parecía oprimirme y ahogarme. Me quedé inmóvil, esforzándome por entender. Recordé el proceso de la Inquisición, buscando deducir mi verdadera situación a partir de ello. La sentencia había sido pronunciada; tenía la impresión de que desde entonces había transcurrido largo tiempo. Pero ni siquiera por un momento me consideré verdaderamente muerto. Semejante suposición, no obstante lo que leemos en los relatos ficticios, es por completo incompatible con la verdadera existencia. Pero, ¿dónde y en qué situación me encontraba? Sabía que los condenados a muerte morían con frecuencia en los autos de fe. La misma tarde del día de mi juicio habíase celebrado una solemnidad de esta especie. ¿Me habían llevado, acaso, de nuevo a mi calabozo para aguardar en él el próximo sacrificio que había de celebrarse meses más tarde? Desde el principio comprendí que esto no podía ser. Inmediatamente había sido puesto en requerimiento el contingente de víctimas. Por otra parte, mi primer calabozo, como todas las celdas de los condenados, en Toledo, estaba empedrado y había en él alguna luz.

Una horrible idea hizo que la sangre se agolpara a torrentes en mi corazón, y por un breve instante volví a caer en la plena insensibilidad. Cuando me repuse, temblando convulsivamente, me levanté y tendí desatinadamente los brazos en todas direcciones. No sentí nada, pero no me animaba a dar un solo paso, por temor de que me lo impidieran las paredes de una tumba. Brotaba el sudor por todos mis poros y tenía la frente empapada de gotas heladas. La agonía de la incertidumbre terminó por volverse, sin embargo, en algo aun más intolerable, y cuidadosamente me incliné hacia adelante, con los brazos extendidos, y los ojos abiertos desorbitadamente buscando captar el más débil rayo de luz. Anduve así unos cuantos pasos, pero todo seguía siendo tiniebla y vacío. Respiré con mayor libertad; por lo menos parecía evidente que mi destino no era el más espantoso de todos.

Y entonces, mientras precavidamente continuaba avanzando, se confundían en masa en mi memoria mil vagos rumores que sobre los horrores de Toledo corrían. Sobre estos calabozos se contaban cosas extrañas. Yo siempre había creído que eran fábulas; pero, sin embargo, eran tan extraños, que sólo podían repetirse en voz baja. ¿Habría yo de morir de hambre, en aquel subterráneo mundo de tinieblas, o qué muerte más terrible me esperaba? Puesto que conocía demasiado bien el carácter de mis jueces, no podía dudar de que el resultado era la muerte, y una muerte de una amargura escogida. Lo que sería, y la hora de su ejecución, era lo único que me preocupaba y me aturdía.

Mis manos extendidas tocaron, finalmente, un obstáculo sólido. Era una pared, probablemente de piedra, sumamente lisa, viscosa y fría. Me puse a seguirlo, avanzando con toda la desconfianza que antiguos relatos me habían despertado. Pero esto no me daba oportunidad de asegurarme de las dimensiones del calabozo, ya que daría toda la vuelta y retornaría al lugar de partida sin advertirlo, hasta tal punto era uniforme y lisa la pared. Busqué, pues, el cuchillo que llevaba conmigo cuando me condujeron a las cámaras inquisitoriales; había desaparecido, y en lugar de mis ropas tenía puesto un sayo de burda estameña. Había pensado hundir la hoja en alguna juntura de la mampostería, a fin de identificar mi punto de partida. Pero, de todos modos, la dificultad carecía de importancia, aunque en el desorden de mi mente me pareció insuperable en el primer momento. Arranqué un pedazo del ruedo del sayo y lo puse bien extendido y en ángulo recto con respecto al muro. Luego de dar toda la vuelta a mi celda, encontraría el jirón cuando completara el circuito. Eso es lo que, al menos, supuse, pues no había contado con el tamaño del calabozo y con mi debilidad. El suelo era húmedo y resbaladizo. Avancé, titubeando, un trecho, pero luego trastabillé y caí. Mi excesiva fatiga me indujo a permanecer postrado y el sueño no tardó en dominarme. Mi gran cansancio me decidió a continuar tumbado, y no tardó el sueño en apoderarse de mí en aquella posición.

Al despertarme y alargar el brazo hallé a mi lado un pan y un cántaro con agua.

Estaba demasiado exhausto como para meditar sobre tales circunstancias, así que bebí y comí ávidamente. Tiempo más tarde reemprendí mi viaje en torno a mi calabozo, y con gran esfuerzo logré llegar al trozo de estameña. En el momento de caer había contado ya cincuenta y dos pasos, y desde que reanudé el camino hasta que encontré la tela, cuarenta y ocho. De manera tal que la celda medía un total de cien pasos, y suponiendo que dos de ellos constituyeran una yarda, calculé en unas cincuenta yardas la circunferencia de mi calabozo. Sin embargo, había tropezado con numerosos ángulos en la pared, y esto dificultaba el cálculo de la forma precisa de la cueva, pues no cabían ya dudas de que aquello era una cueva.

Poca finalidad y menos esperanza tenían estas investigaciones, pero una vaga curiosidad me impelía a seguir realizándolas. Alejándome de la pared, decidí cruzar el calabozo por uno de sus diámetros. Avancé al principio con mucho cuidado, pues aunque el piso parecía de un material sólido, era peligrosamente resbaladizo a causa del limo. Gané ánimo, sin embargo, y terminé avanzando firmemente, esforzándome por seguir una línea todo lo recta posible. Había avanzado diez o doce pasos en esta forma cuando el ruedo desgarrado del sayo se me enredó en las piernas. Trastabillando, caí violentamente de bruces.

En la confusión de mi caída no noté al principio una circunstancia no muy sorprendente y que, no obstante, segundos después, hallándome todavía en el suelo, llamó mi atención. Mi barbilla se apoyaba sobre el suelo del calabozo, pero mis labios y la parte superior de la cabeza, aunque parecían colocados a menos altura que la barbilla, no descansaban en ninguna parte. Me pareció, al mismo tiempo, que mi frente se empapaba en un vapor viscoso y que un extraño olor a setas podridas llegaba hasta mi nariz. Alargué el brazo y me estremecí, descubriendo que había caído al borde mismo de un pozo circular cuya extensión no podía medir en aquel momento. Tanteando en la mampostería que bordeaba el pozo logré desprender un menudo fragmento y lo tiré al abismo. Durante largos segundos pude oír cómo repercutía al golpear en su descenso las paredes del pozo; hubo por fin, un chapoteo en el agua, al cual sucedieron sonoros ecos. En ese mismo instante escuché un sonido semejante al de abrirse y cerrarse rápidamente una puerta en lo alto, mientras un tenue rayo de luz cruzaba al instante la tiniebla y volvía a desvanecerse con la misma velocidad.

Entendí perfectamente el destino que me habían preparado y me felicité por haber escapado a tiempo gracias al oportuno accidente. Un paso más antes de mi caída y el mundo no hubiera vuelto a saber de mí. La muerte a la que acababa de escapar tenía justamente las características que yo había rechazado como inverosímiles y caprichosas en los relatos que circulaban sobre la Inquisición. Había dos tipos de muerte para las víctimas de su tiranía: una llena de horrendos sufrimientos físicos, y otra acompañada de sufrimientos morales todavía más espantosos aun. Yo estaba destinado a esta última. Mis largos padecimientos me habían desequilibrado los nervios, al punto que bastaba el eco de mi propia voz para provocarme temblores, por eso mismo, constituía en todo sentido el sujeto ideal para la clase de torturas que me aguardaban.

Temblando, retrocedí a tientas hasta la pared, decidido a dejarme morir antes que afrontar el horror de los pozos que en las tinieblas de la celda multiplicaba mi imaginación. Estando con otro estado de ánimo hubiese tenido el suficiente valor para terminar con mis miserias de una sola vez, lanzándome a uno de aquellos abismos, pero en aquellos momentos era yo el más perfecto de los cobardes. Por otra parte, me era imposible olvidar lo que había leído con respecto a aquellos pozos, de los que se decía que la extinción *súbita* de la vida era una esperanza meticulosamente excluida por el genio infernal de quien los había ideado.

La agitación que embargaba mi espíritu me mantuvo despierto durante largas horas, pero al fin y al cabo, logré adormecerme. Cuando desperté, otra vez había a mi lado un pan y un cántaro de agua. Sentía que me consumía una sed abrasadora y me tomé todo el contenido del jarro de una sola vez. El agua debía contener alguna droga, pues inmediatamente después de beberla me sentí tremendamente adormilado. Un sueño profundo cayó sobre mí, un sueño como el de la muerte. No puedo decir, en realidad, cuánto duró, pero cuando abrí los ojos nuevamente, los objetos que me rodeaban eran visibles; merced a un destello sulfuroso, cuya fuente no pude determinar al principio, pude contemplar la extensión y el aspecto de mi cárcel.

Me había equivocado mucho con respecto a sus dimensiones. Las paredes no podían tener más de veinticinco yardas de circunferencia. Durante unos minutos, ese hallazgo me turbó grandemente, turbación en verdad inútil, ya que, dadas las terribles circunstancias que me rodeaban, ¿qué cosa menos importante podía encontrar que las dimensiones de mi calabozo? Pero mi espíritu se interesaba curiosa e intensamente en nimiedades y me esforcé por descubrir el error que había podido cometer en mis medidas. Finalmente comprendí la verdad. En la primera tentativa de exploración había contado cincuenta y dos pasos hasta el momento en que caí al suelo. Evidentemente, en ese momento me encontraba a uno o dos pasos del jirón de estameña, es decir, que había cumplido casi completamente la vuelta del calabozo. Entonces me dormí, y al despertarme, necesariamente debí de volver sobre mis pasos, creando así un circuito casi doble del real. La confusión de mi cerebro me impidió darme cuenta de que había empezado la vuelta con la pared a mi izquierda y que la terminaba teniéndola a la derecha.

También me había equivocado por lo que respecta a la forma del recinto. Tanteando el camino, había encontrado varios ángulos, deduciendo de ello la idea de una gran irregularidad; tan poderoso es el efecto de la oscuridad absoluta sobre el que sale de un letargo o de un sueño. Los ángulos no eran más que unas ligeras depresiones o entradas a diferentes intervalos. Mi prisión tenía forma cuadrada. Lo que había tomado por mampostería resultaba ser hierro o algún otro metal, cuyas enormes planchas, al unirse y soldarse, causaban los hundimientos. Toda la superficie de esta celda metálica aparecía toscamente pintarrajeada con todas las horrendas y repugnantes imágenes que la sepulcral superstición de los monjes había sido capaz de concebir. Figuras de demonios con gestos amenazadores, con formas de esqueleto y otras imágenes del horror más realista llenaban en toda su extensión las paredes. Me di cuenta de que los contornos de aquellas monstruosidades estaban suficientemente claros, pero que los colores parecían manchados y estropeados por efecto de la humedad del ambiente. Pronto pude notar que el suelo era de piedra. En su centro había un pozo circular, de cuya boca había yo escapado, pero no vi que hubiese alguno más en el calabozo. Vi todo esto sin mucho detalle y con gran esfuerzo, dado que mi situación había cambiado mucho durante el tiempo que duró mi sopor. Estaba ahora de espaldas, completamente estirado, sobre una especie de bastidor de madera. Estaba firmemente atado por una larga banda que parecía un cíngulo. Pasaba, dando muchas vueltas, por mis miembros y mi cuerpo, dejándome solamente en libertad la cabeza y el brazo derecho, que con gran trabajo podía extender hasta los alimentos, colocados en un plato de barro a mi alcance. Con verdadero terror me di cuenta de que el cántaro había desaparecido, y digo con terror porque me devoraba una sed intolerable. Entonces creí que el plan de mis verdugos consistía en exasperar esta sed, puesto que el alimento que contenía el plato era una carne cruelmente salada. Levanté los ojos y examiné el techo de mi prisión. Estaba a una altura de treinta o cuarenta pies y parecíase mucho, por su construcción, a las paredes laterales. En una de sus caras llamó mi atención una figura de las más singulares. La pintura representaba al Tiempo tal como se lo suele representar, salvo que, en vez de guadaña, tenía lo que me pareció la pintura de un pesado péndulo, semejante a los que vemos en los relojes antiguos. Algo, sin embargo, en la apariencia de aquella imagen hizo que la observara más detalladamente. Mientras lo hacía tuve la impresión de que se movía. Un segundo después esta impresión se confirmó. La oscilación del péndulo era breve y, naturalmente, lenta.

Estuve un rato observándolo, con más sorpresa que temor. Finalmente cansado de contemplar su monótono movimiento, volví la mirada al resto de los objetos de la celda.

Un leve ruido atrajo mi atención y, viendo hacia el piso, pude ver cómo cruzaban varias ratas enormes. Habían salido del pozo, que estaba al alcance de mi vista, a la derecha. Mientras las miraba, siguieron emergiendo en grandes cantidades, apuradas y con ojos hambrientos atraídas por el olor de la carne. Me costó mucho trabajo alejarlas del plato de comida.

Transcurrió media hora, tal vez una hora –pues apenas con grandes dificultades podía medir el tiempo– cuando, de nuevo, levanté los ojos sobre mí. Lo que entonces vi me dejó atónito y sorprendido. El camino del péndulo había aumentado casi una yarda, y, como consecuencia natural, su velocidad era también mucho mayor. Pero, principalmente, lo que más me impresionó fue la idea de que había *descendido* visiblemente. Puede imaginarse con qué espanto observé entonces que su extremo inferior estaba formado por media luna de brillante acero, que, aproximadamente, tendría un pie de largo de un cuerno a otro. Aunque afilado como un cuchillo, el péndulo parecía sólido y pesado, y desde el filo se iba ensanchando hasta rematar en una ancha y sólida masa. Se encontraba fijado a un pesado vástago de bronce y todo el artefacto silbaba al balancearse en el aire. No me cabían dudas sobre cuál era el destino que me había deparado el ingenio de los monjes como tortura. Los agentes de la Inquisición habían previsto mi descubrimiento del pozo; del *pozo*, cuyos horrores habían sido reservados para un hereje tan temerario como yo; el *pozo,* imagen del infierno, considerado por la opinión como la *Ultima Thule*[3] de todos los castigos. El más fortuito de los accidentes evitó que yo cayera en el pozo y bien sabía que la sorpresa, la brusca pre-

---

3   Expresión usada en la literatura clásica para referirse a un lugar, generalmente una isla, en el norte lejano, a menudo Escandinavia. En la geografía romana y medieval puede también referirse a cualquier lugar distante, ubicado más allá de las fronteras del mundo conocido.

cipitación en los tormentos, constituían una parte importante de las grotescas muertes que tenían lugar en aquellos
calabozos. Por lo visto, habiendo fracasado mi caída en el
pozo, no figuraba en el demoníaco plan arrojarme a él. Por
tanto, estaba destinado a una muerte distinta y más dulce.
¡Más dulce! En mi agonía, cavilando sobre el uso particular
que yo hacía de esta palabra, casi sonreí.

¿Cuál sería el sentido de hablar de las largas, largas
horas de un horror más que mortal, durante las que conté
las zumbantes oscilaciones del péndulo? Pulgada a pulgada, con un descenso que sólo podía apreciarse después de
intervalos que parecían siglos, se iba aproximando cada
vez más. Pasaron días —incluso es posible que hayan pasado muchos días— antes de que oscilara tan cerca de mí
que parecía estar abanicándome con su incisivo aliento. El
olor del afilado acero penetraba en mis sentidos... Rogué
al cielo, fatigándolo con mis súplicas, que hiciera descender más rápidamente el acero. Enloquecí, frenético, hice
esfuerzos para incorporarme e ir al encuentro de aquella
espantosa y movible cimitarra. Y después, súbitamente, se
adueñó de mí una gran calma y permanecí tendido sonriendo a aquella muerte brillante, como podría sonreír un
niño a un juguete precioso.

Siguió otro lapso de total insensibilidad. Fue breve, pues
al resbalar otra vez en la vida pude notar que no se había
producido ningún descenso visible del péndulo. Podía, sin
embargo, haber durado mucho, pues bien sabía que aquellos
demonios estaban al tanto de mi desmayo y que podían
haber detenido el péndulo a su gusto. Cuando finalmente
desperté, me sentí inexpresablemente enfermo y débil, como
después de una prolongada inanición. Incluso en medio
de la absoluta agonía que atravesaba la naturaleza humana deseaba alimento. Haciendo un gran esfuerzo estiré el
brazo izquierdo todo lo que me lo permitían mis ligaduras
y llegué a una pequeña cantidad que habían dejado las ratas.
Cuando me llevaba una porción a los labios pasó por mi

mente un pensamiento apenas teñido de gozo... de esperanza. Pero, ¿qué tenía que ver yo con la esperanza? Insisto en que se trataba de un pensamiento sin forma. Con frecuencia tiene el hombre pensamientos así, que nunca se completan. Me di cuenta de que se trataba de un pensamiento de gozo, de esperanza, pero comprendí también que había muerto al nacer. Inútilmente traté de completarlo, de recobrarlo. Mis largos padecimientos habían aniquilado casi por completo las facultades de mi espíritu. Yo era un imbécil, un idiota.

La oscilación del péndulo se cumplía en ángulo recto con mi cuerpo extendido. Noté que la media luna estaba orientada de manera tal que me cruzaría en la zona del corazón. Desgarraría la estameña de mi sayo..., retornaría para repetir la operación... otra vez..., otra vez... Pese a su recorrido fatalmente amplio (treinta pies o más) y la sibilante violencia de su descenso, capaz de romper aquellos muros de hierro, durante varios minutos, todo lo que haría sería cortar mi sayo. Y en este pensamiento me detuve. No me animaba a avanzar más allá de él. Insistí sobre él con una sostenida atención, como si con esta insistencia hubiera podido detener *allí* el descenso de la cuchilla. Comencé a pensar en el sonido que produciría ésta al pasar sobre mi traje, y en la extraña y penetrante sensación que produce el roce de la tela sobre los nervios. Pensé en todas esas cosas, hasta que los dientes me rechinaron. Bajaba... seguía bajando suavemente. Sentí un frenético placer en comparar su velocidad lateral con la del descenso. A la derecha... a la izquierda... hacia los lados, con el aullido de un espíritu maldito... hacia mi corazón, con el paso sigiloso del tigre. Sucesivamente reí a carcajadas y grité, según que una u otra idea me dominara.

Descendía... ¡Seguro, incansable, descendía! Ya estaba pasando y vibrando a tres pulgadas de mi pecho. Luché con violencia, furiosamente, para soltar mi brazo izquierdo, que sólo estaba libre a partir del codo. Podía llevar la mano desde el plato, puesto a mi lado, hasta la boca, pero no más allá. Si hubiese podido romper las ataduras arriba del codo, hubiera tratado de detener el péndulo. ¡Pero hubiese sido igual de útil tratar de atajar un alud!

Siempre más bajo, incesantemente, inevitablemente más bajo. Respiraba con verdadera angustia, y me agitaba con cada vibración. Mis ojos seguían el vuelo ascendente de la cuchilla y su caída, con la atención de la desesperación más enloquecedora; espasmódicamente, se cerraban en el momento en que la cuchilla se avecinaba sobre mí. La muerte hubiese sido un alivio para mí, ¡oh, qué alivio más indecible! Pese a esto, temblaba con todos mis nervios al pensar que sólo haría falta que la máquina descendiera un grado y sobre mí caería enteramente el hacha afilada y reluciente. Y mis nervios temblaban, y hacían encoger todo mi ser a causa de la *esperanza*. Era la *esperanza*, la esperanza triunfante aún sobre el implemento de tortura, que se hacía escuchar al oído de los condenados a muerte, aun en los calabozos de la Inquisición. Entendí que después de diez o doce oscilaciones el acero alcanzaría a mi ropa, en el instante en el que hice ese cálculo, mi espíritu fue invadido por toda la penetrante calma concentrada de la desesperación. Por primera vez en muchas horas —tal vez días— me puse a meditar. Acudió a mi mente la noción de que la tira o correa con la que estaba atado era de una sola pieza. Mis ligaduras no estaban constituidas por cuerdas separadas. El primer roce de la afiladísima media luna sobre cualquier fragmento de la correa bastaría para soltarla, y ayudándome con mi mano izquierda podría desatarme por completo. Pero, ¡cuán terrible, en ese caso, la proximidad del acero! ¡Cuán letal el resultado de la más leve lucha! Y luego, ¿era verosímil que los esbirros del torturador no hubieran previsto y prevenido esa posibilidad? ¿Cabía pensar que la atadura cruzara mi pecho en el justo lugar por donde pasaría el péndulo? Temblando al imaginar frustrada mi única esperanza, verdaderamente la última, alcé mi cabeza lo suficiente como para ver bien mi pecho.

La correa cruzaba mis miembros estrechamente, junto con todo mi cuerpo, en todos sentidos, *menos en la trayectoria del hacha asesina.*

Aún no había dejado caer de nuevo mi cabeza en su primera posición, cuando sentí brillar en mi espíritu algo que sólo podría definir diciendo que era la mitad no formada de la idea de libertad que ya he expuesto, y de la que vagamente había flotado en mi espíritu una sola mitad cuando llevé a mis labios ardientes el alimento. Ahora, la idea entera se encontraba allí patente, frágil, difícilmente posible, casi indefinida, pero, en fin, entera. Inmediatamente, con la energía de la desesperación, procuré ponerla en práctica.

Durante horas y horas, cantidad de ratas habían pululado en la vecindad inmediata del armazón de madera sobre el que me encontraba. Aquellas ratas eran salvajes, atrevidas, hambrientas. "¿Qué se han acostumbrado a comer en el pozo?", pensé. Pese todos mis esfuerzos por impedirlo, ya habían devorado el contenido del plato, salvo unas pocas sobras. Mi mano se había agitado como un abanico sobre el plato; pero, a la larga, la regularidad del movimiento hizo que perdiera efecto. En su voracidad, las odiosas bestias me clavaban sus afiladas garras en los dedos. Tomé los restos que quedaban en el plato de carne y froté con ellos mis ataduras allí podía alcanzar, y después, permanecí inmóvil, conteniendo el aliento.

Los hambrientos animales se sintieron aterrados y sorprendidos por el cambio al principio. Retrocedieron alarmados, y muchos volvieron al pozo. Pero esto duró sólo un momento. Con razón las creí voraces. Al notarme inmóvil una o dos de las más osadas saltaron al bastidor de madera y olfatearon las ataduras. Esto sirvió de señal para que todas avanzaran. Salían del pozo corriendo. Se colgaron de la madera, corriendo por ella y cientos de ellas se arrojaron sobre mi cuerpo. El rítmico movimiento del péndulo no las alteraba. Evitando sus golpes, se avalanzaban sobre las untadas ligaduras. Se apretaban, cada vez más caminaban sobre mí. Se retorcían cerca de mi garganta; sus fríos hocicos buscaban mis labios. Sentí que me ahogaba bajo su peso; un asco para el cual no existe nombre en este mundo llenaba mi corazón. Un minuto más, sin embargo, y la lucha cesaría. Noté claramente que las ataduras se aflojaban. Entendí que debían haberse roto en más de un lugar. Pero, con una decisión más que humana, me mantuve inmóvil.

Mis cálculos no estaban tan equivocados y mi sufrimiento no había sido en vano. Finalmente, sentí que estaba libre. Las ataduras colgaban a los lados de mi cuerpo. Pero el paso del péndulo ya alcanzaba mi pecho, cortaba ahora la tela de la camisa. Dos veces más pasó sobre mí, y un agudísimo dolor recorrió mis nervios. Pero el momento de escapar había llegado. Apenas agité la mano, mis libertadoras huyeron en masa. Moviéndome despacio y encogiéndome todo lo posible, me deslicé, despacio, fuera de mis ligaduras, más allá del alcance del hacha. Al menos por ahora, estaba libre.

¡Libre! ¡Y en las garras de la Inquisición! Ni bien escapé de mi lecho de horror, y di unos pasos por el suelo de mi calabozo, cesó el movimiento de la máquina infernal y la oí subir atraída hacia el techo por una fuerza invisible.

Eso llenó mi espíritu de desesperación. Indudablemente, todos mis movimientos eran espiados. ¡Libre! Había huido de la muerte bajo una determinada agonía, sólo para ser entregado a algo peor que la muerte misma, y bajo otra nueva forma. Pensando en ello, fijé mis vista en las paredes de hierro que me rodeaban. Algo extraño, un cambio que en principio no pude comprender claramente, se había producido evidentemente en la habitación. Durante varios minutos, en los que estuve distraído, lleno de ensueños y escalofríos, me perdí en suposiciones vanas e incoherentes. En ese momento pude comprender por primera vez el origen de la sulfurosa luz que iluminaba la celda. Procedía de una fisura de media pulgada de ancho, que rodeaba por completo el calabozo al pie de las paredes, que parecían —y en realidad estaban— completamente separadas del piso.

Pese a todos mis esfuerzos, me fue imposible ver nada a través de la abertura.

Cuando me puse nuevamente de pie, entendí súbitamente el misterio del cambio que había notado en la celda. Ya mencioné que, si bien las siluetas de las imágenes pintadas en los muros eran bastante claras, los colores parecían borrosos e indefinidos. Pero ahora esos colores habían tomado un brillo intenso y sorprendente, que crecía más y más y daba a aquellas espectrales y diabólicas imágenes un aspecto que hubiera destrozado nervios más resistentes que los míos. Ojos demoniacos, de una salvaje y aterradora vida, me observaban fijamente desde mil direcciones, y brillaban con el resplandor de un fuego que mi imaginación no alcanzaba a concebir como irreal.

¡Irreal...! Me bastaba respirar para que llegara a mi nariz un vapor de hierro enrojecido. Un olor sofocante se extendía por el calabozo. A cada instante se reflejaba un ardor más profundo en los ojos clavados en mi agonía. Un rojo más oscuro se extendía sobre aquellas horribles pinturas sangrientas. Jadeaba, respiraba con gran esfuerzo. No cabía duda sobre la voluntad de mis verdugos, los más malévolos y diabólicos de todos los hombres.

Me alejé del metal ardiente y fui hacia el centro del calabozo. Frente a la posibilidad de sucumbir al fuego, la idea de la frescura del pozo llegó a mi alma como un alivio. Me dirigí hacia sus bordes fatales. Dirigí mi vista hacia el fondo. El brillo ardiente del techo iluminaba sus más ocultos huecos. Pese a todo, durante un instante horrendo, mi alma no quiso comprender el sentido de lo que veía. Pero, finalmente, ese sentido se abrió paso, avanzó poco a poco hasta mi alma, hasta arder y consumirse en mi estremecida razón. ¡Oh, poder expresarlo! ¡Oh espanto! ¡Todo... todo menos eso! Grité, salté hacia atrás y hundí mi cara en las manos, llorando amargamente.

El calor crecía rápidamente, y levanté una vez más la vista, temblando en un acceso febril. Había habido un segundo cambio en la celda, y esta vez tenía que ver la *forma*. Como la primera vez, en vano intenté comprender lo que sucedía. No tuve que dudar mucho tiempo. La venganza de la Inquisición era veloz, y dos veces la había evitado. No podía luchar por más tiempo. La celda había sido cuadrada. Ahora notaba que dos de sus ángulos de hierro eran agudos, y, por tanto obtusos los otros dos. Con un sordo gemido, crecía rápidamente el terrible contraste. En un instante el calabozo cambió su forma por la de un rombo. Y el cambio no se detuvo allí, y yo no esperaba ni deseaba que se detuviera. Podría haber pegado mi pecho a las rojas paredes, como si fueran vestiduras de eterna paz. "¡La muerte! –grité–. ¡Cualquier muerte, menos la del pozo!". ¡Loco! ¿Acaso no era evidente que aquellos hierros al rojo tenían por objeto precipitarme en el pozo? ¿Podría acaso resistir su fuego? Y si lo resistiera, ¿cómo soportar su presión? El rombo se iba achatando más y más, con una velocidad que no me dejaba tiempo para mirar. Su centro y, por tanto, su diámetro mayor alcanzaban ya al abierto abismo. Me tiré hacia atrás, pero las móviles paredes me obligaban a avanzar. Finalmente no hubo ya en el piso del calabozo ni una pulgada de soporte para mi quemado y convulso cuerpo. Dejé de pelear, pero la agonía de mi alma se expresó en un agudo, agudo y largo alarido de desesperación. Sentí que me tambaleaba al borde del pozo... Desvié la mirada...

¡Y oí un clamor de voces humanas! ¡Resonó poderoso un toque de trompetas! ¡Escuché un áspero chirriar semejante al de mil truenos! ¡Las terribles paredes retrocedieron! Una mano extendida me tomó del brazo en el mismo momento en el que, desmayado, iba a caer al abismo. Era del general Lasalle. El ejército francés había llegado a Toledo. La Inquisición acababa de caer en poder de sus enemigos.